# 沒有名字的人

## 七路迷宮

# NO NAME

SEVEN PATH LABYRINTH

FOXFOXBEE——作

目錄

# 第一章　少女汪旺旺

這是一個關於名字的故事。

名字，是每一個人在降臨到這個世界上時，父母賦予他的第一個美好的祝願和期盼。無論在東方或西方，名字或多或少地會影響人們潛在的性格。

舉個例子，我生活在南方，通常名字裡面含有詩或靜字的女生，比如說陳詩韻、張靜柔，她們大多數成長在比較保守的家庭，性格內向，說話小聲，即使在青春期也不會有什麼大逆不道的行為，認真讀書考試，成績一般中上，畢業後成為公司OL並在三十歲之前結婚生子。

又或者，名字裡有家的男生，比如說王家俊、周家明，一般都身材瘦高不善言辭，喜歡籃球等運動，愛穿襯衫，畢業後很少會離開家鄉到外面發展，薪資平平，會耐心地陪女朋友或者老婆逛街買衣服，基本沒有膽量背著老婆找小三。

又比如，叫美麗的永遠不是美女，叫英俊的永遠長得不帥。

在西方也一樣。

名字叫葛蕾絲或者菲比的，從小到大都是好人緣的大美女；只要叫保羅的都是極度內向的悶騷男，喜歡看書和在社交軟體上聊騷異性；叫山姆的永遠是肌肉發達、不停說話，但沒啥腦子的大個子；沒有一個叫理查的不愛喝啤酒，並且一到中年瞬間禿頂；幾乎每一個老闆的女祕書都叫亞曼達，因為她們似乎特別擅長管理日程和接電話。

名字會伴隨一個人從娘胎裡開始，直到走進墳墓。就好像日本小說《陰陽師》裡安倍晴明說的，名字就是這個世界上最短的咒語，我們每個人都被束縛在名字裡。

宇宙萬物皆有姓名，只有神沒有名字。

我認真地回憶了一下，是什麼時候開始發現自己的名字有問題的。

大概是三、四歲的時候。在這之前，我小名叫妞妞。

那時候，很多家長剛開始教孩子寫字，都會先教孩子寫自己的名字。我回家也吵著讓我媽教我。我媽張中華，華姊，就教我寫兩個字：妞妞。

哪有小孩全名叫妞妞的？我爸叫汪金水難道我不該跟我爸姓汪？

只怪當時太年輕，被我媽塞了幾根冰棒收買，我就真以為自己的名字叫妞妞了。五歲馬上就要讀小學了，我小時候從來沒上過幼稚園，其他家長勸我媽讓我先念個學前班。

那天老媽騎著摩托車把我送到幼稚園門口，迎接我的老師對我說：

「這就是汪旺旺？」

當時我的反應是震驚的，誰是汪旺旺？換到現在我肯定會說，Excuse me？

然後我媽忽然低下頭輕聲跟我說：「妳的名字是汪旺旺。」

我媽走後，老師帶著一堆小朋友玩丟手帕。

「丟手帕，丟手帕，輕輕地丟在小朋友的後面，大家不要告訴她。快點快點抓住她，快點快點抓住她。」

……

「汪旺旺，快點啊，到妳了，妳起來啊，汪旺旺？旺旺汪？」幼稚園老師對我喊道。

老師妳為什麼學狗叫啊？我毫無反應。

上小學前兩天，我媽買了五條芙蓉王，兩瓶特別好的白酒，帶上她們外貿公司出口的寶石項鍊，騎著摩托車帶著我到小學校長家。

校長是個又高又瘦的老太太，戴著金絲眼鏡。

寒暄了一下後，我媽和校長低語了幾句，校長一臉疑惑。

「確定按照這個名字……打姓名單？」校長問。

我媽緊緊地抓住她的手：「真是拜託您了，也請務必別跟她的班主任透露。」我媽說完，把放著項鍊的首飾盒使勁往老校長手裡塞過去。

「這……確實也不是什麼大事，可孩子以後萬一中考了，還是……」校長推了推眼鏡。

「唉，到時候再想辦法吧。」我媽繼續把其他禮物往校長手裡推。

然後，我那汪旺旺的名字繼續使用了八年。和梅德升、郝夏健、曾桃豔、李昌富、楊巔峰、陸大乃和杜其衍並稱南山區八大金剛，被人嘲笑了八年。

中間一切需要本名的活動，諸如體檢、少年宮報名和升學等，也不知道我媽找了多少關係，都巧妙地瞞天過海了。

開始懂點屁事的我，覺得我爸媽作為海歸高才生，應該是腦子抽了才會給我起這麼個名字。可我沒機會問了，我媽在我小學一年級的時候就把我掃地出門了。

那一天下午，我放學一回家，就見到一個大美女和我爸媽坐在客廳。

剛想開口叫人，舌頭卻在嘴裡打結了，因為我有點判斷不出她的年紀。按照現在的說法，她是個貌美大御姊。我一下竟然不知道應該叫她姊姊還是阿姨。

我爸媽似乎在跟她談論很嚴肅的話題，華姊的眉頭都擠成了「川」字形，眼角隱約有淚痕。

我輕輕地叫了一聲：「阿姨好。」

阿姨見到我卻是相當的友善，眼睛笑起來彎彎的。

「喲，這是旺旺？過來讓阿姨抱抱。」阿姨一邊說一邊順勢把我摟在懷裡。

阿姨身上有一種很甜又很奇怪的香味，以前從來沒有聞過。

阿姨自稱汪舒月，據說是爸爸的本家遠親。我媽介紹她是我們家多年的老朋友。

「旺旺，妳以後叫我舒月阿姨就行。」舒月笑眯眯地看著我。「從今往後我們就一起生活了。」

啥？難道阿姨以後要來我家住？可是我家只有兩間臥室啊，難道我要把房間讓給她？

「今晚媽媽和妳收拾一下衣服行李，明天放學舒月就會把妳接過去住。」我媽說。

我幼小的三觀又被顛覆了。

難道你們要把我送給別人？

難道我就這樣被拋棄了嗎？

當時正值瓊瑤劇熱播期間，其中八點檔《婉君》和《西遊記》二選一，明明將會有一個《西遊記》般奇幻人生的我，卻毅然選擇成了虐心愛情劇的忠實粉絲。

就在前一天，《婉君》播的那集，才講了作為童養媳的婉君寄人籬下受盡淩辱，婆婆逼她冬天去河裡打水，河水把指尖都凍紅了，電視機另一頭的我流著淚義憤填膺。

長大後想想其實也沒什麼了不起的嘛，挪威人冬天不也洗冷水澡？

總之在那一瞬間，我的未來和電視劇裡婉君被惡婆婆毒打拖地洗衣煮飯的畫面無縫連接。

「不要——」

我哇哇大哭。

「舒月是爸爸媽媽的好朋友，不是我們不要妳了，是媽媽太忙總要出差，妳爸爸又不會照顧人，我們實在是沒時間啊。

「媽媽一直對妳疏於教育，舒月是師範大學畢業的，她還能教妳做作業，爸爸媽媽會每週來看妳的。

「妳不是說一直想學鋼琴和畫畫嗎，舒月都會，她可會彈琴了。」

……

任憑華姊說乾了口水，我不為所動。我已經不再是那個幾根冰棒就能被收買的低齡兒童。

肯定是把我賣了。

最後，老爸開口了：「舒月一直沒有小孩，她家在很遠很遠的地方，那裡流傳一種說法，如果一個女人總懷不上孩子，就要帶一個孩子回家養一段時間，這叫『帶子』。妳跟舒月阿姨生活一段時間，她就會慢慢懷上孩子了。舒月阿姨很想要孩子，旺旺妳作為社會主義的接班人，班裡的小組長，爸爸的好女兒，是不是應該助人為樂，幫幫阿姨？阿姨有了孩子之後，就會把妳送回來了。」

爸爸的話讓我正義感爆發，我可是剛領到紅領巾的少先隊員。

Whatever，反正當時我就信了。

我不知道舒月到底多少歲，她本科在一流的大學讀生物工程，後來在麻省理工（我媽口中說的師範大學）攻讀碩士，主修生物和遺傳學。她的研究據說上過號稱諾貝爾醫學獎前哨的科學雜誌《柳葉刀》。

可惜在二十世紀九〇年代，無論是留洋歸來的大博士，還是學富五車的科學家，也一樣是住在筒子樓，而非只有商人企業家才住的別墅。

不過，跟舒月住了一段時間，我一直沒搞清她每天去哪裡上班，她並不像其他科研人員那樣，而是每天打扮得花枝招展神神祕祕地就出去了，也不知道去幹麼。

這一住就住到了初中，事實上當我小學四年級之後，就知道「帶子」什麼的是騙人的了，她連老公都沒有怎麼會有孩子呢。

但是小學四年級之前，他們給我灌輸的觀念就是小孩趁大人睡著後從褲腿裡面爬進去的。

虧我還老是問她為什麼小孩子還沒爬到她肚子裡去，她還一本正經地給我解釋，小孩怕她放屁不肯進來。

你們這些大人，能不能對小孩有基本的誠信啊？在這種環境中長大的孩子，隨時都有因為三觀顛覆而導致精神分裂的可能好嗎？

我爸媽唯一沒騙我的是，舒月確實彈得一手好鋼琴，也畫得一手好畫。

我學會了彈《梁祝》和《天鵝湖》，也學會了工筆花鳥行雲流水。

舒月每次去開家長會，回來都會拿著寫滿紅字的數學成績單：

「妳這孩子像誰啊？妳爸的好腦筋妳怎麼一點都沒繼承？想當年妳爸讀小學的時候，五位數加減乘除都靠心算。」

也幸好她不是我親媽，按照我媽華姊的性格，肯定就得一巴掌呼過來了。

但我真的是數字無能，我對數字極度不敏感，卻對文字和圖畫非常有興趣。按照舒月的說法，我的表現決定了右腦更發達一點，所以與其讓我死記硬背各種數學公式，還不如利用我右腦的感知系統，訓練我的觀察能力和想像力，並輔助左腦的邏輯能力不足。

舒月訓練我的方式竟然是玩遊戲。

遊戲的道具是舒月DIY出來的，是一個圓圓的盒子，有點像月餅盒，但比月餅盒大一圈，裡面是空心的。盒子蓋上，是一個螺旋形的迷宮，在這個迷宮中間，有一個洞。

舒月說，這個遊戲叫作「七路迷宮」。這個遊戲的規則和「推箱子」差不多。她在我手裡塞了一顆透明球，其他顏色球由舒月擺放在迷宮裡的任意位置。顏色球自己不能動，我需要像玩撞球一樣，用透明球把其他彩色球按照紅黃白藍黑等的順序推進迷宮中間的洞裡。透明球每次只能推一顆彩色球，並且進洞的順序不能錯。可是迷宮錯綜複雜，經常推完一顆，另一顆的位置就被堵住了，又或者不小心把兩顆彩色球推到了一起，這都算失敗。

一開始舒月只放一顆紅球一顆黃球讓我推，沒啥難度，小學生智商也能輕易按順序推進洞。到後來又逐漸增加了白藍黑球，每推一步球時都需要小心謹慎，全盤布局，只要路線設計上有一點失誤都贏不了。

輸的懲罰是不能看香港臺的《美少女戰士》動畫片。

作為引領全班時尚潮流的四年級三班宣傳委員，如果不知道昨天《美少女戰士》

播了什麼，是無法在午休時的角色扮演中創造話題的。

何況（被逼）扮演晚禮服假面的侯英俊，真的很英俊。侯英俊是我的初戀。那時候他跟我挺來電的，經常會把別人送給他領導爸爸的進口糖果，偷偷塞進我手裡。

所以即使智商有限，我也要燃燒小宇宙走完迷宮。

再後來，舒月把五顆彩色球全都放進迷宮，我將近半年都無法按順序走通。

六年級寒假前的最後一天，侯英俊紅著臉讓我放學別走，我記掛著回家解謎，對他說謝謝不約。

開學時他被中隊長「眼鏡章」成功撬走。也是同一天，迷宮解開了。

我的內心是崩潰的，如果當初早點走完迷宮，我就跟侯英俊是一對了，也許我的一生就改變了。

可我不是電影裡能在最後一秒剪斷炸彈引線的拆彈專家，也不是小說中能在千鈞一髮之際化險為夷的超能少年。

我只是一個愛胡思亂想，有點口吃，智商著急的小學生。

回到二年級暑假。有天下午，舒月說要請我吃麥當勞。

那時候的麥當勞和肯德基，簡直是每個小學生的生日願望，尤其當整個城市才有三間麥當勞，每間排隊最少三小時的時候。

因為每個排在妳前面的小屁孩都要念：

雙層牛肉巨無霸，醬汁洋蔥夾黃瓜，芝士生菜加芝麻，人人吃到笑哈哈！

只要能在五秒內背完並且不出錯，就能得到一個免費的巨無霸大餐，所以，每一個小學生都會背。我也拚命練了好久，可是我一緊張就口吃，每次都換不到巨無霸。

「沒關係，我背了。」舒月淡定地說。

然後她騎著摩托帶我去了動物園旁邊新開的麥肯基。

我當時還不知道高仿會在中國的未來越來越發達，只是很納悶為啥這個麥當勞還有全家桶和辣子雞炒飯。

舒月點了一份炒飯，又給我要了一個漢堡。

到嘴邊的漢堡，突然有點不太敢吃。

我的直覺告訴我，舒月也不正常。

她明確跟我說過她不喜歡吃麥當勞，說以前在美國吃的美式速食太多，聞到就想吐。

上一次主動帶我去吃肯德基，是讓我假扮她的小孩，在街上哭著跑出來抱住她的大腿說「媽媽不要拋棄我嗚嗚嗚」，並演唱《世上只有媽媽好》，以嚇退她的追求者。

這次也一定不是好事。但身為一個小學生，我感覺我不吃好像都對不起自己的智商，都無法推動劇情發展了呢。

吃完後我摸著鼓鼓的肚子：「說吧，要我幹麼？」

「小鬼妳是越長越滑頭了。」舒月白了我一眼，歎了口氣。

確實，我因為跟她住在一起，脾氣秉性也越來越像她，並且在我成年後，我也經常感慨，我既不像我爸的寡言內向，也不像我媽的風風火火，倒是像極了舒月，看似漫不經心，轉轉眼睛就一肚子鬼點子，張口就能一本正經地胡說八道。

舒月從包裡摸出一遝紙：「背熟它。」

我一看，紙上竟然是南北朝的《千字文》。

「天地玄黃，宇宙洪荒。日月盈昃，辰宿列張……」開頭那首。

這篇《千字文》我會背，因為平常舒月教我練書法，就是用王羲之的字作字帖。

「妳仔細看。」舒月拍拍紙面。

我仔細看了看，這是一張古書的複印版，總共十二頁，文字成豎排，每排四句。每個字上面都有一個數位和字母標記。天，地，玄，黃分別是A18，B10，A04，C91。

靠，一千個，敢不敢再難一點？

「我做不到。」我恨不得把漢堡吐出來。

「傻子，知道妳做不到，乍一看很難，背面寫了規律，妳只需要記住前四十個字，就能推斷出後面的編碼。」

感恩舒月沒高估我的智商，經過她一番講解，我馬上找到了訣竅，還好也不是很難嘛。

「給妳三天。」舒月說。

「最少也要一個禮拜。」

「四天。」

「五天。」

「成交。」

五天之後。

「背下來沒有？」

我點了點頭。

舒月從我書桌上拿起那本《千字文》影印件，撕了。

「從此這些代號只有我知妳知。」

其實她還說漏了一個人，也許是她故意不肯告訴我。

後來舒月也會時不時地抽考我。

其實只要前面的字所指代的編號不記錯，後面的我都能推算出來。

數年之後我才知道，這是一套簡易替換加密密碼，因為這套密碼，我成了唯一能靠近真相的人。

舒月家裡不大，只有三間房，一間她睡，一間我睡。還有一間房，主要就是放她的研究資料、植物樣本和觀測儀器什麼的。自從有次我搞爛了一個蟲子標本之後，她就不肯讓我進去了。

客廳的書架上有很多很多書，隨著我逐漸長大，她經常有意無意地，從書架上抽出幾本書，笑嘻嘻地問我能不能讀懂。

大部分都是關於巫術、薩滿、煉金術和多重宇宙的書，我才多大啊，怎麼可能看懂。

老師說封建迷信是不對的，於是我強烈譴責了她。

在當時我有限的認知裡，麻省可能就是河南省隔壁的一個省，生物碩士可能就是學雞鴨鵝養殖的。

舒月歎了口氣，從一堆英文論文中抬起頭。她摘掉面膜，揉了揉眼睛。

「跟我來，」她打開了那個放研究資料的房間。「給妳看一個好玩的東西。」

只要不讓我學習，我基本上是沒啥意見的。

舒月把桌上的電子顯微鏡打開，從保溫櫃裡取出了一個培養皿：「妳看。」

我把眼睛湊過去，有一個顏色特別鮮豔的細胞，長著紅色的鞭毛，透明的細胞內部有綠色的細胞核，它們迅速地分裂成兩個。

「美麗嗎？這是海拉細胞，是我們女孩子最容易得的一種癌症——子宮頸癌的細胞。」舒月說。「這種細胞被譽為『不死的細胞』，和人類細胞不同，這種細胞株不會衰老致死，更可以無限分裂下去。」

舒月說完翻開另一本 Discovery 雜誌的圖片：「像嗎？」

她指著的那張照片，跟我剛才在顯微鏡裡看到的畫面一模一樣。

「這不就是剛才妳給我看的那個什麼癌症細胞嗎？」我說。

「不是，這是哈伯望遠鏡最新傳回來的觀測圖，是一顆恒星的死亡圖像。每一顆恒星皆有壽命，快死去的恒星也叫紅巨星，這就是它死亡的瞬間。」

「無數次科學觀測證明了人體和宇宙的相似性，一顆行星的死亡和一個分裂的細胞在最宏觀的外太空中和最微觀的顯微鏡下同時發生著，腦細胞在放大一千倍後呈現的圖像和望遠鏡中的宇宙一模一樣……這難道不是神存在的最好證明嗎，地球上的生物經歷了如此複雜的進化，是多少億分之一的概率才能出現如此的巧合？」舒月闔上書本。「可是我們做科學研究，最不能相信的就是巧合，這似乎又是個悖論。」

「我聽不明白。」我有點迷糊了。

「舉個例子，豬和人有一百一十二條完全一樣的基因，比人和猴子的相同基因還多。如果從DNA的角度解釋，我們與其說是從猴子變來的，還不如說更像豬。可是為什麼豬沒有進化出像人類一樣複雜的智慧和情感？為什麼人類成了最後獲得高等智慧的物種？難道又是巧合嗎？」

舒月沉浸在自己的分析中。

「如果這之中有誰在人和豬之間進行了一場淘汰，最後選擇了人，那麼它不是神是誰？」舒月看了我一眼。

「我覺得我和妳無法交流。」我已經在想晚飯吃啥了。

「DNA的相似性也反映在智商上，人的智商平均為七十四，豬的平均智商為五十一……可是這才相差了二十三，豬已經無法和人交流了。」

「妳才是豬。」我惱羞成怒，扔下舒月走掉了。

「所以人和神的智商差了哪怕二十三以上，我們就無法理解神的思維……」舒月在後面自言自語。

爸媽並沒有像承諾的那樣來看我，但每個星期都有準時通電話。

一開始我很想家，有一次放學走出校門，突然看到有輛熟悉的車停在對面馬路。那是我爸的車。

「爸！」我趕緊跑過馬路，可是我爸卻立刻開走了。

我一邊哭一邊追，身上沒有錢，一直走了兩個小時才走回家，可是家裡沒有人。我在家門口一直坐到舒月來接我，哭哭啼啼地走了。

很久以後我才知道我媽當時就在家，關了燈也在哭，可是只能狠下心不讓我進去。

我離開家七年，我爸有事沒事就在小學門口等我放學，就為了遠遠看我一眼。

我慢慢習慣了和舒月在一起，一開始每次回家，舒月都一定會跟著。無論爸媽有多忙，都一定會在家等我回來，跟我一起吃頓飯。

上了初中，我回家的次數逐漸變多了，而舒月也並不每次都跟著了。

那種感覺，就像有什麼事情終於完結了，他們的擔心是多餘的。我也似乎看到我爸媽多年緊鎖的眉頭舒展開了。

轉眼我就初三了，有一天我媽跟我說：「旺旺，妳也麻煩妳舒月阿姨這麼多年了，現在媽媽不忙了，妳搬回來住吧。」

普天同慶啊！多年的媳婦熬成婆了！

就在我以為好日子來的時候，等著我的卻是一個晴天霹靂。

那天我還在學校上課，上了一半，班主任推開門：「汪旺旺，妳出來一下。」

我跟著班主任走出課室，不知道為什麼感覺她看我的眼神有點怪，竟是有點同情。

「孩子，鎮定點。妳爸爸單位的人在樓下等妳。妳爸爸，出事了。」

我的頭嗡的一聲，身體條件反射地往樓下走，迎面走過來的是一個從來沒見過的叔叔，穿著一件橫紋 Polo 衫。南方的夏天很熱，他不停地用紙巾擦著頭上的汗。

「我是妳爸爸的同事，我們趕緊走吧。」叔叔說。「妳爸爸在醫院快不行了，趕緊去見他最後一面。」

其實那天的印象已經很模糊了，只記得車一直在路上開，周圍恍惚著白慘慘的樹影和一如既往擁堵的馬路。

一路上我的大腦都是空白的。

汽車在紅綠燈前面停下來，燈變綠了，但鬧市的紅綠燈永遠形同虛設，Polo 衫叔叔按了喇叭，一群行人還是一副聽不見的樣子嘻嘻哈哈地過馬路。

就像平常放學過馬路的我一樣，絲毫不在意坐在車裡的人是什麼感受。

「踩油門啊！」在那一瞬間我爆發了。「踩油門啊！我爸爸還在等我！」我的眼淚掉下來。

汽車鳴著笛衝過斑馬線，窗戶外一陣不滿意的驚叫聲和罵聲。

「這麼急趕著去投胎呀！」

到醫院的時候，病房周邊擠滿了人。都是軍人，穿著軍裝。

一個看起來是幹部的人迎了上來，我不知道是被拉著拽著還是推著，進了病房。

病房裡醫生已經在拆呼吸機了，護士也推著搶救儀器往外走，跟我撞了個滿懷。

我看到躺在床上的爸，和我哭暈過去的媽。

「不准走！不准走！你們怎麼還不搶救！我爸還沒醒來！」我拽住醫生。「我爸還有救！」

醫生搖了搖頭。

我摸到我爸的腳，已經僵硬了。那種觸感不像是人的皮膚，像大理石。我爸胸口有一個大洞，裡面竟然沒有血流出來，也不知道是凝固了還是已經流乾了。

他的手呈一種奇怪的彎曲姿勢，除太陽穴之外半邊臉是青紫色的。我再也不敢看。

我想起小時候老爸牽著我的手去看電影，自己累得在電影院打起呼。

我想起剛去舒月家的時候，在小學外面碰見我爸坐在車裡，他眼裡含著淚，卻趕緊把車開跑了。

我想起每次我爸都想塞零花錢給我，又怕我被我媽說，就偷偷夾在書架上一本書裡，我們約定好第幾頁，每次回家打開都有一百塊錢。那本書是衛斯理的《藍血人》。

我想起他帶我下館子，看著我和我媽吃大魚大肉，自己拚命扒乾飯⋯⋯

⋯⋯

要不我也死吧，我死了就能見到爸爸了。

就在這時，我聞到一股熟悉的香味。

舒月來了。

她臉上有兩行風乾的眼淚，我和她在一起這麼久，從來沒見過她哭，她連從摩托車上摔下來縫了十幾針都是笑嘻嘻的，彷彿一切都不是事兒。

她就像沒看見我，一步一步走到床邊。

看著我爸，眼睛裡迸發出來的，是心碎，是落寞，是怒火。

舒月給我爸蓋上被子，她的手在顫抖，長長的頭髮垂下來，我看不見她的表情。

「你受苦了。」她貼在我爸耳邊輕聲說，然後看向我。「旺旺，回家去幫妳爸拿一身乾淨衣服和襪子。」

我撞撞跌跌地走下樓，那個 Polo 衫叔叔還在車裡。

「送我回家。」

車開到社區門口，我讓叔叔在樓下等我。

這棟單元樓，從我有記憶起就在這裡，十幾年前是這一片最高的樓了，曾經也在一片平房區中鶴立雞群，如今被一堆高樓大廈包圍，顯得特別寒酸。

一直沒搬也是因為想等到拆遷補貼，我媽說我們家在鬧市區，要是拆遷，國家補貼的錢能在郊區買一棟大別墅了。

十幾年來整個單元裡六棟樓幾乎沒什麼變化，除了中間的開闊地從沙地變成了水泥，種植了綠化區。全民健身運動熱的時候，還加了單槓和健身單車。

一對父子穿過綠化區朝我走來，是八樓的王叔叔和大寶。

王叔叔的老婆和我媽算是閨密，打小我就認識他了。大寶七、八歲，和我算不上熟悉，但也會叫姊姊。他吃了一臉雪糕，叔叔正在給他擦。

「喲，放學回家了？爸媽還好嗎？」

「我爸去世了，我回來取點東西。」眼淚又一次掉下來。

「啊，不會吧，怎麼這麼突然？前兩天見他還好好的啊！」王叔叔皺著眉頭說。

「孩子，節哀啊。」

王叔叔歎了口氣開了鐵門，我們一起走進電梯。

「姊姊幾樓？」

「三樓。」

大寶很懂事地幫我按了電梯。

「快去拿衣服吧。」走出電梯前，王叔叔拍拍我的肩膀。

我垂頭喪氣地往家裡走，樓道裡不比外面的燥熱，一陣涼風吹得我一哆嗦，忽然覺得有點不對勁。

大寶的媽媽總讓我媽幫她在香港買東西，隔三岔五就帶著兒子來我家，所以大寶是知道我住在幾樓的。

幾次回家碰到他，他都主動幫我按電梯。可是他剛才好像問我，姊姊幾樓？難道我遇到了假的大寶？

我突然想起走出電梯的時候，王叔叔拍了拍我：「快去拿衣服吧。」王叔叔怎麼知道我回家給我爸拿衣服？我說了嗎？我怎麼記得我沒說過。

回頭看看，電梯門緊閉著。

剛才我上電梯後，大寶幫我按了三樓。然後他似乎並沒有按其他樓層。王叔叔家住八樓，如果這時候大寶和王叔叔回家了，那麼電梯應該停在八樓。

我轉過身，躡手躡腳地往電梯走過去。

這幾年，我幾乎沒怎麼碰見過王叔叔，每次回家他看到我都會一臉的驚訝，都會說，喲，一年沒見了之類的。

可是剛才看到我他就像習以為常一樣，說，放學回家了？

就好像我每天放學都回這個家一樣。

而且現在時間是下午兩點，學校早就上課了，根本沒孩子會這個時間放學。

# 第二章　七路迷宮

我走得很輕，走廊裡的感應燈沒亮。

一步一步靠近電梯，直到我看見那個紅色的螢光數字。

3！

電梯仍舊停在三樓。

我深吸了一口氣。王叔叔和大寶，就在裡面。

跟我隔了一道電梯門。

他們是什麼人？要幹什麼？我該按開電梯問清楚，還是迅速跑回家？

褲兜裡一陣震動，把我嚇了一跳。

原來是呼叫器響了。

千禧年剛過，手機還是非常高檔的東西，不是誰都有，尤其是小孩子。但很多十幾歲的中學生都開始買B.B.Call呼叫器，各種顏色型號的，我也求我爸媽給我買了一個新款，帶中文字幕的。

這款呼叫器可以及時顯示留言，不需要像老式呼叫器那樣只顯示數位，要撥回Call臺查留言，除了留言訊息還能接收天氣預報和每日笑話精選。

我每天都把呼叫器別在腰上，到哪都要炫耀一下。

紫色的呼叫器發出白色的螢光：

「不要回家！別相信任何人！速歸！舒。」

我雖然才十五歲，但也聞到了危險的信號，所以遲遲不敢按下電梯開關。直覺告訴我裡面的兩個人來者不善。

看了一下四周，一層單元樓有三戶人，每一家的防盜門都緊閉著。電梯後轉角還有一個防火樓梯，可以通往一樓。要是現在從樓梯逃走……

可我突然想起爸爸的臉，他活著的時候總愛穿乾淨的格子襯衫，喜歡把手帕洗得一塵不染，放在胸口的口袋裡。

這麼一個愛乾淨的爸爸，現在卻赤身裸體，連一套衣服都沒有。醫院的空調這麼涼，爸爸的腳還在床單外面。如果給爸爸穿上襪子捂暖了，爸爸是不是就會活過來了？

不行，我一定要給爸爸拿一套衣服，先拿了衣服再跑。

想到這裡我轉身朝家裡走去。

我迅速鑽進家並把門反鎖，到臥房衣櫃拿了一套爸爸的衣服。準備離開時，突然發現我的房間門敞開著。

我家本來是三居室，一間主臥一間書房，剩下一間小房間是我的，我搬走後我媽媽就把那個房間鎖起來了，我也很久都沒有進去過。如今房間的門開著，卻似乎和我記憶中的略有不同。

我不由自主地走了進去。

我的房間是粉紅色的，小時候我怕黑，死活也不肯自己一個人睡，我媽就在牆上貼了很多假面騎士和黑貓警長的海報，她說只要有它們守護我，壞人來了就會被打跑。還是記憶中的牆，記憶中的假面騎士，牆上掛滿了我的大幅照片……

等等，這張照片裡面的人……是誰？

這不是我呀！

我盯著照片無比震驚，那裡面是一個眼角有一顆淚痣的小女孩，長著一張有點營養不良的小臉。

這明顯是另一個小孩，這是一張我從來沒見過的臉。

印象中的這張照片是學前班升小學的那年在幼稚園照的。當時我正在草坪上跳《娃哈哈》，娃娃裙是媽媽出差給我買的，上面有米老鼠的圖案。因為天氣熱，我圓圓的臉紅撲撲的，眼睛笑成兩條縫。

照片上這個女孩，穿著和我一樣的米老鼠圖案裙子，跟我當時的歲數也差不多，但梳著羊角辮，似乎有點不情願地坐在凳子上搓著裙角。

我順勢看過去，牆上的相框裡，每一張都是她，在相同年紀拍的照片。一樣的擺放順序，小學入學照，春遊照，穿成小公主的藝術照。

但都不是我。只要沒瞎眼的就知道這不是我。

這小孩是誰？

又或者說，我是誰？

不可能呀，我所有記憶中，我是我家唯一的女兒，我從來沒有一個姊姊或妹妹。何況她跟我長得一點都不像。

難道我的回憶都是假的？我是不是在做夢？

一瞬間我大腦一片混亂，身子一軟，一下子坐在了地毯上。

屁股被硌了一下，好痛。

我揉著屁股跳起來，這地板凹凸不平，地毯下面有東西。

掀開地毯，人一下就傻了。

地板的大理石瓷磚上刻著螺旋形的圖案。這是個放大的「七路迷宮」。和平常玩的迷你版比起來唯一的區別是，入口處的透明球和另外隨機擺放的七顆顏色球深深地嵌在了地上，只有球上半部分凸出來一點。我就是被這凸起來的一半硌到了。

啥意思啊？

為什麼在我房間地上還有一個這玩意兒？

呼叫器再次震動。這一次是一串亂碼。

「Q12K71。舒。」

我愣了半天才想起這是《千字文》的代碼，翻譯過來是：勿解。

勿解？是讓我不要去解開這個七路迷宮嗎？是舒月，她知道怎麼回事。對，我應該趕快回到醫院去，只有見到我媽和舒月，我才能知道發生了什麼。

我拿起衣服就往外走，走到一半突然停住了。如果王叔和那個假大寶還在電梯裡，這會兒出去安全嗎？

我輕手輕腳地往大門走，透過貓眼往外望。

兩張面無表情的臉在防盜門外面。王叔和大寶似乎變成了我從來不認識的陌生人。

我嚇得往後退了幾步，幸好門還是鎖著的。看來這兩父子正守株待兔等我出去呢。王叔叔在這棟樓裡住了十幾年了，這是長期潛伏戰啊。尤其是大寶，一個幾歲的孩子竟然都能隱藏得這麼深。

怎麼辦，打電話給我媽，打給舒月也行。打電話報警也行。

我趕緊跑到客廳，拿起電話就要撥號。電話裡並沒有傳來熟悉的嘟嘟聲，電話線被切了。

唯一的出口被堵死了，電話又打不了，我果斷跑到陽臺，幸好我家住三樓，大聲呼救怎樣都有人能聽到吧。

走出陽臺，被陽光刺得睜不開眼，這不是夢，外面還是一切如常，知了在樹上叫著夏天，媽媽晒的棉被還有太陽暖烘烘的味道，我甚至能聽到不知是哪家正在看兩點半重播檔的《還珠格格》。

我把頭探出窗外，左右張望，這會兒大人們都在上班，樓下公園裡空蕩蕩的。突然我眼睛一亮，救星來了。社區的保安正在往這邊走。

以前這片單元樓沒有保安，後來二十世紀九〇年代搞發展，市區外來的人口變多，治安越來越不好了，社區加蓋了圍牆並在大門口設了一個保安亭，保安平常住在裡面，中午的時候也會給各棟單元樓的信箱裡分分信。

新來的保安並不認識我。就在剛才他還攔了我一下，問我是幾樓誰家的。這會兒工夫，他肯定還對我有點印象。

可我轉念一想，萬一我叫了他，他上來肯定會先遇到門口的王叔。

王叔不會說自己是壞人的，很有可能還會汙蔑我是賊什麼的。

保安不認識我，我媽的電話我又記不起來，他要是一進來，我拿什麼證明我是這家的女兒呢？

電話線被剪了，我房裡的所有照片都是別人。家裡沒有一樣證明我存在過的東西。那就只能進公安局了。

我進去事小，可是我還想再見見我爸，還想給他穿一身自己家的衣服送他走。沒辦法，如果他真的被王叔蠱惑了，我就假裝就範，然後趁其不備跑出大門，找Polo 衫叔叔。

想到這裡我扯開嗓子大喊：「保安叔叔！救我救我！救我！」

保安抬起頭來望向我這邊，和我四目相對。然後他的視線穿過了我向後面看去，就像我是透明的一樣。任我喊破了嗓子，他只是歪著頭朝我這邊又看了幾眼，就走掉了。

我突然覺得我的三觀顛覆了，從目前的現象來看，我應該是個鬼。我的房間裡並沒有我的照片，保安也看不見我。廁所讀物上說，一般活人看不見鬼。

我摸摸自己，有體溫，有呼吸，也不能穿牆，並且有影子。剛才我進大門的時候，保安還攔了我一下問我去哪裡幹什麼。如果我是幽靈，王叔也不可能能夠拍我的肩膀啊。

所以我肯定是存在的，不但在精神世界，而且在物理世界也是真實存在的。

那為什麼保安看不見我？

那只有兩種可能，第一，他裝的；第二，他是睜眼瞎。

如果他是裝的，那他肯定就是王叔一夥的，現在肯定是想上來跟王叔會合，然後破門而入對我不利，不然我在陽臺這樣叫下去遲早別人家也會聽到。

那我怎麼辦？如果硬拚，王叔帶著孩子行動不便感覺我還能拚一下，如果是兩個男人，明顯打不過啊。

正想著，保安又從遠處走了過來，手裡拿了幾份報紙，正和一個出來遛狗的阿姨有說有笑。

保安似乎沒有急著上來抓我。

他倆停在了我的單元樓樓下，我又看到了一絲希望，大叫：

「救命！救命！阿姨救命。」

寵物狗立刻抬起頭，朝著我的方向吠了幾聲。

遛狗阿姨也朝我的方向看過來。她好像看見我了，但那種感覺轉瞬即逝，她的眼睛變得空洞洞的。視線再一次穿過了我，看向了後面，然後又在搜索著什麼。

她轉過去跟保安說：「呀，我剛才好像看到那邊陽臺站了一個學生仔喊救命，再看又沒了，是不是我眼花呀。」

保安也朝這邊望瞭望，收回了目光：「我什麼都沒看到呀。」

狗繼續朝著我叫，阿姨扯了一下狗崽的繩子：「叫什麼叫！再叫沒得吃罐頭了。」

我整個人愣在陽臺上。

舒月跟我說過，遇到任何事情都先不要自己嚇自己，一定要分析。這個世界上沒有什麼不能解釋的事情。邏輯邏輯，我的邏輯思維呢？左腦趕緊上線啊！

我突然想到房間地上的七路迷宮。

舒月告訴過我，七路迷宮，英文是Seven Path Labyrinths，最早起源於北美印第安霍皮族，傳說中霍皮族曾經在莫格隆山脈修建過大型的七路迷宮，並把走出迷宮的方式藏在了歌謠中，口口相授，迷宮的圖案也作為部落象徵的圖騰。

可惜，迷宮的遺跡早已摧毀，而走通迷宮的正確路徑也失傳了。

舒月在麻省理工讀書的時候，曾經參與過一個研究印第安部落的項目，無意中看到這個迷宮以圖形的方式出現在霍皮族的紡織品花紋上。她通過各種文獻復原了這個迷宮的路徑。

而她給我玩的遊戲，只有五顆彩色球，是簡單的改良版。真正的玩法，是要把隨機擺放在迷宮裡的七顆彩色球按照順序推進洞中，到現在還沒有人能解開。

其實，用透明球推彩色球並不難，難的是要按順序。路徑和順序規劃的難度隨著彩色球的增加以次方倍數增加，這也是為什麼我只推一顆彩色球用兩分鐘，但是五顆彩色球想了半年也沒想出來的原因。

很多古代人認為來自自然界的啟示，不但反映了人與宇宙的連接，也被認為是神在創造時的規律的反應。

比如樹葉的脈絡和閃電的形狀，海上的旋渦和樹木的年輪，比如月亮的更替週期是29.53天，女性的經期平均也是29.53天。

而七路迷宮，則隱喻地表現了神是如何從混沌中一步一步有規律地按順序創造出宇宙萬物的。也可以說，迷宮是神創造世界的符號化象徵。

七顆彩色球，被透明球推著走過複雜的迷宮，最後依次進洞，需要精密的設計，只要一步錯就無法回頭。正如神設計世界一樣，如果中間某個微小的細節出錯，恐怕今天走在街上的就不是人而是豬了。

舒月一直通過這個遊戲向我灌輸隨機事物具有潛在規律的道理，只有心思縝密的人，才能一步一步解開謎團。

我坐在陽臺上，強迫自己冷靜下來重新想一遍。回家以後遇到了三件怪事：

——奇怪的王叔叔父子。

——不一樣的照片。

——看不見我的保安和遛狗阿姨。

從二、三得出的推論，我肯定是幽靈。但保安問話和王叔叔搭肩膀已經證明我是人，因此結論相悖。

從一、二得出的推論，我還活著但可能精神錯亂了，我一直照鏡子的臉不是自己真正的臉，照片裡的是我本人。王叔叔可能是精神病院派來抓我的。但即使精神錯亂也不會影響保安看見我，結論不成立。

從一、三得出的推論，王叔叔、大寶、樓下保安和遛狗阿姨都是一夥的，他們要把有幻想症的我抓回精神病院。

可是抓我的話只要破門而入就行了嘛，要麼就在我剛進社區的時候下手，又或者報警讓員警來抓我。反正哪一種我都反抗不了。

尤其是王叔叔，我對他一點防備都沒有，他要下手的話，直接在電梯裡隨便給我一拳我就倒下了。

為什麼不直接抓我，卻等我回家鎖好了門，再在門外守株待兔？難道我回家前和回家後會有什麼改變？

我看看手裡，比進門之前唯一多了的就是我爸的一套衣服褲子襪子，前前後後翻了一遍，真的就是普通得不能再普通的衣服。

難道王叔叔父子就是傳說中的內衣大盜？可是內衣大盜不是只收集小姑娘的蕾絲內衣嗎，怎麼還專門喜歡收集別的男人穿過的舊衣服？

他如果想要我爸的衣服，那他在家門外面直接搶走我的鑰匙，或者趁我開門時直接摺倒我不就好了嗎？衣櫃又沒上鎖，他愛拿哪件拿哪件就好了。

可是當我出了電梯往家裡走的時候，他並沒有跟我一起出來。

我的腦海裡突然閃過一個可怕的念頭，難道他想要的東西他拿不了，只有我能拿？靈光一閃，我趕緊跑回了自己房間裡。

地上的七路迷宮，彩色球有七顆，加上透明球總共八顆球。

和舒月給我玩的迷你版的不同在於，迷你版走錯了可以推倒重來，可是這個地上的七路迷宮，每顆球都嵌在迷宮通道的凹槽裡，無法拿出來。

換句話說，走通這個迷宮只有一次機會，如果沒走對，球就永遠卡在那兒了，不可能再走通。

舒月發資訊給我讓我勿解，有可能就是提醒我這個迷宮是一次性的，回不了頭。

我趴在地上，往迷宮中間的洞裡望瞭望，黑漆漆的，似乎有什麼東西。敲了一下地板，是空心的。

我呆坐在地上，看著七路迷宮。

舒月的擔心明顯是多餘的。

我最高的紀錄是半年裡面解開了五顆彩色球，可現在迷宮裡隨機擺放著的是七顆顏色球，比最高紀錄還多兩顆，別小看這兩顆，遊戲的複雜程度起碼提升了兩百倍。別說讓我現在解開了，再讓我在這兒待十年，憑我的智商也不可能解開。

小說裡主角在危急關頭悟出大招，反敗為勝都是騙人的。科學證明危機感不但不能激發你的智商，還會讓你的智商下降為零。

舒月沒道理不知道這一點。而且她自己也說過，七顆彩色球的通關方式，現在早就失傳了，連美國大學教授都解不開的謎題，我一個代數從來沒及格過的中學生能夠做什麼？

在明知道我解不開的情況下，舒月卻留言讓我勿解，又是什麼意思呢？

勿解，無解。

難道是要告訴我，這個迷宮是不需要被解開的？

我突然想起了我在廁所讀物上看到的一個故事。

有一個鎖匠號稱是全世界最厲害的鎖匠，沒有他開不了的門。有一天，國王的使者來通知他，說國王請了頂級的工匠為他修了一道門，門上是這個世界上最複雜的鎖，國王邀請這個鎖匠去試試開他的門。如果打開了，就能獲得珠寶千箱黃金萬兩；可打不開門，就要人頭落地。

鎖匠來到門邊開始用工具開門，一個小時過去了，兩個小時過去了……他始終沒聽到他熟悉的那聲「嘎噠」的開鎖聲。

鎖匠滿頭大汗地開啊開啊，就是沒聲音。

天黑了，他只好向國王磕頭請罪，可國王卻笑了。

國王起身緩緩走向那扇作工精美的大門，輕輕一推，門就開了。

原來國王根本沒有上鎖。

我想到這裡，趕緊用手摳住迷宮中間的洞，使勁向上提。

紋絲不動。

呵呵，我果然是太單純了。

我站起來，向四周看去，房間裡明顯有生活的痕跡。

床頭櫃上是看到一半的書，椅子上搭著沒洗的外套，玻璃杯放在桌上還剩下半杯水。

這個陌生女孩的照片掛得滿牆都是，和我穿一樣的衣服、玩一樣的洋娃娃、看一樣的書、一樣被爸爸媽媽抱在懷裡……

可是，她卻跟我父母過了十年。

也許媽媽每次推託不能來看我，是為了帶她出去玩；也許爸爸每次不接我電話，是在帶她看電影。

如果我真的是這個家的累贅，爸爸媽媽其實你們可以告訴我。為什麼要騙我呢？

想著想著，眼淚就情不自禁地往下掉。

照片裡的那個小姑娘，就像看不起我一樣，把頭扭向一邊。突然這個扭頭的細節引起了我的注意。

這些照片，有大有小，有遠景有特寫，但這個女孩的臉，卻始終是偏向左邊的。有的是側臉朝左，有的是稍微向左歪頭，有的雖然臉沒有轉，但眼睛也瞅向左邊。

我順著她指引的方向，慢慢往牆左邊走去。快走到牆的盡頭了，一張半身免冠照出現在我視線裡。

這是一張「紅領巾照」。每個小孩在成為少先隊員後，都會到照相館照一張這樣的照片，在二十世紀九〇年代特別流行。

她的臉在這張照片上，正正地看著前方，沒有指向性。

我慢慢往後退，才發現滿牆的照片中她的視線，都從不同位置往這張紅領巾照的方向望。

每張照片的景別不同，年齡和風景也不盡相同。所以一眼看去並不明顯，要非常仔細才會覺察。

而這張紅領巾照盯著的，是對面書架的位置。我轉過身，面對書架。

小姑娘看著的，是書架上的招財貓存錢罐。

一隻雪白的日本胖貓，抱著一枚大金幣，只要把硬幣往它嘴裡塞，它就會招招貓手。

我把存錢罐拿起來，發現後面連著一根細細的線。使勁一拔，只聽到「嗒」一聲，地上大理石的迷宮轉動了一下。

開了。

大理石板掀起一條縫，裡面有一個紙包和一張破紙。紙包摸起來也知道是一個本子，紙上寫著：「迷宮原樣放回，包裹見到舒月後再拆。」是爸爸的字。

另一張圖，竟然是我們家的格局施工圖。

我把包裹和爸爸的衣服用塑膠袋包好裝進書包，再把大理石板原樣蓋好，輕輕一轉。「嗒」一聲就卡住了，一絲縫隙都沒有。

本來的迷宮上就都是刻痕和凹槽，所以沒人能看出來這其中一圈凹槽是個蓋子。

我突然有點明白了。

這個機關的設計，有一個先入為主的概念。

假設有個賊來偷東西，當他發現迷宮並且看出迷宮下面有東西的時候，一定會有兩個念頭：

第一，這個迷宮肯定相當於下面東西的保密系統，必須要解開迷宮，才能拿到裡面的東西；

第二，這個東西很貴重，所以才要用這麼複雜的保險方式。

然後他會發現，七路迷宮的特點是只可以走一次的單向機關。換句話說也就是走錯一步，或者沒按順序走，就肯定拿不出下面的東西。倒楣一點的，下面的防盜系統會自動開啟燒毀系統，或者自動報警也不一定。

如果這個賊很重視下面的東西，一定不會冒險。

假設我的推論沒錯，外面的王叔叔之所以不進來，而非要等到我出去，是因為如果沒有我，他進來也沒用。因為他不會解這個玩意兒。

王叔叔肯定早就知道這個迷宮了，而且也早就查清楚這裡面藏著什麼了。

七路迷宮很容易就能查到，他也肯定能查出這個迷宮的解法失傳了。但他一定不信沒法解開，因為這不合邏輯，沒有一個人會用一把沒有鑰匙能打開的鎖，鎖他的寶貝。只要有這個迷宮，就一定有能解開的人。

於是他經過調查，可能得知我會玩這種迷宮遊戲，畢竟我平常也經常拿著自己的迷你版到處吹噓。

他會以為我在我爸去世後急匆匆趕回來，也有可能是為了這裡面的東西。

於是他故意在我回家前把這個平常鎖著的房間打開，以防我不知道這裡有個迷宮，故意引我進來。

上策是如果我順利開鎖，那麼我出門後他就能打暈我帶走包裹；如果我沒解開迷宮，那下策就是脅迫我回來開。

王叔叔他做夢也想不到，七顆彩色球的完整版迷宮我也解不開。這世上目前還真就沒人能解開。

人家麻省理工學院的教授都發表論文說無解了，為什麼你們就不能相信科學呢？

我剛剛說過這是一個先入為主的誤判，打開藏寶箱的關鍵偏偏就和這個迷宮沒關係。而是隱藏在特別顯而易見的照片中。

我突然感覺到有點疑惑，似乎這個線索，是為了我量身定製的。除了我，哪有小偷會扒著牆上一個小孩的照片使勁看呀！

我會仔細看。因為我才是最在乎她是誰的人。

「叮咚！」

門鈴聲把我嚇了一跳。我躡手躡腳走過去，從貓眼往外看。

貓眼的另一側，王叔叔和大寶面無表情，眼睛直勾勾地望著前面，裡面一片空洞。

王叔叔死了。

我被我腦袋裡跳出來的這句話嚇了一跳，為什麼會覺得王叔叔死了呢，他明明站在門外。

可下意識就覺得他不是活人。

活人的臉部不會是那樣的。

我們一般說的面無表情，最多是一個人努力遏制自己的情緒，又或者在放空自己的思想。

但人臉還是會有一種生動感，也就是神經病學裡面說的「微表情」。

比如生氣的時候，哪怕極力偽裝，你的嘴角也會下意識地抽搐或下沉。高興的時候、恐懼的時候、焦急的時候，面部肌肉都會慣性地做出相應的反應。這個反應會因為大腦的控制減小，但不會沒有。

但是王叔叔的臉，真的就是面無表情，跟一座兵馬俑泥塑、一具屍體或一個沒有生命的物體一樣。

我往後退了幾步：「誰——啊？」以此營造我在房間裡的感覺，然後又趕緊貼上貓眼。

那一瞬間，王叔叔本來像死人一樣僵硬的臉突然浮現出熟悉的笑容，聲音也充滿溫暖：「旺旺，是叔叔和大寶，叔叔不放心妳來看看妳。」

要是平常我百分百開門了。

這個老鬼，已經等不及了嗎？肯定是見我進來太久，已經按捺不住了。

我趕緊再往後退了幾步：「叔叔，我——在上廁所，您等等……」說完迅速往房裡撤。

完了，就算我把鎖解開了也在劫難逃，唯一能出去的地方就剩陽臺了，下面是一片光禿禿的水泥地，要是我跳下去應該會高位截癱吧。

早知道有這一天，學什麼鋼琴啊，學一下挺舉鋼琴還差不多。練練手勁，搞不好還能擊退壞人。

我趕緊抓起家裡的裝修工程圖紙仔細看起來，搞不好我爸留了條逃生狗洞也說不定。果然我爸用紅筆圈起了一個位置——書房的大壁櫃。

「喀拉喀拉」，我聽見了鑰匙開門的聲音。

跟我想的一樣，王叔叔不但來過我家，連大門鑰匙都有！

我背上書包快速衝進書房，反鎖房門，希望能爭取多一點時間。

打開大壁櫃，全是冬天的厚衣服和棉被。我迅速把這些東西全部扒出來，裡面露出一個半公尺見方的小鐵門。

外面傳來一重一輕的腳步聲。

我趕緊鑽進小鐵門，一股霉味害得我喘不上氣，我把小鐵門在裡面鎖死，然後使勁爬使勁爬。爬了不到一分鐘就到頭了，裡面黑漆漆一片。難道當初狗洞沒挖通？不會這麼坑吧。

我萬念俱灰，突然之間聽到腳步聲和一個女人的喘氣聲：「呼，減肥呢，就是靠運動，妳天天坐電梯，大腿肯定粗啦，呼。」

我立刻反應過來我爬到了什麼地方。翻過身用兩隻腳使勁踹堵住的地方。

「匡噹」一聲，防火樓梯裡掛著的消防栓，連同裡面的滅火器，直接被我從牆上踹了下來。

Polo 衫叔叔的車還在，我迅速跳上車。

「快走。」

汽車一路狂奔，開上環城高速，高峰期塞車。

空調已經開到最大，我的汗還在往外冒。

「剛才是怎麼回事，怎麼去了這麼久？」Polo 衫叔叔問我。

「剛才回家被人……」

我突然覺得即使我把遭遇說出來，人家一定會當我神經病吧。

「……人攔在外面了，新來的保安不認識我。」我支支吾吾地說。

「哦。走高速太塞了，我們下去抄近路吧。」Polo 衫叔叔突然說。

汽車在下一個出口駛出高速，左拐右拐進了老城區。

老城區是在清末和民國初年建起的，房子都是舊式的雙層磚樓，二樓是住家一樓是店家。

這兒沒有地鐵，道路錯綜複雜又多是單向行駛，很多路窄得公車都過不去。大部分人都搬遷了。

剩下的老房子有的轉租給打工仔和外來人口，更多的只是東倒西歪地廢棄著，牆上寫著「拆」字。

我魂不守舍地想，不知道現在舒月和我媽怎麼樣了。

真的一刻都不想忍，想快點見到她倆，問個明白，這一切到底是怎麼回事。

一腳剎車，我的頭差點撞到擋風玻璃，我嚇了一跳。

兩個頭髮染成紅綠殺馬特的小哥，打鬧著衝過馬路。

看到他們的時候，我打了個冷顫。

# 第三章　不要相信任何人

十分鐘前。

我趴在車窗上，大腦一片混亂。

「小姑娘，我知道妳難受，妳爸爸的事太突然了，我們都沒有預料到。妳要堅強一些，不然怎麼照顧妳媽媽和舒月呀。」

我不說話，眼淚靜靜地流。

「小姑娘妳叫什麼名字？」

「……」

「小姑娘？」

「汪旺旺。」

Polo衫叔叔露出一臉疑惑。這很正常，第一次聽到我名字的人基本上都是一副吃了屎的表情。但我這時候也沒心思解釋了。

但他關注的點竟然跟狗沒關係：「妳姓汪？」

我一下無名火就湧上來，但是因為我爸的事我也不想吵架，我轉頭甩了一句：

「我不姓汪難道妳姓汪？」

Polo衫叔叔一副難以相信的樣子看著我，那表情就好像在讀我的思想，看我有沒有撒謊。

懶得理妳！我瞪他一眼，轉頭看向窗外。有一群殺馬特青年在路邊抽著菸。

而我這次看到的過馬路紅綠毛頭，就是十分鐘前遇到的殺馬特少年。

老城區的路錯綜複雜，我心裡有事，也沒有留意車在往哪開。

難道車一直在繞彎？

Polo 衫不對勁！

我裝作鎮定，偷偷看了一眼旁邊的 Polo 衫。

舒月讓我不要相信任何人。

我又犯了一個先入為主的錯誤，我原來的理解是，回家拿東西時，遇到任何人都不要相信。但這個叔叔早上就來學校接我了，而且班主任也說他是我爸爸的同事……

我仔細回想早上的細節，不對，班主任只說了：妳爸爸的同事在樓下等妳。

但沒說他是呀！

在樓梯裡遇到他的時候，他說他是來接我的，我就直接跟著他走了。

如果是我爸的同事，來學校找我，肯定知道我的名字和班級，才能找到班主任來通知我。

可是他剛才竟然問我叫什麼名字。

Polo衫在安慰我的時候還讓我堅強，照顧我媽和舒月。他連舒月都知道了，這麼瞭解我們家，卻不知道我的名字？

我正想著，Polo衫突然慢慢地轉過臉看著我，皮笑肉不笑地說：「想什麼呢？」

我不說話，眼角朝車外掃了一下，車已經開到一個沒人的地方了。

「叔，我想上廁所。」我握緊了我的包。只要他一停車我就逃。

「不，妳不想上廁所，只，要，我，一，停，車，妳，就，逃，了。」Polo衫看著我的臉，一字一頓地說。

什麼嘛，跟我想的一字不差，初中生的思想都這麼好猜嗎？

「妳，和妳書包裡的東西，都要留下。」Polo衫慢慢地說。

就在這時，我的呼叫器再次震動，我拿出來一看，是舒月的留言。

我把呼叫器遞過去：「舒月有信息給你。」

Polo衫根本不看：「妳讀給我聽。」

我深吸一口氣，一字一頓地讀出來：「讓，它，看，B，P，機，如，果，不，看，東，西，永，遠，拿，不，到，她，的，名，字，是……」

我抬起頭看向Polo衫。

就在這一瞬間，我感覺Polo衫有一點遲疑，然後朝呼叫器看了一眼，一隻手條件反射伸過來接。

我把呼叫器往他臉上狠狠砸去，同時發力去搶方向盤，使勁把方向盤向右打死。

「砰」的一聲，車頭整個飛出馬路，撞到路邊的電路箱上。

駕駛座的那一側撞得最重，整個門都凹陷了，司機那邊的半塊玻璃全碎了，Polo 衫的頭撞到方向盤上，流了一頭血，一般人肯定暈了。

我前面的書包幫我擋了一下，雖然我在轉方向盤的時候早就有準備，但這會兒也是天旋地轉。

額頭八成撞破了，我感覺到有血順著眉毛流下來。但我也顧不得擦了，拿起書包就去扒門跳車。

一隻手猛地抓住了我的書包帶，我已經半身踏出車門了，又被這股力氣拽得一屁股跌回副駕座上。

我轉過頭，我發誓這輩子沒見過這麼詭異的景象。

駕駛座的氣囊彈開了，Polo 衫剛好被卡在座位上，他的左手已經被凹陷的車門撞成骨折。

他的頭撞在擋風玻璃上，前額都變形了。但最恐怖的是，他明明受了重傷，卻好像連疼都感覺不到。

他面無表情，就跟剛才從貓眼裡看到的王叔叔一模一樣！那就不是活人的表情。

Polo 衫用看起來唯一能動的右手死死抓住我的書包帶，喉嚨裡發出一種不像人類能發出的聲音：「妳，叫，什，麼，名，字。」

我靠，人都撞成這樣了，難道不應該說「妳跑不掉的」「我做鬼也不會放過妳」

之類的臺詞對白嗎？

為啥蹦出來的是狗血言情劇男女主初次相遇之經典三大疑問句？

「妳從哪裡來？」

「妳是誰？」

「妳叫什麼名字？」

但我也來不及細想，用力把書包扯開，裡面的東西頓時散得滿車都是。

我抓起美術課上用的美工刀，一刀切斷書包帶，跳下車一路狂奔。

直到跳上了公車，我的心裡才算安定了一點。

呼叫器已經在車裡當成手榴彈砸Polo衫犧牲了，我回想起舒月最後發的資訊。

「讓它看呼叫器，如果不看，東西永遠都拿不到，她的名字是」這就是全文了。

舒月一定是看我這麼久都沒回來，判定我出事了。

其實舒月和我都在賭，賭他聽到留言，到底會不會分心。如果分心，我就有機會。

從這個留言看，舒月似乎知道Polo衫和王叔叔他們想要的是什麼東西。

第一句，讓它看呼叫器。

這個它，是用了非人的它而不是他。呼叫器留言都是打到Call臺，然後告訴接線員，接線員再轉成文字發給機主。我之前收過的每一個訊息，無論什麼內容接線員都預設是人字旁的他。必然是舒月特別交代用「它」，接線員才會用。

那「它」到底是什麼？難道Polo衫還有王叔叔，還是鬼不成？鬼能晒太陽？有體溫？骨折還流血？開門還要用鑰匙？

但我不否定，他們倆不正常。雖然具體哪裡不正常我說不上來。

「如果不看，東西永遠拿不到。」

舒月能說出這句話，證明她知道那是個什麼東西，而且知道在哪裡。

這東西還不是我手裡拿著的包裹。因為Polo衫已經知道包裹就在我書包裡了，可是還是去看呼叫器的留言。那就證明除了這個包裹，還有更重要的東西。

還有一種可能，我手上拿著的包裹只是這「東西」的一部分，而另一部分，舒月知道在哪裡。

我又低頭看了看我手裡的東西，爸爸的衣服因為拉扯，蹭到了灰，襯衫也不平整了。

我輕輕地撫摸著爸爸的衣服。

包裹的手感無疑是一本書，可無論再好奇，也只能見到舒月再打開。

她的名字是……

短信就到這裡完了。她是女子旁的她。

我心裡想，Polo衫和王叔叔想拿到的東西，一定和某個女性有關；又或者，他們想拿的東西，在某個女性手裡。

可是如果是這樣，只要留言說「她是」，或者「她在」就好了啊。

這人是誰不重要，重要的是她的名字？Polo 衫他們一定不知道她的名字。

想到這兒我不寒而慄，逃出車的時候，Polo 衫那一句話，像是幾百歲老人才能發出的乾涸的聲音：

「妳，叫，什，麼，名，字。」

沿路怕有人跟蹤，我轉了好幾趟公車，天黑前才趕到醫院。

早上來的時候，我去的是搶救中心。

可是當我再回去的時候，護士一臉迷茫：「汪金水？沒有這個人啊。」

我比護士更迷茫，但是幸好我下午已經被好一頓嚇，沒有這麼容易崩潰。

我描述了我爸的搶救時間和房號，護士查了一下本子，又看看我。

「妳說的人，本來是要去七樓太平間，但是有我們領導的紅頭文件下來，人……總之已經被領走了，妳是親屬嗎？」

「是，我是他女兒。」

「不可能吧，妳連妳爸的名字都不知道，怎麼證明妳是直系親屬。」

護士的眼神像看瘋子一樣看我。

「那他登記的是什麼名字？」我問。

「這個傷者是我們領導親自打電話過來安排的，傷者資訊我們不能對外透露。」護士看了看時間。「半小時前他的親屬還在這兒。」

「是不是兩個女的?」如果是,那一個就是舒月,一個就是我媽。

「是。」護士轉身回房了。

我一個人呆呆地坐在醫院走廊。

我爸,連他的名字也是騙我的。從小我媽告訴我,我爸叫汪金水,舒月告訴我,我爸叫汪金水。我腦洞就算開得再大,也不可能去查我爸的身分證啊。建議大家還是沒事查一下爸媽的身分證。也許等著妳的是另一個驚天大祕密。

已經到晚上的吃飯時間了,一群護士拿著便當從我旁邊走過。

「跟我走。」一個護士走過我的身邊,戴著口罩。

是舒月的聲音。

跟著舒月穿過醫院的走廊,繞過電梯,走進防火樓梯。我四處張望:「我媽呢?」

「別回頭。什麼都不要問。」

我跟著她下樓,在急診大廳繞來繞去,最後從醫院後門出來。

舒月攔了一輛計程車把我推上去。

「到底是怎麼回事?」

她沒理我,而是摘下口罩,眼睛仍像剛哭過一樣紅紅腫腫。她並沒有看我,從口袋裡掏出一個塑膠袋裹著的東西:「這是妳爸的遺物。」

塑膠袋被舒月的體溫焐得熱烘烘的,我把塑膠袋打開,是一包嶄新的零錢,有一元、五元、十元，總共五百元。

錢整整齊齊地按面值疊在一起，用橡皮筋捆著，有一半已經被不知哪裡沾到的顏料染成了暗綠色，粘在一起的鈔票撕都撕不開。

我眼淚唰地就掉了下來。之前對我爸的憤怒和猜疑，隨著眼淚滴落煙消雲散。

我爸出事的前幾天，打過電話問我零用錢還夠不夠。

「夠是夠，可是你每次在書裡夾的錢都是一張一百元的大鈔，到哪哪都找不開，搭公車都不行。」我隨口說道。

只是一句我說完都會立刻忘記，無意的話。

我爸卻惦記著，第二天就趕緊去換了零錢，到死之前都像寶貝一樣貼著心口放著。連我一句撒嬌的話，都牢牢地記在心上。

這樣的爸爸，怎麼可能是一個跟我沒有血緣關係，只知道騙著我瞞著我的陌生人呢？

可是現在一切都晚了。我的爸爸再也回不來了。

想到這裡，我突然大叫。

「我要下車！」我向計程車大哥喊道。「我媽呢，我要去找我媽。」

我衝下車，舒月打開車門，一下擋在我面前。

「妳不能回去。」舒月拽住我的手。「妳媽剛才在醫院的時候就不見了，能找的地方我都找過了，不能回去，那裡不安全。」

「妳放手，放手，我就剩下我媽了。」我奮力掙扎甩開舒月的手。「我媽有危險，嗚，我不能連媽都沒有了。」

啪！一個耳光，頓時一條街上的人都看過來。

舒月的手在抖，我的腦袋嗡嗡地響。

她從來沒跟我發過脾氣，我印象中她就是一個永遠不會有什麼情緒波動的人，總是玩世不恭，優哉遊哉地，跟誰也急不起來。

她竟然打我，還是在街上當著這麼多人的面。

我愣了一下，使勁推了她一把：「妳憑什麼攔著我！妳不是我媽！妳不是我媽！妳誰都不是！妳沒資格！」

舒月被我從人行道一把推到馬路上，這時一輛大卡車呼嘯而來，舒月的身體向後一仰，卡車眼看就要撞上去。

我慌了，一個箭步上去，企圖把她推出卡車的撞擊範圍。

沒想到一個趔趄，我和她同時摔倒在馬路中央。

一個急剎車聲，緊接著後面四五輛車的剎車聲，卡車側轉了九十度，在距離舒月不到一公尺的地方剎住了，車後裝的雞鴨被甩得發出了震天的慘叫。

「媽的有病啊！妳無眼啊？」司機操著一口南方鄉音從車上跳下來就要跟我倆拚命，結果一看是個中學生和一個大美女，司機的氣下去了不少，嘟嘟囔囔地問我們有沒有摔傷。

舒月連連道歉，把我扯回人行道上，經過這麼一嚇，我倆都冷靜了不少。

「妳不能回去，否則妳爸爸媽媽這麼多年的犧牲，為妳做的一切就都白做了。」舒月垂下眼睛，她的一隻高跟鞋跟斷了。

舒月平常表現的是一個很愛美又很嬌氣的人，每天變著顏色塗指甲油，連一箱速食麵都叫喚拿不動。

現在她卻若無其事地把另一隻高跟鞋脫下來，輕輕一掰，一雙高跟鞋竟然被硬生生掰成了平底鞋。

「到底是怎麼回事？」我不知道該從何問起，只覺得我爸出事後一切都變得不正常了。

「妳先跟我走。」舒月說。

舒月沒有帶我回家，而是帶我去了老城區，七拐八拐到一棟洋樓前面停下來。

「這裡暫時應該是安全的。」舒月說著打開了鐵門。

這片區域以前是英法租界，很多老外在這兒蓋了洋樓，算是曾經的富人區。這片城區的洋樓有些年頭了，改革開放之後，大部分都重新粉刷修葺變成了西餐館、咖啡廳和婚紗影樓。

而我面前的這棟樓，似乎還維持著幾十年前的原樣，年久失修的院落長滿雜草，在夜裡看起來陰森森的。

我跟著舒月走進洋樓，一樓的天花板特別高，裡面的家具和擺設雖然布滿了灰塵，卻是一樣也不少。能看出來主人在安排格局時是花了一番心思的，白色的皮沙發和琉璃燈具，全都是按照當時洋人的最高標準配置的。

牆上的一張照片引起了我的注意，那是一張似乎全家福的黑白照，坐在中間的一對老年夫妻，老爺爺竟然穿著半襟長襖突厥族服飾。

這對老人看起來六、七十歲，雖然老爺爺穿著突厥族服裝，卻戴著手錶，還戴著眼鏡，頭髮梳的是二十世紀六〇年代流行的三七分，要不是他的鷹鉤鼻還有一點突厥族的特徵，乍一看還以為是漢族老人沒事 Cosplay 少數民族。

老太太則是六〇年代的典型「的確良」白襯衫和一副黑框眼鏡。

靠左有一個看起來三十歲出頭的女人，穿著白色旗袍戴著白手套，頭髮攏成髮髻梳在腦後，而最讓人熟悉的，是嘴角似笑非笑地上揚，有高傲，有嫵媚，又帶著不屑一顧。

雖然這個女人和舒月沒有半分相似，可感覺卻像極了舒月。而她的旁邊，一左一右站著兩個男人。

左邊的是一身白西裝的有著酒糟鼻的外國人，頂著一個啤酒肚，很明顯和旗袍女人是一對。

右邊是一個突厥族服飾的漢子，他擰著眉頭，眼睛瞥向另一邊的外國人，一臉的嫌惡。

最讓我震驚的，是我竟然眼尖地在最後一排看到了我的爸爸和舒月！

他倆和幾個年輕人站在最後面，我爸面無表情，似乎有心事。而貼著他站的舒月，卻把頭微微轉向我爸，那個眼神分不出來是在看我爸還是看鏡頭。

「那是剛改革開放，妳爸出國讀書前照的。」舒月有意無意地向我解釋。

「這是哪裡？妳不是說回來就告訴我怎麼回事嗎？」

「這是我家的祖屋。」舒月突然不知道從哪裡掏出一根菸點上了，我從來沒見過她抽菸。

舒月深深吸了一口，隨即咳了起來：「咳咳，唉，好多年沒抽過了。」

又沒男人在妳演什麼演，裝什麼深沉啊，還抽菸，又不是拍電影。我心裡想著翻了個白眼。

「我跟妳爸打小就認識了。恢復高考後我們就一起考到了北京，妳爸讀的是歷史。後來妳爸跟我說，中國剛經歷了一場文化浩劫，無論是教育水準還是文獻資料都太匱乏了，他想施展心中的理想抱負，他想出國。」

「我叫什麼名字？」舒月突然問我。

「汪舒月，一九六六年出生，今年三十七，天蠍座，AB型血，未婚，麻省理工大學生物和遺傳學碩士，月收入不明，愛好化妝購物美甲，不吃豬肉。」

這麼多年被舒月的追求者問得我都能倒背如流。

「我的本姓不姓汪，而是姓完顏。我祖上是滿族人。」舒月掐掉了菸。「完顏以前在金朝是大姓，一直到清朝都是貴族。後來清朝亡了，我們一族為了生存，慢慢改姓為汪。」

「難道醫院護士說我爸的名字和我說的對不上，是因為我爸還在用舊姓？我真名叫完顏旺旺？」我的內心覺得完顏旺旺真心比汪旺旺好聽不了多少。

「妳爸不姓汪，也不姓完顏。妳爸其實來自這個照片裡的另一個家族……」舒月深深地看了照片中穿著突厥族服飾的老人一眼，告訴了我我爸和完顏家族的歷史。

# 第四章　有情人終成兄妹

西元一二三〇年冬，在金朝滅亡之前，一隊金國皇家的送葬隊伍在甘肅的風沙中往涼州溼川緩緩跋涉。

隊伍為首的是金國的騎兵，但更多的是老幼婦孺。他們就是舒月的祖先，金國皇子完顏弼的舊部。

金朝末年，朝野動盪妖孽叢生，在完顏弼之子完顏亨遭到金朝第四代皇帝誅殺後，剩餘的宗室預感到金朝大限將至，若仍留於關內，不日必將一族滅門。因此宗室決定以建陵為名，將其一支族人連同舊部遷往涼州溼川。

溼川雖自古以來為西出長安通往西域的第一要鎮，卻在京都不斷地東遷中逐漸荒涼。

風沙迷了隊伍的方向，行至靈臺時，第一個人病倒了。先是數日水瀉，筋脈紊亂，四肢抽搐，體虛高熱，後精元盡失匱竭而亡。

霍亂，一個在現代醫學治療中隨便打一針疫苗就沒事的病，在古代卻是不治之症。

隨著疫症在隊伍中大規模傳播，人數迅速銳減了一半，連宗室之子也被感染，從大草原來的薩滿和巫醫都無能為力。

宗室長老跪在九鼎梅花山前起誓，若上蒼能為密國公完顏一脈昭示一線生機，必當世代擊鼓調神祭奠供奉。

九鼎梅花山上的西王母似乎聽到了這個異教遊牧民族的祈求，在臘月夾著冰雹的雪雨中，山的另一邊，走出了另一支隊伍。

那是一支逃亡的突厥隊伍。

突厥族首領用彎刀割破了手腕，將自己的血液混合著草藥給完顏宗室之子與染病之人服用，一夜之間竟然悉數痊癒。至此完顏一族留住了命脈。

在那個外面硝煙四起的年代，兩支不同民族的隊伍在避世的九鼎梅花山立下盟誓。

完顏氏一支力量永為突厥盟所用。此後無論盛世繁榮或亂世戰火，兩族人將永遠相互庇護求生。完顏宗族之長女在今後世代將嫁與突厥族之長子，以求千秋萬代永為交好。

而這支突厥族隊伍，卻並沒有說明他們來自哪裡和為什麼逃亡，為首的突厥告訴完顏宗室，他們是神的直系子孫，留著最接近神的血液。他們沒有姓氏，但他們的名字和祖先的名字一樣，叫圖爾古。

數百年後，圖爾古部族逐漸漢化，清朝後期兩族逐漸遷往江南。民國之後，圖爾古部族逐漸改姓為徒。

「妳的爸爸，就姓徒。」

我沒說話。

首先我覺得，餵血什麼的能治霍亂，跟板藍根能抗癌一樣扯。

其次，由於幾口血，古人就能隨隨便便把自己八竿子打不著的後代婚姻大事都安排了，憑什麼啊？要坑就坑你自己就好了，為什麼還要後面的人來背鍋？

尤其是像我長得這麼美的仙女（捂臉），如果另一族的長子長得像武大郎，那我寧願當時被滅族了呢。

當初你們立誓的時候就沒有想過五百年之後一顆受精卵的感受？

如果我沒猜錯的話，我爸應該就是要娶完顏家長女的人。我媽說過他是長子。

如果是我媽的話，那張中華這個名字也是假的了。我媽至少應該叫汪中華什麼的。

我趕緊問：「那我媽姓汪嗎？」

意料之中，舒月搖搖頭。

她走到了照片旁邊，指著那個白色旗袍的女人說：

「她是妳奶奶，叫汪玉墨，她當年受了民國的新思潮，拚了命地反抗嫁給妳的爺爺徒閏年。」舒月指了指白旗袍右邊的那個突闕族服飾的漢子。「後來架不住兩家人的脅迫，和妳爺爺結婚後生了妳爸就算是完成了使命。一九四九年妳奶奶離婚了，後來帶著妳爸嫁給了這個老外去了美國。」

不用說我也知道這個老外就是左邊的白西裝。

不知道為什麼，我特別理解我奶奶的選擇。

換成任何一個女人，要是只為了一句毫無科學依據和說服力的家族遺訓，就要去嫁給隔壁這個土了吧唧的漢子，任誰都會拼死反抗吧。

中國人老是講，父母之命媒妁之言，禮義廉恥相夫教子，其實是幾千年來在坑女人的路上越走越遠。哪怕是明天地球就要滅亡，都不值得我們女人去犧牲，OK？

舒月說，她比我爸小五歲，第一次見到他，是在她四歲那年。族裡領著我爸，來汪家定親。在她的印象裡，我爸還梳著鄉下孩子那種棒子頭，四邊剃光了中間用紅繩梳了個辮子。

他倆在院子裡玩了一個夏天，舒月叫他小哥哥。

那是一個物資匱乏的年代，小孩能玩的最高級的遊戲無非就是拍菸盒和彈石子。小哥哥卻有一雙巧手，能照著舊畫報上的圖片，用廢報紙糊出一個風箏。

兩個孩子迎著風來回跑了一個下午，風箏終於歪歪扭扭地飛上了天。

「什麼時候，我也能像它一樣自由自在？」小哥哥說。

南方的夏天很長，但再長也有轉涼的一天。聽說小哥哥要搭船去「萬惡的資本主義國家」了。舒月抱著紙糊的風箏，跟小哥哥說：「記得給我寫信。」

後來舒月總共收過小哥哥四封信。

一九八二年

「月，我已回國。國家已經全面恢復高考，我與妳應該掙脫家族愚昧迂腐的束縛，用知識改變我們的命運。我在北京等妳。」

那一年，舒月不顧家裡的反對，用五隻大公雞換了兩塊錢，買回來複習資料和練習本，一碗稀粥熬一宿，那年高考費用五毛錢。

一九八四年

「月，這幾年我一直在研究，我的家族在納木托的起源，他們似乎不是來自地球上任何一個已知的地方。更可怕的是，他們選擇完顏家族作為結盟和通婚人選也並不是偶然。

可是目前國內的文獻資料太匱乏了，我已經申請了費城大學亞洲史研究的專案，這邊的學術研究氛圍嚴謹，妳也一定會喜歡。」

那一年，舒月考上的專業是古漢語，她毅然轉為學習生物，只因為學校生物系的優秀學生可以特派赴美學習。

一九八六年

「月，妳在麻省可好？

想必妳也接受了自由文化的薰陶，我們都不該拘泥於封建禮法的家族傳統。

我迫不及待跟妳分享一個喜訊，我遇到了一生摯愛。婚禮從簡，但請妳聖誕時務必來參加，她亦是華人留學生，並無同鄉，我視妳為唯一的妹妹，只望妳能見證。婚後我將搬至加州。

我自覺家族的詛咒在我遇到她時已經結束了，因此也並未對她提起。今後為人丈夫，是該把過去拋下。如今我倆身處國外，亦算是解脫。」

那一年，舒月作為生物學家參與了亞利桑那州印第安遺址的考古，她發現了遺址的石碑上關於西元二二二五年的一段記錄和家族傳說不謀而合，她買了下週的機票想在耶誕節親口告訴他。

麻省的冬天很冷，舒月擦了一把眼淚，去婚紗店挑了一套伴娘禮服。婚禮之後一別就是七年。

一九九三年

「月，我知道了我們家族的源頭，卻也因此付出了巨大的代價。我的身體發生了某種變化，時間有限，我必須回到他們來的地方。我和妻子有個女兒，想將她託付於妳，如若有天我們遇到了變故，請將她視如己出。見面詳談。」

那年的我剛上小學。

舒月抬起手輕輕拂掉了照片上的灰塵，就像清潔一塊珍貴的寶物。那是她跟我爸唯一的照片。

她在流淚。

雖然才十五歲，但每天必看《還珠格格》和ＴＶＢ八點檔的我，也能知道這是一段落花有意流水無情的一廂情願。

唉，有情人終成兄妹才是現實裡狗血單戀的大多數結局。

這一刻我實在忍不住要吐槽一發。

要知道我爸真的外貌平平，方臉長腰粗脖子，唯一能拿出來的充其量就是身高和智商了。但我媽可是大美人，明明可以靠臉吃遍五星級大酒店卻要跟著我爸喝涼水。

舒月的追求者我沒數過，也就是一年二、三十個吧，畢竟是我這麼多年改善伙食的重要經濟來源。

兩個美女都看上我爸，還死心塌地，是我這個外貌協會會長所不能理解的。

但是當時我也沒心情想這些了：「七路迷宮的完整版解法已經失傳了，為什麼要故布疑陣？」

「那是我和妳爸爸想出來的一個局。憑我們兩人，是根本鬥不過他們的，他們在暗處而且無孔不入。」舒月歎了口氣。

「我們能做的，只是延緩他們找到的時間。拖過某個期限，就算我們贏了。可這幾年，我們明顯感覺到，他們已經蠢蠢欲動了。以防萬一，妳爸拜託我想一個保存祕密的方式，這個方式同時能夠確保妳的安全。

「於是我設計了一個沒有鑰匙的鎖，無解的七路迷宮。然後我就故意大張旗鼓地訓練妳七路迷宮的簡易版遊戲。

「我在迷宮的內部裝了防盜機關，如果誰企圖移動任何一顆球——無論是什麼球，機關都會開啟，將裡面的東西銷毀。他們也一定發現了這一點，所以也不敢貿然行動。

「他們知道即使脅迫我和妳爸，我們都很有可能在假裝解開的時候開啟銷毀裝置，他們不能冒這個險。因為這個機關，他們這幾年來對其有所忌憚，妳才能平安長大。如今他們是等不及了。

「他們引妳回去，第一是他們認為妳知道解開的方法；第二是他們不確定妳是不是知道這個祕密是什麼——妳只有在不知道的情況下破解，才能防止妳在破解時啟動銷毀裝置。

「所以他們故意敞開妳的房門，把妳困在家裡，都是為了引誘妳去打開機關。他們害怕強迫妳的話妳反而會故意解錯。但他們沒猜到的是，我們把真正破解的線索藏在了只有妳才會留意的照片裡。」

「他們……強大的勢力？他們到底是誰？」我問。

舒月沒有回答。

我低頭想了一下：「不對啊，這不合邏輯，如果這個東西真的很重要，他們可以抓了我媽威脅我爸，或者抓了我爸威脅我。三流電視劇都有演過啦，這招總是最奏效。」

「呵呵。」舒月乾笑了兩聲。「他們比妳想的可怕多了，他們要知道妳想什麼，根本不需要抓妳。妳回家的時候，難道沒有遇到什麼奇怪的人和事？」

「有。」我想起來認識十幾年的王叔叔變得不再和藹可親，樓下的保安和遛狗大嬸對我視而不見，撞得半死還若無其事拉住我的 Polo 衫司機。我把經過跟舒月說了一遍。

「妳看完妳爸留給妳的東西，就明白了。」

打開爸爸留給我的包裹，裡面是一本日記和一封信。

孩子：

當妳看到這封信的時候，爸爸媽媽很可能已經出事了。這麼多年，妳不在身邊，爸爸媽媽無時無刻不在想著妳，我們愛妳。

爸爸的一生都在和自己的命運抗爭。小時候唯一的記憶，是一家人永無止境的爭吵。

妳的奶奶，因為我們的家族被逼和妳爺爺走在了一起。所以爸爸的童年並不幸福，也從來沒有享受過一天家庭的溫暖。

爸爸曾經想，如果能變成一隻鳥飛走就好了，掙脫命運的束縛，飛離這個只剩下黑暗的土地。

當年，妳的奶奶遇到一個美國記者，他向她描述了資本主義國家的自由和浮華。於是她離開了爺爺，從家族長輩手裡抱走了我，踏上了美國的貨輪。

可是這個美國人也並沒有像他承諾的一樣善待妳的奶奶，他賣掉妳奶奶帶來的東方首飾和嫁妝，終日縱情聲色，並染上了毒癮。

直到有一天，國內傳來消息，妳爺爺在離婚後又依祖制娶了第二個姓完顏的女人，妳奶奶最小的堂妹，她才十九歲。

那一刻我才明白，這個幾百年的詛咒並沒有打破，如果想衝出命運的牢籠，必須從源頭解開這個枷鎖，在追求自由的路上，無法依賴任何人。

當聽到中國恢復高考的第一時間，爸爸就立刻回到了祖國。報考歷史系的原因之一，就是要搞清楚自己家族的由來。可沒想到，彼時中國的許多資料和典籍都被銷毀了。

爸爸後來輾轉回到了美國。

在美國遇到了妳媽媽，那是爸爸人生中第一次覺得，一切的一切，都不如讓妳媽媽幸福來得更重要。

爸爸本來想放下所有家族的事，跟妳媽媽過平靜的生活，執子之手，與子偕老。

可是這個想法，在一次遭遇中徹底變成了泡影。

那件事後，爸爸就知道，今後的生活會天翻地覆，不再平靜。但那時候妳已經是個成型的胎兒了。

爸爸在醫院看到妳之前，從來沒想過身為人父應該做什麼，是什麼樣的感覺。

第一次抱妳的時候，看到妳的小手小腳，長得就是一個縮小版的爸爸，妳的小臉，長得就像妳媽媽一樣美。

妳從小就特別乖，從來不哭，爸爸帶妳去打針，別的小朋友都哭了，妳在爸爸懷裡，爸爸親親妳，妳就像小天使一樣笑得很開心。

原來這就是為人父母的感覺，爸爸和媽媽願意用自己的生命去守護妳，把全世界最好的給妳，讓妳成為最幸福的人。妳是照進我們生命中最溫暖的光。

因此我們毅然帶妳回國，改了自己原來的姓名，也隱瞞了妳的名字。

可是隨著妳的長大，爸爸知道，如果自私地把妳留在身邊，妳將不再安全。

妳離開家的那天，使勁抓著我的手，問爸爸是不是不要妳了。

爸爸也捨不得妳。哪怕拼盡最後一絲力氣，也要保全妳，讓妳像個普通孩子一樣成長。

保護妳的唯一方法就是讓妳離開祕密的中心。

爸爸和命運進行了一次賭博，如果爸爸贏了，妳會有一個平靜的童年，若干年後，當一切歸於塵埃，爸爸就能做回一個普通的爸爸，看著我的女兒上大學讀書，去旅行，遇到生命中的另一半，在我的護送下走進婚姻的殿堂。

這幾年，爸爸去了納木托，也出國去了尼泊爾和印度，爸爸知道自己的時間不多了。

那一次遭遇，讓我的身體開始發生變化。當我發現時，在某種程度上來說，爸爸已經不是人類了。

如果妳已經看到了這封信，妳要記住，爸爸會在天堂守護著妳。

這本日記，記錄了真相的一角，可追逐真相的過程就像一個巨大的旋渦，會讓妳越陷越深。爸爸本來一生都不想讓妳知道真相，已經想好了一條後路護妳周全。

可爸爸一輩子都在跟命運抗爭，可如果爸爸也在妳不知情的情況下去幫妳做出選擇，是否對妳也不公平？

所以爸爸把這個選擇的權利留給妳。

唯一的前提是，妳只需要考慮自己，妳是否覺得知道真相比成為一個普通人，享受平淡的快樂更為重要。

不要想幫爸爸報仇，無論如何爸爸都不會回來了，不要去浪費妳的人生。

如果妳還希望維持之前的生活，妳只需要將日記燒毀，拿著信封裡的護照和出生證明去美國。會有人接洽妳，妳什麼都不需要擔心，除了名字不同，妳還是原來的汪旺旺。

可如果妳執意打開這本日記，妳就會窺探到真相的一角，但相應地，也要承受知情的代價。這個代價也許會帶妳墜入深淵。這是爸爸最不希望的。

無論妳的選擇是什麼，妳都是爸爸的女兒，流著我們家族的血液，永遠不要屈服於命運，自己去選擇自己想走的路。無論遇到多難過去的坎，都不要放棄，黑暗總是看似一望無際，卻能被哪怕一束光芒刺破。

好好活著，我的女兒，徒傲晴。

爸爸
徒鑫磊

和信一起裝在信封裡的，是一張結婚照、一本護照和一張英文出生證明。

照片上是年輕的爸爸和媽媽，站在費城大學的夕陽下，媽媽穿了一條樸素的白色長裙，頭髮挽成髮髻插著兩朵粉色的薔薇花。爸爸穿著一套並不太合身的白色西裝，側頭對著媽媽笑，眼裡只有她。

照片背面寫著：

徒鑫磊與妻子歐琳娜，
I will give you my love from this day on, for the rest of our lives.
從今日起我把愛給予妳，直到天長地久。

我的名字是，徒傲晴。我是徒鑫磊和歐琳娜的女兒。

淚水打濕了信紙。我的爸爸是為了保護我，才被人殺害的。

爸爸，對不起，你對我的囑咐，我做不到。我必須瞭解真相，我要找到害你的人，替你報仇。

就在我要翻開日記的時候，一隻手按住了封面。

是舒月。

「妳為什麼要看？」舒月說。

「我要知道真相，要知道我爸為什麼會死，要給我爸報仇。」

「妳從哪裡來的自信？螞蟻憑自己的決心能用腿絆倒大象嗎？蜉蝣憑自己的怒火能撼動大樹嗎？為什麼不能成全他的心願，做一個普通人？」舒月看著我的眼睛。

「不需要去逞能，沒有人讓妳做英雄，我們費盡心思保護妳這麼多年，不是為了讓妳一時犯傻隨便死掉。」

「不要打開。」她說這話時，用一種乞求的口吻。

我低下頭，沉默了良久。

哪怕我也在老師提問「未來的夢想職業」的時候，大聲說過「我要做科學家」；

哪怕我也在「我的大學」的命題作文裡面，寫過清華北大；

哪怕我也幻想過，自己在某一天從 Ms.Nobody 變成 Somebody。

可平凡人的命運就是，即使有一腔熱血，仍有不可逾越的鴻溝。

沉默了許久，我使勁掰開舒月的手：「這是我的選擇。」

我這一代，打小就被教育，小胳膊擰不過大腿，正義戰勝不了邪惡。沒有水冰月的超能力就不要去降妖伏魔，沒有蝙蝠俠的存款就不要去作死保護他人。

低著頭謹小慎微地活著，慢慢也就忘記了如何昂起頭。

難道因為看不到亮光，就只能選擇閉上眼睛？

難道因為沒有贏的可能，就必須選擇視而不見？

如果我選擇不看這本日記，我是能繼續做我的普通人。可是我的一生都不會獲得內心真正的平靜，心裡總會有一個聲音說，妳曾經有過一次接近真相的機會，但妳放棄了，妳是一個連妳父親的死因都不敢知道的人。

與其背負懦弱和自私，我寧願打開這本日記。

至少可以對自己說，我還有機會，還有可能成為一個不平凡的人。

哪怕真相讓我一生顛沛流離，我都能在深夜篤定地睡去。

「妳一直不是一個天分很高的孩子，如果盲目追求妳力所不能及的東西，得到的只會是痛苦。」舒月說完，緩緩地把手鬆開。

我打開了日記。

# 第五章　塵封的日記

日記裡面記錄了一九八八年，我的父母剛從費城搬到加州的事情。

看完之後，我內心的恐懼無以復加，在這之前，我能想像到的最壞的情況，無非是和國家的力量抗衡，和先進武器的力量抗衡，哪怕是和鬼怪、靈體抗衡。

然而上面這些都不是，那種力量帶來的恐懼並不是來自於有形體之物，而是像空氣一樣如影隨形。

這種抗爭，早已超出了螞蟻絆倒大象所比喻的。

螞蟻和大象畢竟還是屬於地球上的不同物種。雖然螞蟻絆不倒大象，但至少地球上還有其他物種有這個能力，比如恐龍和鯨魚等等。

非要打比方的話，這更像是螞蟻要改變地球的公轉，雙方根本就不是一個維度和量級的對手。

我還是決定用第一人稱把這本日記記錄下來（日記內容被我整理和修飾過，但沒有情節上的改動）。

一九八八年二月二日晴

直到計程車駛進洛杉磯下城區之前，我對這兒的混亂都是沒概念的。

雖然從費城出發的時候，心裡已經有了最壞的打算，畢竟以如此低的價格在市中心租到一間將近兩千四百平方的公寓這件事，本身就透著詭異。

歐琳娜的臉上也透露著焦慮。她抬起頭看著我，輕輕地搖了搖頭。

我們在距離公寓一公里的地方下了車，印度司機死活不肯再開進去。

和我們想像的大都市完全不同，布滿垃圾的街道臭氣熏天，廢棄的大樓改造成了少數族裔的批發市場，一群墨西哥人站在街口向我們投來了怪異的目光。

穿過兩個街區，一棟新古典主義建築風格的大樓出現在我們眼前。

典型的美國一九二〇年代摩登建築，一樓是鍍黃銅的彩色玻璃大門，也許因為治安不好而裝上了鐵絲防盜網。雖然黃銅已經鏽跡斑斑，但仍然能看出當年的輝煌。

我和歐琳娜走到門口，花崗岩的前門地板磚上刻著：約書亞大廈，建於一九二四年。

「Hey, Welcome to California. I hope I didn't keep you waiting.」

我和歐琳娜轉過頭去，原來是那個自稱湯姆的房產仲介。

「抱歉讓你們久等啦，您知道這個地區沒什麼停車場。」湯姆熱情地接過歐琳娜的行李。「請跟我來。」

正當我和歐琳娜準備開門的時候，突然一隻手抓住了歐琳娜。

那是一隻像僵屍一樣的手，乾癟的皮膚下覆蓋著蜈蚣一樣的血管，灰色的指甲裡全是泥垢。

一個戴著頭巾的吉普賽老婦抓著歐琳娜的手腕，兩隻眼睛空洞洞的，蒙著一層白霧：「快離開，你們不屬於這裡。」

「什麼意思？」歐琳娜嚇得臉色慘白。

吉普賽老婦卻沒回答歐琳娜的問題，而是用空洞的眼睛看向歐琳娜的臉，自言自語道：「你看到的門是牆，你看到的牆是窗，安菲斯比納有兩張臉，說謊的次數和實話一樣多……」

「嘿，女士，我們沒有零錢。」湯姆厭煩地推開那個吉普賽老婦。「天啊，為什麼這些人不被送到救濟中心去。」

湯姆推著我們倆走進大堂，我回頭看了看那個吉普賽女人。她還沒有走，她抬起一隻手指著天：「你窺探到森林裡的獵人，正因為你是他的獵物。」

保安坐在防盜網層層包圍的監控室裡，探出頭看了湯姆一眼，遞給他一把黃銅鑰匙：「604。」

他嘴裡散發出一股濃烈的酒味。

湯姆帶著我們上了大廈裡唯一一架老式電梯，他踹了一腳柵欄——電梯才咯吱咯吱地動了起來。

「您知道，幾十年的老東西還能堅持運轉，就說明了它品質很好……」湯姆還沒說完，電梯就晃動一下，停在了四樓。

四樓竟然完全是廢棄的，連裝修都全部損壞了，黑洞洞的走廊一盞燈都沒有。

「湯姆，這棟樓看起來似乎不能住人。」我頓時感覺被仲介騙了，強忍著怒火問道。

「噢，先生，抱歉我之前沒有說清楚，四樓的住客確實都搬走了。」湯姆一臉討好的笑容。「確切來說，三四五樓都沒有人住，尊貴的租客通常都選擇住在頂樓——六樓曾經是這棟大廈最豪華的公寓，連伊莉莎白・泰勒和凱薩琳・赫本都曾經是這兒的租客——您也知道赫本出演的《費城故事》吧？她太美了，就像您的夫人一樣美……」

在湯姆的滔滔不絕中，電梯終於到了六樓。

走出電梯，六樓走廊上的壁紙已經剝落得七七八八。陽光透過走廊上方穹頂式弧形玻璃射進來，能看得出剛建成的時候確實十分豪華。

當我們打開604的時候，撲面而來的霉味讓我們說不出話。天花板上有一大片漏雨滲出的水漬，還有一堆前房客的垃圾雜物堆在牆角，臥室裡竟然還有一塊莫名其妙的塗鴉。

歐琳娜拉緊我的手，使勁搖了搖頭。

「湯姆，這個公寓和我們之前預期的不太一樣……你看是否還有別的公寓能選擇？」

湯姆一瞬間收起了笑容：「先生，我想您誤會了，我們公司在報紙上刊登的廣告，就是這間公寓，而您付的錢和簽的合約也是。相信我，您的預算還不及整個市區正常公寓的零頭。」湯姆攤開手掌。

「要不問問他能不能把租金退了吧？」歐琳娜用中文跟我說。

仲介的直覺讓湯姆似乎立刻從歐琳娜的表情裡分辨出她的意思：「合約寫明退款扣除五成的押金。如果我是您，我不會這樣做。」

年前收到洛杉磯研究院的錄用信時，我在驚喜之餘也想過要放棄。搬遷到加州是一大筆費用，要知道一年的房租和押金，已經花光了我倆所有的積蓄。

我愧疚地看了一眼歐琳娜：「我們還能拿回一半……」

「我們租了。」我還沒說完，歐琳娜就擺擺手向湯姆說道。「沒關係，雖然這裡看起來很破，我們自己買油漆回來刷一刷就好了。而且這裡多大呀，這個客廳就比我們費城的家還要大，刷一條起跑線，我們就可以在客廳裡賽跑了。」

歐琳娜是為了不讓我內疚才這麼說的。我輕輕地抱了抱她，婚後她瘦了很多。

我跟著湯姆一直走到大堂門口交付了信箱和鑰匙，就跟他說再見。

他向門口走了兩步，猶猶豫豫地轉過頭來對我說：「先生，您和您太太天黑後最好不要出門。再見。」

湯姆戴著帽子，我看不見他的表情。我想他是提醒我這區的治安太差吧。

我正想說聲謝謝，他卻快步走出了大門。

晚上九點多，突然下起了雨。「巴茲」一聲，家裡停電了。

「Shit!」我忍不住罵道，抹黑點起蠟燭，然後開始到處摸索電箱。

「磊，你看。」歐琳娜拉著我到窗前，透過玻璃是洛杉磯市區的霓虹燈和摩天大樓，雨霧中看去就像星河一樣流光溢彩。

「真美。」歐琳娜感歎道。

歐琳娜的身體貼緊我，我能感受到她的心跳，她靠在我的肩膀上，唇落在我耳邊：「不要管電了，我們睡吧。」

我解開她的襯衫紐扣，歐琳娜身上有肥皂清爽的木蘭花味，我吻著她起伏的胸口。

「磊，我們生個孩子吧，我想要孩子。」琳輕輕的一句話，讓我渾身一震。

我從來沒有告訴過琳，關於我的家族那條不成文的通婚條例。

「你怎麼了？」歐琳娜疑惑。

我吻了吻歐琳娜的臉頰：「也許是剛搬進來太累了，睡吧。」

「嗯。」歐琳娜雖然有些許失落，卻還是點點頭。

直到歐琳娜睡著了，我才藉著燭光攤開那本《突厥族通婚史》。

亞洲少數民族歷史，歐琳娜以為我選這個專業只是因為興趣，卻沒想過我的家族，也是這段塵封歷史中的一部分。

歷代徒氏長男迎娶完顏長女後生下的皆為男嬰，從沒有過特例。

不遵家規的例子，皆不得善終。

「元末丹增圖爾古自永登一役跟隨徐達長驅天下，與徐達四女徐氏成婚。徐氏產下雙頭怪嬰後再無所出。丹增後依祖制納完顏長女為偏房，生三子。

明中爾望圖爾古，與外族女子私訂終身，珠胎暗結。七個月後生下四眼六足怪嬰，未足月便夭亡。」

記載中只要徒氏長子和異姓女子通婚，就會生下怪胎。

我曾經想過，這會不會是一種隱性遺傳病，可根據遺傳學來看，近親通婚得遺傳病的可能大於五成，可兩個家族數百年的族內通婚竟然沒有一個相關記錄。反而遺傳學中異族通婚是最有效降低遺傳病和畸形的手段之一，族譜中卻沒有一個健康嬰兒的例子。

這些記載像詛咒一樣如影隨形，我越是告訴自己不要去想，內心就越發不安。

沒有一個女人能接受自己的孩子是怪胎，沒搞清原因之前，我並不打算讓歐琳娜懷孕。

如果她知道了真相，也許一生都不會原諒我的自私吧。

突然，我聽到了一個奇怪的聲音。

「嘶——嘶——」

在漆黑密閉的房間顯得格外刺耳。

「什麼東西？」歐琳娜也嚇醒了。「是不是有人？」

就像用鋼絲劃金屬，又像是指甲從黑板劃過的噪音，讓人覺得渾身不舒服。

雨下得越來越大了，雨水聲、漏水聲和風聲，我一下也聽不清聲音從哪裡穿過來。

「誰？」

沒人回答。

我從行李裡翻出手槍，決定搬到加州前，舒月就勸我買把手槍防身，雖然我不信加州這麼混亂，但還是考了持槍證，沒想到這麼快就用上了。

外面的走廊也停電了。採光玻璃被雨水拍打著劈里啪啦作響，投進微弱的光。

歐琳娜執意不肯留在公寓，拿著蠟燭跟在我後面。

「有人嗎？」我喊道。

除了雨水聲，走廊一片寂靜。

一個閃電，歐琳娜尖叫了一聲。

「怎麼了？」

「那邊，那邊剛才有……有一雙眼睛！」

我向歐琳娜指著的方向望去，走廊的另一邊黑洞洞的什麼都沒有。

我追了過去，607，608，609……每間公寓都緊鎖著，唯有走廊盡頭那間沒有門牌的雜物間，微微敞開著一條縫。

歐琳娜躲在我的後面，我打開槍栓，輕輕地推開雜物間。

「吱——」

突然一個黑影從我腳邊竄了進去，我嚇得槍差點走火。

一個穿著白色睡衣的小男孩在雜物間的角落裡看著我。

「沒事，只是個孩子。」我鬆了口氣，收起槍讓歐琳娜進來。

借著燭光我才看清了這個孩子的臉，他七、八歲的樣子，金色的頭髮，一雙藍色的大眼睛上面掛著像洋娃娃一樣的長睫毛。他也被我們嚇了一跳，哆嗦著蜷在牆角。

「嘿，寶貝，別害怕，你叫什麼名字？」

歐琳娜蹲下身來，輕輕地安撫著受驚的孩子。「你為什麼會在這裡？」

「……阿爾法。」小孩怯生生地說，他的聲音非常好聽。

阿爾法伸手指了指雜物間後面的一堆破紙箱，裡面是一窩剛出生沒多久的小奶貓。一隻流浪貓正在箱子外面警惕地看著我們，這就是開門時的那個黑影。真是虛驚一場。

「有人把雜物間的門關了，貓咪媽媽進不來。」阿爾法說著就伸手去摸其中一隻小貓。

「嘿，寶貝，不要摸它。」歐琳娜拉住阿爾法的小手。「如果沾上了人類的味道，貓咪媽媽就會認不得它是自己的孩子了。」

「認不得，會不要它了嗎？」

歐琳娜猶豫了一下，我知道她不願意對一個孩子這麼說。

於是我對阿爾法說：「貓咪媽媽會以為它是來傷害其他孩子的，為了保護自己的孩子，貓媽媽就會咬死它。」

其實不只是貓，很多動物都有護犢的天性，它們憑氣味來辨認自己的孩子，一旦有其中一隻或數隻幼崽沾染了其他動物的味道，作為媽媽，通常「保護」孩子的兩種辦法就是叼到別的地方或者咬死「入侵者」。

阿爾法垂下了眼睛，眼睛裡閃著淚花。

「阿爾法沒有媽媽……阿爾法摸過彼得，那彼得會死嗎？」阿爾法輕輕地說，眼睛裡全是內疚。

彼得應該是他給其中一隻小貓起的名字。

「只要你下次不要摸就好了。以後阿姨也跟你一起照顧小貓咪，直到它們長大好嗎？」歐琳娜覺得我說的話太重了，輕聲安撫著阿爾法。

不得不說歐琳娜的幼稚教育沒白讀，安慰孩子還是很有一套：

「我叫Olina（歐琳娜的英文名，和她的中文名字發音一樣），我住604 。如果下次打雷害怕了，就來找阿姨，小孩子是不能在晚上亂跑的哦。」

阿爾法告訴歐琳娜，他和祖母住在608，阿爾法從小就怕打雷，一下雨就睡不著覺。聽到流浪貓的聲音，才偷偷跑出來的。

我們把阿爾法送回608，看著他推門進去。

「我們聽到的聲音應該也是這隻流浪貓。雜物間門鎖了，那隻流浪貓進不去奶孩子所以拚命撓門，這孩子真善良。」歐琳娜笑著說。

回到家之後，撓門聲果然沒有了。

一九八八年二月六日晴

昨晚做了一個奇怪的夢。

夢裡我和歐琳娜，似乎有了一個孩子。

夕陽從窗外照進來，我坐在搖椅上，歐琳娜和我們的孩子坐在窗戶旁邊玩。

我好像沒戴眼鏡，模模糊糊的，看不見她們在玩什麼，只聽見她倆小聲講著什麼，突然又笑得很開心。

我努力眯起眼睛，想看清我們的孩子，可陽光這麼刺眼。

等我睜開眼睛時，已經是中午了，歐琳娜正在廚房裡忙碌。

「馬上可以吃午飯了。」歐琳娜轉頭看著我，臉因為激動漲得通紅。「磊，我要告訴你一件事，我昨晚做了一個特別好的夢。」

「關於什麼的？」

「關於我們的，我夢見我們離開了市區，在另一個城市有了一個超級大的房子。」

歐琳娜把雙手張開誇張地比畫著：「我的Dreamhouse！花園有各種各樣的花，客廳很寬敞，鋪著我最喜歡的波西米亞地毯，還有你的大書架，夕陽從落地玻璃照進來。」

歐琳娜貼在了我的懷裡。

「我和我們的孩子坐在窗前玩遊戲，妳在搖椅上看著我笑。」

「天啊，我也……」我的冷汗一下冒出來。

是什麼概率，能讓兩個人同時做同一個夢？

這究竟是一個巧合，還是一個……預兆？

我想起了族外通婚誕下的怪嬰和無法用科學解釋的血統。

歐琳娜曾經告訴我，她的母親在非常年輕的時候就因為宮頸癌去世。宮頸癌是最容易治癒的癌症之一，病變前只要通過手術切除即可，但代價是再也不能生育。

在這種焦慮下，歐琳娜對孩子的渴望越來越急切，以至於最近這一年，她提到孩子的次數越來越多。

「你怎麼了？」歐琳娜問我。

「我也……也是一直希望在未來能給妳買這樣的房子。」我趕緊說。

「磊，我想把次臥改造成嬰兒房，給我們以後的孩子。」歐琳娜突然很認真地對我說。

那種強烈的不安，再次湧上來。我拚命抑制自己不要想，想從臉上擠出一絲微笑，可是我的臉這會兒應該很難看。

「你覺得怎麼樣？」歐琳娜問我。

「……現在這麼做，是不是有點太早了？」我緩緩開口說道。

「懷孕嗎？怎麼會，只要你配合我肯定就能懷上的。」歐琳娜的臉紅了。「你現在也找到了穩定的工作，我就在家安心備孕唄，生完孩子等他再大一點，我再工作也不遲。」

「我們之前沒商量過這件事。」我低下頭不敢看她的臉。「不是我不想養家，而是我覺得現在我們都沒錢，自己都養活不了，怎麼養孩子？」

「我們都經歷過物質最匱乏的日子，沒有牛奶麵包，我們也長大了。你難道會因為小時候沒有玩具車和洋娃娃，就無法成為一個幸福的人嗎？」歐琳娜攤了攤手。

「我讀的是幼稚教育，女性在三十歲之前生產是最利於胎兒腦部發育的——我覺得我昨晚做的夢就是一個預兆……」

「大部分時候夢都是相反的。」我不耐煩地打斷她。

空曠的公寓裡，歐琳娜突然沉默了。

我第一次覺得歐琳娜背對著我，距離這麼遙遠。

「磊，你是不是不想要孩子？」

我別過臉：「我沒有準備好……我們是不是一定要為這件事吵？」

「你是不是不喜歡小孩？」

「……」

「篤篤篤！」一陣急促的敲門聲打斷了我倆的爭吵。

「誰啊？」歐琳娜扭過身去不再理我，轉身去開門。

「等等，先別開。」我也跟過去，一隻手拉住歐琳娜，從貓眼裡看出去。

門外是一張蒼白的滿是皺紋的臉。

面無表情。

我的第一反應是毛骨悚然，這個人，無論是誰，看起來都不像活人。

我拿起昨天放在書桌上的槍插在褲腰帶上，把門打開一條縫：「請問找誰？」

門口是一個老太太，臉上乾癟得沒有一點脂肪，看起來有八、九十歲了。也許是為了掩飾沒有血色的臉，兩頰上了一層厚厚的胭脂，卻顯得像中國送葬時用紙紮的小人。

加州的一月比不上北方冷，大概也就是十攝氏度左右。但老太太仍穿了一件金絲繡花天鵝絨長袖外套，裡面一條高領連衣長裙，長裙的袖口一直紮到手腕，手上還戴了一副蕾絲手套。

她的手裡捧著一個紙盒。

將近有三十秒，她沒有表情的臉上，慢慢地，慢慢地，擠出一個笑容：「打擾了，我是妳的鄰居。」

她的聲音已經沙啞得分辨不出男女，卻用一種相當尖銳的語調，嗓子裡一個單詞一個單詞地蹦出來，帶著陌生的口音。

我鎮定了一點。

這個老太太應該是腦中風後遺症，無論中外老人到了一定年齡後，患突發性腦中風的概率都會變得很高，但美國醫療相對先進，搶救回來的概率多一些。倖存者痊癒後都會有不同程度的運動障礙和言語吞咽障礙等後遺症。老太太言語吞咽的問題很嚴重，這也是為什麼她的語調如此尖銳。

老太太見我不說話，緩緩把紙盒遞給我：「我孫子說他已經見過你們了，這是我新烤的餅乾。」

阿爾法怯生生地從老太太後面探出頭來。

「您好。」我連忙開門。

老太太用了將近兩分鐘才移動到客廳唯一的兩張椅子旁邊，似乎這麼一動都要了她半條老命了。

「叫我瑪麗亞。我是阿爾法的祖母。」老太太說。

「我是Shin（爸爸名字裡鑫的發音），這是我的太太Olina。」我介紹說。

歐琳娜把曲奇餅倒在盤子裡端過來：「真是抱歉，我們剛搬進來幾天，家裡還沒收拾好，該是我們上門拜訪的。」

和中國的習俗不同，在美國，新家入夥需要做的第一件事就是拜訪鄰居。以前住在費城讀書的時候也是這樣，周圍的鄰居都是因此互相認識，平常也會有個照應。

那時候我們也有一個和瑪麗亞年紀相仿的鄰居老太太，因為腿腳不方便，歐琳娜總會幫她寄信。她也經常會把自己種的芹菜胡蘿蔔送給我們吃。

也許因為這段經歷，歐琳娜對瑪麗亞分外有好感。

老太太的全名是瑪麗亞・阿德爾，是德裔移民，二十世紀五〇年代起就住在這棟大樓裡。現在六樓除了我們以外，唯一的住客就是她和阿爾法。

聊了一會兒，老太太的遲鈍讓我興趣索然，就借著看書的名義打發歐琳娜陪著他們倆。

隱隱約約地，我聽到瑪麗亞在外面用她怪異的聲音說著什麼：「……開始的時候，很多新婚丈夫不喜歡孩子……在我們鄉下，妻子會把姊妹的孩子們接到家裡住一段時間……讓丈夫習慣了孩子在身邊，自然而然就會想自己也有一個……」

一陣厭煩湧上心頭，歐琳娜一定是和瑪麗亞抱怨過了丈夫不想要孩子這件事。為什麼要去和一個第一次見面的外人說呢？

我突然覺得，歐琳娜也許從來沒有理解過我。

「Olina，我們去看看貓咪好不好？」祖孫倆離開的時候，我聽到阿爾法的聲音。

# 第六章　約書亞大廈

一九八八年二月十五日陰轉陣雨

歐琳娜仍舊每天和阿爾法去照顧小貓，我分辨不出來，歐琳娜對那孩子的喜歡是真心的，還是故意要給我壓力。

今天下班，給大學學長李浩民打了個電話，他現在在洛杉磯的私立診所做醫師。晚上和學長吃完飯才回家，開門就見到歐琳娜光著腳坐在地上，家裡竟然多了四、五件家具，地上有一大塊新的波西米亞地毯，上面散落了一些圖畫紙和蠟筆。

「嘿，你去哪兒了？」歐琳娜看起來心情不錯。

「哦，妳還記得浩民師兄嗎，我下午出去跟他吃了個飯。」我搪塞了兩句，問道。「這地毯是從哪兒來的？」

「我今天又碰到瑪麗亞，老太太突然跟我提起610的房客。原來之前那裡住了一個美國人，幾十年前移民去澳洲了。他走得太急，連家具也沒來得及處理，只是拜託瑪麗亞幫他賣掉。可後來這個美國人也沒消息了。瑪麗亞說她也老了，沒力氣再去賣這些家具，今天看到我們連沙發都沒有，就非要送給我們。」歐琳娜興奮地說。「我下午一個人搬了好久才把這幾件家具搬進來……我太愛這塊地毯了，幾乎就和我夢見的一模一樣！」

我仔細看了每一件歐琳娜搬回來的家具，雖然看起來是舊物，但是保養得相當好，擦掉灰塵就像全新的一樣。

餐桌的四角是鎏金鏤空浮雕，沙發是小牛皮的，波西米亞地毯是絲毛混紡，而且一點蟲蛀的痕跡都沒有……雖然這些家具的樣式很樸素，但絕對價值不菲。

我總覺得哪裡不對，但一下又說不上來是什麼不對。

「妳……確定這些都不用錢？」我不可思議地看著歐琳娜。

「這個老奶奶真的是一個好人，608到612都是她的產業，她原來想讓我們倆直接搬進去住，可我覺得太麻煩她了，心裡過意不去。」說著，歐琳娜揚了揚手臂，是一把黃銅鑰匙。「這不，她把610的鑰匙都給我了，讓我缺什麼就去拿，其實我們就缺一個床架了。」

我向臥室望去，在二手市場買的床墊還孤零零地放在地上。

「無事獻殷勤，非奸即盜。」我說。「天底下哪有這麼好的事？妳確定瑪麗亞就沒讓妳交換什麼？」

「我一開始也被嚇到了。」歐琳娜攤了攤手。「但是我仔細想想，她能騙我們什麼呢？我們一沒錢二沒權，總不至於騙色吧。瑪麗亞其實就是一個很寂寞的老太太，她說她一直都盼著能有一個鄰居說說話。我說我可以幫她賣掉這些家具，可她說賣掉這些家具的價值，還不如幫助我們大。」

看我不說話，歐琳娜盯著地上的繪圖紙和蠟筆，沉默了一會兒，終於說：「好吧，瑪麗亞其實讓我有空的時候，陪阿爾法玩一玩。她太老了很難照顧一個孩子。他剛才還在，我們畫了會兒畫，就這樣而已。」歐琳娜說這句話的時候，眼睛並沒有看著我。

我立刻想到上次瑪麗亞在客廳隱隱約約說的話：「……把姊妹的孩子帶回家養，讓丈夫明白孩子能為家庭帶來快樂……」

「妳不會傻到相信那種鬼話吧？」我突然覺得，歐琳娜快要把我逼得窒息了。

「啊？」歐琳娜眨著眼睛，她還在裝，我真討厭這樣的她。

「我說妳，妳不會傻到相信瑪麗亞說，隨便在外面找個小子回來養，就能改變我吧？妳是不是非要把我們倆的所有事都去跟別人說？」我幾乎是吼出來的。

「你什麼意思？」歐琳娜不可置信地看著我，她突然站起來歇斯底里地喊道。「我從來沒有跟瑪麗亞說過我們的事，我不知道為什麼她那天下午會突然提起這些！可能人家就是看到我沒孩子同情我才說的！我從來沒想過要改變你，我沒想過拿阿爾法做改變你的工具……」

歐琳娜說著說著，眼淚像瀑布一樣流下來，我們結婚這麼久，歐琳娜從來沒有這麼傷心過。

「難道我連一個朋友，都不能有嗎？嗚嗚……」

我心裡難受極了，把歐琳娜抱在懷裡：「對不起，對不起……我錯了，都是我的錯，我知道妳只是想要個孩子而已，我們一定會有寶寶的。」這句話，不但是對歐琳娜說，也是對我自己說的。

我把歐琳娜抱上床，只要我配合歐琳娜，她心裡會好過些吧。

事後，看著歐琳娜在我懷裡沉沉地睡去，外面又下起雨來。

看了一下表，已經快十二點了。反正我也睡不著，乾脆起來看會兒書。我剛從圖書館借了兩本關於遺傳學和畸形胎兒病理學的書。

「啪茲——」

又跳閘了。

上次停電之後，歐琳娜又在家裡備了幾根蠟燭，老房子的電壓怕是修不好了。

一個響雷。

「嘶——嘶——」

那隻流浪貓又開始撓門了。我有點不耐煩地堵住了耳朵。到底是誰這麼無聊，整天把雜物房的門關上。

咦，好像不太對，這層樓只有兩戶。

歐琳娜和阿爾法一直都很關心那窩小奶貓，不可能去故意關上雜物間的門；我自然也沒關門；瑪麗亞，她就連走到雜物間都費勁——那到底是誰去關的門？

撓門的聲音越來越大，這力道就像是要把指甲都撓掉一樣。這臭貓，難道是猜出來我沒睡。唉，算了，就當是為了歐琳娜，我去給它開個門好了。

我拿起蠟燭走出公寓。外面還是黑乎乎的走廊，可我似乎沒上一次那麼害怕。人就是這樣，當你知道黑暗裡有什麼的時候，是不會畏懼黑暗的。只有當你不知道黑暗裡有什麼的時候，黑暗才是黑暗。

雜物間的門敞開著。沒有流浪母貓，裡面的小奶貓在黑暗中仰起脖子，看著我。難道是那隻蠢貓認錯門了？我有點疑惑，在雜物間看了半天，正準備轉身回去。一道閃電，雜物間的窗戶被照得猶如白晝。

我往窗外瞅了一眼，突然發現有一個人，站在樓下對面街道的路燈底下。她站在雨中，毫無遮擋，看著六樓我所在的方向。

是入住第一天就在樓下遇見的吉普賽老婦。記憶中她的眼睛明明瞎了，但我覺得那一刻她就在和我四目相對。

她嘴裡念念有詞，雨太大，我聽不清。

我在找的那隻流浪母貓，從她懷裡抬起脖子，也在看著我。而此刻整個走廊回蕩著的，卻是撓門的聲音。

「嘶——嘶——」

一九八八年二月十六日晴

「會不會是你做夢了？我昨晚什麼都沒聽到啊。」在我把昨晚的事告訴歐琳娜後，歐琳娜不以為意地說。歐琳娜一直以來都睡眠很淺，哪怕是說話大聲點也能被吵醒，可昨天晚上偏偏就睡得很沉，連我出去都不知道。

下午在歐琳娜的一再要求下，我跟她去610搬了床架和書櫃，家裡的床墊一直放在地上，已經有點受潮了。

和我們公寓相比，610簡直是保存得太好了。除了灰塵和蜘蛛網之外，地板和牆壁都沒有什麼破損，房間長年上鎖，密不透風，天花板和牆皮都沒有裂開。

家具用塑膠布和白色床單罩著，從灰塵的厚度來看，這些家具自上任房主離開後就沒有再移動過。窗戶上懸掛著天鵝絨卷邊窗簾，旁邊擺放著一架史坦威的楓木鋼琴。

連櫥櫃裡的銀質餐具，都是義大利麥培盛（一個專門出高端餐具的貴族品牌）出品的，每一隻銀器後面都有設計師的簽名。

上任房主似乎還是一個攝影收藏愛好者，每一面牆上都掛著各種攝影師的黑白攝影作品，然而引起我注意的是那張舉世聞名的「市政廳前之吻」。

那是一對在巴黎市政廳前面路過的戀人，男生不經意地摟過女友深深一吻，這一瞬間他們好像忘記了周圍的一切，從他們身邊經過的路人在漠然趕路，沒人在意他們，甚至沒人看他們一眼，可這也絲毫不影響這一瞬間迸發出來的熱情。

照片雖然看似隨意，卻透露著法國人民特有的浪漫和風趣，它在那個年代提醒著戰後復蘇中的法國人民，別忘記自己曾是一個充滿愛和激情的民族。

在這張照片受到法國藝術圈高度評價的同時，也讓街頭攝影師杜瓦諾成了當時攝影界的標誌性人物。

要知道像這種攝影作品，通常只會沖印一張，以保證其獨一無二的珍貴價值。而掛在我面前的這一張，竟然是杜瓦諾本人親自沖印的複刻版，在裝裱框上有一行小字：

送給強森・H，同樣熱愛生活的人。您忠實的朋友杜瓦諾。

強森・H，應該就是前屋主的名字。

我突然間知道為什麼我一直感到不安了。

從歐琳娜把家具搬回家的那天，我就隱隱約約覺得哪裡不對，可是說不上來。

這間公寓的前屋主，是一個對生活很有追求品味很高的人，從他對餐具的挑選都那麼細緻就可以看出來。

這些家具，連我這種不懂行的人都能看出，每一件都是收藏級別的孤品。

他甚至還有一張來自於自己的好友杜瓦諾，可以說是無價的攝影收藏。

究竟是什麼事情，可以讓他一去不回，把這些東西都扔掉？

雖然公寓已經棄置多年了，但我一個陌生人都能感覺到他對這個家的珍惜和熱愛。除非是特別缺錢，否則不會輕易讓人幫忙把這些東西都賣掉。

即使拜託，也是會托給一個相熟的朋友，而不會隨意交給自己的鄰居吧。

如果瑪麗亞與他很熟，必然也應該知道這些東西的珍貴，不會隨隨便便任由這些東西棄置在這兒十多年，甚至贈送給我們。

「歐琳娜，妳不覺得很奇怪嗎？」我把我的想法告訴了歐琳娜。

歐琳娜聳了聳肩：「也許這個房主在離開之後，遇到了什麼不測，已經死了也不一定呢？」

「這些東西少說也價值好幾十萬美金了，即使去世了，應該也會讓親友來搬走吧，或者立個遺囑捐給博物館之類的。」我還是覺得很疑惑。

「也許人家是億萬富豪，視金錢為糞土。」

「億萬富翁會住租來的房子嗎？瑪麗亞不是告訴妳，他以前租了610？她沒說他倆是什麼關係嗎？」

「磊，你是不是對瑪麗亞有什麼成見？從一開始，你就不願意我跟她來往。她只是一個上了年紀的老太太，因為半隻腳都入土了，才會發善心幫助我們的。我們現在卻在這裡質疑她，你不覺得很過分嗎？」歐琳娜眉頭微蹙，已然有了怒氣。「你忘記了你之前也是這樣懷疑安娜嗎？」

安娜是以前我們在費城的那個鄰居老人，和瑪麗亞幾乎一樣老。她不太會說英文，總是讓歐琳娜幫她寄信。

有一次歐琳娜出去了，我看到安娜鬼鬼祟祟地從前院進來我家，當時就報警了。後來才知道，她只是把自己新摘下來的胡蘿蔔放在門廊下，送給我們吃。

員警來了之後，安娜嚇壞了，支支吾吾地說不清楚。我還記得她眼裡委屈的淚水在打轉。為了這件事，我沒少挨歐琳娜的罵。

可能和成長有關，我是個懷疑論者，很難真正地去相信一個人。

也許真的多慮了，我們一窮二白，沒錢沒勢。即使瑪麗亞要害我們，也得先治好中風後遺症吧。

一邊想著，我和歐琳娜走進了臥室。

「這可是個豪華大床啊，不像是一個人住的。」我看著這張幾乎有兩公尺寬的床說道。

「好了神探福爾摩斯先生，先想想我們倆怎麼把這個床架移出去再說吧。」歐琳娜翻了我一眼。

一九八八年二月十八日晴

阿爾法這孩子太聰明了。

他經常來找歐琳娜畫畫，歐琳娜沒事在家就和他下國際象棋，幾乎從來都贏不了。要知道歐琳娜原來是費城大學國際象棋社的社員，在美國大學裡怎麼排也在前五了。

最初歐琳娜告訴我的時候我還不信，打趣跟歐琳娜說：「妳應該教他玩圍棋。」我只是隨便說說，沒想到歐琳娜真的跑去中國城買了一副圍棋。才教了這小子幾天時間，歐琳娜要下贏他就已經有困難了。

「我覺得他的智商真的太高了！」阿爾法走後，歐琳娜還在我耳邊絮叨。

「切，下贏妳不算什麼，有本事妳就讓他下贏我。」

我對他快速的長進有點不屑，因為圍棋本身就是一個易學難精的遊戲。如果把國際象棋比作敵我兩方廝殺的局部戰場，圍棋則更像是宇宙萬物變化中的微觀世界。

「十天，十天他就能贏你，敢不敢打賭？」歐琳娜向我宣戰。

「我讓他二十個子。」雖然我也不算精通圍棋，但贏一個小孩子綽綽有餘了。

結果今天我真的輸了。

「虛手終局。」結束的時候，阿爾法用不太流利的中文跟我說。

我們二月初搬進來到現在，不過半個月，歐琳娜有時候也會教他說中文。雖然阿爾法的發音不標準，但他已經學會了拼音並且能夠組出簡單的句子了。

不但如此，歐琳娜還跟我說提起，阿爾法的繪畫天賦也非常高。

「你是怎麼做到的？」我問阿爾法。

「我從小就被訓……」

敲門的聲音打斷了我們的談話。

「阿爾法，你不應該再打擾 Shin 和他的妻子了，該回家睡覺了。」瑪麗亞面無表情地朝阿爾法招了招手。

「對不起，奶奶。」阿爾法低下頭，向我們道了晚安。

莫名其妙地，我覺得阿爾法有些怕瑪麗亞。一個孫子這麼懼怕自己的祖母，是不太正常的。

他們走後，我問歐琳娜：「阿爾法看起來也有八、九歲了，這個年紀的孩子都在上四年級了，難道他沒有上學嗎？」

「像他這麼聰明的孩子去普通學校應該會被欺負吧。」歐琳娜說。

「其實我們可以幫他聯繫一下費城那邊的學校，妳記得拜耳教授嗎，他說過費城大學有專門給這種天才兒童設立的機構。」

「磊，你該不會又想把阿爾法送走吧？你就那麼討厭他嗎？是因為他贏了你一盤棋，還是你就是討厭小孩？」自從上次的爭吵之後，歐琳娜就對阿爾法的事特別敏感，無論我提到阿爾法什麼，她都能扯到孩子上去。我歎口氣，不再說下去。

我並不討厭阿爾法，只是他越和歐琳娜親近，歐琳娜就會越想有自己的孩子。如果歐琳娜知道了真相，她能原諒我嗎？

一九八八年二月十九日陰

下班回到公寓已經是晚上了，歐琳娜在廚房做飯。我看見我的檯燈亮了。阿爾法竟然沒在客廳畫畫，而是站在我的書桌旁邊翻我的書，那本我從圖書館借來的《遺傳疾病和畸形胎兒》。

我記得我走之前，明明把這本書收在抽屜裡的呀。

「嗨，這不是小孩子能看的書。」

「你在怕什麼？」阿爾法突然問我。

我一下愣住了，這個問題莫名其妙，但我腦海裡浮現出來的第一個圖像，就是家族中異姓通婚生下來的畸形兒。記載中長得像蟲子一樣的畸形兒。

「什麼意思，我並不害怕什麼呀，我是怕你看了晚上做噩夢。」我頓了頓，企圖把書闔上。

檯燈突然閃了一下。

阿爾法的身體藏在陰影裡，眼睛卻在黑暗裡發著光。

「不，你就在害怕。你，怕，你，會，生，下，一，個，怪，物。」阿爾法突然盯著我，像機械一樣，一字一頓地說。

他在笑。

那不是一個正常小孩的眼神。

他的眼神，沒有溫度。

「哈哈，開玩笑的。」阿爾法突然笑了，一下又變得和從前一樣。「嚇到Shin沒有？」

「你覺得這樣很好笑嗎？」我突然覺得自己被愚弄了，氣不打一處來，吼了一句。「下次不要翻我的東西。」

「怎麼了？」歐琳娜聽到我的聲音，從廚房走出來。

我趕緊胡亂拿了幾頁論文蓋住那本關於畸形兒的書：「我……」

「Olina，對不起，阿爾法剛才把Shin的書弄亂了。」阿爾法搶在我前面說。「我不知道這些研究資料對Shin很重要。」

「什麼研究資料？」歐琳娜問我，一邊走過來。

「中國的文字，看不懂。」阿爾法說。

他在撒謊。

「哦。」歐琳娜沒在意，她知道我一直以來的研究方向都是東方歷史。「下次你想看什麼，要先和 Shin 說，好嗎？」

「好。對不起。」阿爾法說完，就牽著歐琳娜的手出去了。

「它是失敗品。」阿爾法出門的時候，沒頭沒腦來了一句。

我愣了一下，猛地反應過來，阿爾法剛才看的那頁，是一九三〇年出土的，迄今為止發現的最古老的畸形兒骨骼，代號是「Starchild（星孩）」。

星孩是在墨西哥奇瓦瓦州以南的一個山洞裡被發掘的，距今至少有九百年年歷史。星孩的頭骨是正常人的兩倍大，並且相較之普通人類顱骨有至少二十五處異常，如額竇缺失，沒有咀嚼肌肉等。

據說當時還發現了星孩有八根手骨和兩條尾椎，卻在搬運過程中遺失。這樣一個孩子如果存在世上，想必和一個爬行的蟲子差不多。

星孩的骨骼在出土後，曾經引起來自加州遺傳學實驗室的博士和其他幾位顱腔生理學專家的關注，他們認為這個頭骨屬於一位人類母親和一個未知種族父親之間結合的結果。後來又將其歸類為畸形兒並載入遺傳病史的教學書籍裡。

可阿爾法為什麼要說，那是失敗品？

# 第七章　吉普賽人的寓言詩

一九八八年二月二十日陰

下班回家，我發現那本鎖在抽屜裡的關於遺傳學的書不見了。歐琳娜從來不會翻我的東西，我們都很尊重彼此的隱私。我第一反應就是那小子拿了我的書。知道有這本書的只有他。

「歐琳娜，阿爾法今天有來過嗎？」我問歐琳娜。

「有啊，他下午跟他祖母過來坐了一下。」歐琳娜在看雜誌，隨口說道。

「妳……中間一直跟他們在一起嗎？妳有離開過嗎？」我用儘量婉轉的語氣問。

「沒有啊，一直都在家，我沒出去過。」歐琳娜想了想。「我在廚房泡了壺咖啡，算不算？」

「妳泡咖啡泡了多久？」

「大偵探，你又怎麼了？一壺咖啡能泡多久，兩分鐘？」歐琳娜以為我在跟她開玩笑。「應該比你上廁所的時間短。」

「我懷疑阿爾法拿了我的東西。」我沉默了一會兒，還是決定告訴歐琳娜。

「什麼意思？他拿了你什麼東西？」

「一本書，我早上出去的時候鎖在抽屜裡，現在沒了。」我說。

歐琳娜放下雜誌：「阿爾法偷了你的書？你找過了嗎？」

「嗯。」

「你放在哪兒了？」

「呃……我鎖在抽屜裡了。」我支吾了一下，其實我並不是一個會撒謊的人，結婚這麼久，我幾乎沒有對歐琳娜撒過謊。

「……阿爾法知道你的抽屜鑰匙在哪裡？」

我搖了搖頭：「鑰匙我夾在書櫃上排的《大航海時代地圖》裡。」

歐琳娜向書櫃看去，很快，她轉回頭看著我說道：「到底是我瘋了，還是你瘋了？」

我過了幾秒才意識到歐琳娜在說什麼，書櫃將近二點五公尺高，上排我要伸手才能夠到。一個一百二十三公分的孩子，哪怕踮起腳尖也拿不到書架上排的書。

「也許……也許是瑪麗亞幫他拿的呢？」一瞬間我也詞窮了。

「所以你現在是讓我相信，在我去泡咖啡的兩分鐘，阿爾法讓她的祖母到書櫃上，精准地找到了藏鑰匙的地方，打開抽屜拿走你的書之後再把鑰匙放回去，然後再回到沙發上把書藏好？」歐琳娜看著我，眼睛裡充滿疑惑。「你覺得一個有中風後遺症、行動困難的老人能在兩分鐘之內完成連我都很難辦到的複雜操作嗎？」

「磊，你究竟是怎麼了？」歐琳娜抬起頭，慢慢地，一滴眼淚順著她的眼角流下來。「自從搬來了這裡，我覺得妳離我越來越遠，我不知道妳在想什麼，我感覺我從來都不瞭解妳。」

「假設你說的都是對的，那他的動機呢？他為什麼要偷你的書？」歐琳娜看著我的眼睛。「那究竟是什麼書？為什麼你要把它鎖起來？」

我語塞了：「遺傳學……只是……好奇……它的內容可能和我之後做的研究有關。」我連我自己都說服不了。

「磊，你不會撒謊。」歐琳娜走進臥室，關上了燈。

我睡不著覺，寫完最後兩頁報告，我瞥了一眼桌上的鬧鐘，快三點了。

入夜後氣溫降了下來，我感覺到一絲涼意，正準備起來披件衣服，突然聽到臥室中傳來歐琳娜的聲音。

「唔……磊……嗚嗚。」

我趕緊衝進臥室：「怎麼了，歐琳娜，妳怎麼了？」

臥室一片漆黑，歐琳娜躺在床上看不太清楚，月光下只能隱約看到她痛苦地翻動著身體。

「歐琳娜，妳哪裡不舒服？」

她的衣服已經被汗水浸濕了，頭髮濕答答地垂了下來。我用枕巾給她擦了一把汗，歐琳娜咬著嘴唇，臉上一絲血色也沒有。

「磊，我肚子疼……好疼……」

「堅持住，別怕，我現在帶妳去醫院。」我把被子撩開，一隻手托著歐琳娜的上半身，另一隻手探進被窩裡。

歐琳娜的小腹向上隆起。

我按了一下小腸的位置，歐琳娜發出一聲慘叫：「好疼！唔……」我突然感覺歐琳娜的肚皮裡面，有什麼東西似乎在動。

我給她穿上一件外套，抱起她就向外走去。

「不行了，放我下來，好疼，我堅持不住了。」才走到客廳，歐琳娜突然開始掙扎，我抱不穩她，我倆摔在地毯上。

歐琳娜的肚子以肉眼可見的速度凸起來，藉著檯燈的光我看見腹部的皮膚已經變成一層薄膜，似乎有什麼東西在薄膜下面蠕動。

「我打電話叫救護車！」我也嚇了一跳，這已經超出我的醫學認知了。

「別，扔下，我，他要出，來，了……幫我，接生……」歐琳娜從哀號轉為大口地呼吸，一隻手死死地抓著我的胳膊，指甲都嵌進了肉裡。

我來不及多想，從沙發上扯下兩個墊子墊在歐琳娜的腰部，又用歐琳娜的衣服把她的頭墊高，然後脫下她的褲子。

「呼！吸！呼氣！用力！」我掰開歐琳娜的腿，另一隻手給她揉著腹部。

「啊！」

我看見一個嬰兒的頭部。眼睛還沒完全睜開，皮膚紅紅的，黑色的頭髮混合著羊水黏在額頭上。

然後是嬰兒的手，然後我就看到了他的身體。
「是我們的孩子嗎？」歐琳娜喘著氣問我。
是的，是我們的孩子，他真可愛，他不是怪物，他只有一個頭，一雙手，一個身體……
等等，這是什麼？
孩子的頭出來了，手出來了，然後是身體……可他沒有腳！
本來該是腳的腹腔之下，連著的是對稱的另一個身體！
對稱的身體，對稱的肚臍，然後是手、脖子和另一個頭！
這是個怪物！
一個腹腔相連，首尾都有雙手的雙頭怪物，身上沾滿了羊水和血汙。
「是……我們的孩子嗎？讓我看看……孩子……」歐琳娜虛弱地說。
「咿……」那個和普通嬰兒一樣的頭突然抬起來，張開嘴發出了一種高頻的叫聲。
這是個怪物，要是歐琳娜看到會瘋掉的，天啊！
「磊……」
我回過神來的時候，只聽見歐琳娜幽幽的聲音，從我身後傳來。
她站在窗邊，睡衣上有一大塊血漬，就像一朵綻放的花。
「這是我們的孩子……」歐琳娜愛憐地低下頭，撫摸著懷中那個蟲子一樣的怪物。
那怪物在笑。

歐琳娜突然轉身，從窗戶跳下去！

「不！」我衝過去，還是遲了一步，她的睡衣跟我的手就差了幾毫米。

「不！不會的！」我抱著頭，情緒一瞬間就崩潰了，眼淚像決堤一樣湧出來。「歐琳娜，我害了妳，是我害了妳。」

歐琳娜死了，我唯一能做的，就是和她共赴黃泉。

「歐琳娜，等等我……」我閉上眼睛，鬆開了抓著窗框的手。

「你看到的門是牆，你看到的牆是窗，你看到的窗通向死亡，而不是通向它來的地方……」一個蒼老的聲音，從很遠的地方傳過來。

這句話，我似乎在哪裡聽到過，究竟是哪裡呢……啊，對了，是那個吉普賽人。搬進來的第一天，她曾經拉著歐琳娜，說了一段莫名其妙的話。

「……你窺探到森林裡的獵人，因為你是他的獵物。」

我睜開眼睛，冷風一下吹得我打了個哆嗦，我已經有半個身子在窗外了，我下意識地抓緊了窗框，向樓下望去——

什麼都沒有，窗戶正對的街道上，只有一個被風吹倒的垃圾桶，沒有歐琳娜，也沒有屍體。

那個吉普賽老婦，站在對面馬路上，抬起頭「看」著我的方向。她的手裡抱著那隻流浪貓。

我縮回房裡，心咚咚地跳個不停，推開臥室。

「歐琳娜?」我輕聲喚了一句。

歐琳娜還在床上睡覺,聽到我的聲音,輕輕地翻了個身。

難道剛才的一切是幻覺嗎?還是我只是做了個夢?

我走回窗邊向下望去,發現那吉普賽老婦消失了。

恐懼,從我的腳底蔓延上來,我剛才差一步就從六樓摔下去了。我兩腳發軟,一屁股坐在沙發上。

剛才的夢境太真實了,我臉上的眼淚還沒乾,手上卻仍有那個怪物留下的濕答答滑膩膩的觸感。

我腦袋很亂,坐了一會兒,喉嚨乾澀得難受,站起來去廚房倒一杯水。因為慌亂中連拖鞋都沒穿,腳底突然被什麼東西紮了一下,差點摔倒。是一支彩色鉛筆。

歐琳娜經常和阿爾法坐在地毯上畫畫,用完的紙筆有時候會直接放在地毯上,因為沒開燈,我直接踩了一腳。

我蹲下來把鉛筆放回筆盒裡,筆盒旁邊是阿爾法沒有闔上的繪畫本。

他畫的是歐琳娜側面的素描。

阿爾法的畫很傳神,寥寥幾筆就勾勒出歐琳娜的輪廓,十分生動。

我拿起來翻了幾頁,後面還畫了一些小貓的素描。

突然其中的一張畫引起了我的注意。那是一張速寫,歐琳娜坐在椅子上,懷裡抱著一個孩子，孩子還含著奶嘴。

有可能是歐琳娜讓他畫的，也有可能是他自己想像的。

這張畫紙是對折的，我只看到了歐琳娜和那個嬰兒的上半部分，下半部分折了過去，窩在後面。

我把窩起來的那半張紙打開。

歐琳娜懷裡的嬰兒，從對折線下開始，畫的是反方向生長的另一個身子。

連起來看，就是剛才我看見的那個怪物。

圖畫本「啪」的一聲，摔在了地上。

「……磊？」歐琳娜的聲音從臥室傳來，她睡眠很淺，被我弄出來的動靜驚醒了。

「沒……沒什麼。」我迅速撿起圖畫本，撕下這張畫，放進我的背包裡。

阿爾法到底是誰？

我決定明早就去找那個吉普賽人，她一定知道些什麼。

一九八八年二月二十一日多雲轉陰

一大早我就煮了一壺特濃咖啡。

「你看起來沒睡好。」歐琳娜在廚房熱了兩份早餐。我強打起精神笑了一下，其實我是一晚沒睡，經過昨晚的事，哪還敢睡。

「還記得那一窩小奶貓嗎，那隻虎皮頭上有一塊斑點的，它太虛弱了，每次都搶不到乳頭，有幾次我都以為它要死了。」歐琳娜從爐子上取下熱奶，又倒了一些在一隻塑膠碗裡。「今天試著餵一餵它，看它喝不喝。」

我回憶了一下，頭上有斑點的就是那隻被阿爾法摸過的貓，當時它眼睛上糊著眼屎，被其他的奶貓隔離在紙箱的一角。阿爾法好像給它取名叫彼得。

「我去研究室交個報告。」——昨晚就想好的藉口。

歐琳娜沒多問，我喝完咖啡，拿起包就匆忙出門了。

今天是週末，周圍的批發市場都沒開，只有塑膠袋和報紙在街邊亂飛。走出大廈我四處張望了一下，在鋼筋水泥的森林裡一點方向都沒有，只能順著大樓旁的小街找。

小街上空無一人，走了兩步，我看見一隻翻倒的垃圾桶，正對著六樓窗戶。昨天晚上那個吉普賽老婦就是站在這個位置看著我的。

穿過小街，是下城區的街心公園。洛杉磯是豪華大都會和骯髒貧民窟的混合體，既是富豪們的天堂，也是流浪者們的棲息地。在五光十色的霓虹燈下，至少住著六千個無家可歸者。路邊出現越來越多的垃圾桶，電燈柱和水泥地上粘著乾掉的香口膠和小廣告，商店無一例外地拉著鐵閘，上面噴著奇形怪狀的塗鴉。流浪漢們穿著破爛的衣服斜靠在鐵閘上，蓋著防雨布，枕著自己的家當和塑膠罐。

一個黑人推著順來的超市購物車，自言自語地從我身邊走過，他的身上有濃烈的尿味，我皺了皺眉。

「有零錢嗎？」他突然拉住我。

我給了他一塊錢：「請問，有沒有見過一個吉普賽老人？」

他就像沒聽到我說話一樣，把零錢揣進兜裡，繼續自言自語地走開了。

繼續向南走，路邊開始出現一些集中的臨時帳篷，偶爾一兩輛豪華的敞篷跑車從馬路上飛馳而過。

「請問有沒有見過一個吉普賽老人？」我向一個看起來比我年輕的女人詢問。

她穿著一件不合身的襯衣，頭髮胡亂地綁在腦後，袖子挽起來露出的手臂上有紋身和針孔。

「帥哥，給我買點吃的吧，你要怎麼樣都行。」她露出一口黃牙，嘴裡有麻葉味。

我一路問過去，有的人並不理會我，有的人則為了幾塊錢滿嘴跑火車。

中午太陽一出來，汗水很快就把襯衣浸濕了。幾個小時仍然一無所獲，我打算沿路返回，去找點吃的。

「你要找什麼人？」我身後傳來一個聲音。

一個中年黑人婦女，畫著藍色的眼影，塗著紫色的唇膏，全身裹在一件花花綠綠的人造毛長袍裡，手裡提著一個斑馬紋手提包。

我下意識地從口袋裡摸出一塊錢：「我找一個吉普賽老人，看起來大概八、九十歲，身高大約五尺一寸，頭上包了一塊黑色頭巾，眼睛瞎了。」

黑人婦女看了看我遞過去的錢，並沒有接。

「有菸嗎？」

她問我，我搖了搖頭。

「你找她幹什麼？」

「我……我剛搬到這邊，曾經見過她，她給過我一些忠告。」一時之間我也不知道怎麼回答，要是真說出來搞不好會被當成瘋子。

黑人婦女盯著我看了一會兒，似乎是在審視我有沒有撒謊，然後她不屑地哼了一聲：「跟我來吧。」

我跟著她穿過馬路，往回走了一個街區，轉進一個小巷。

「你可以叫我尼娜。」黑人婦女一邊走一邊說，她的高跟鞋踩在水泥地上蹬蹬作響。「你不會是住在約書亞大廈吧？」

「妳怎麼知道的？」

「你怎麼會有膽子住進那裡去的？你們這些東方人，真的有九條命嗎？」

又左拐右拐走了好一會兒，我已經分不清方向了。

「我和我太太在報紙廣告上找到的，我們發現被騙的時候，房租已經交付了。」

「趁你還活著，早點搬走吧。」

「為什麼？」

「沒有人住在裡面。」尼娜突然停下腳步轉身看著我，搖著頭說。「你還沒發現嗎？約書亞大廈除了六樓之外都是空置的，可整個下城區這麼多流浪漢，寧願睡在街上，也不敢去那裡面的公寓住。」

「可是……可六樓有租客，有個老太太……」我辯駁著。

「你有沒有想過，一個接近廢棄的大廈，在治安這麼亂的地區，連你這種年輕力壯的小夥子出門走一圈都會被搶劫的地方，她一個老太婆是怎麼活下來的？」尼娜用飛快的語速質問我。

我一下被尼娜嗆得說不出話了，好半天才小心翼翼地問道：「那……那妳覺得她是怎麼活下來的？」

尼娜翻了翻白眼：「我怎麼知道！像我們這種窮人，每天睜開眼睛想的就是如何活下去——我們觀察別人的臉色，哪個是黑幫分子，哪個人毒癮犯了，誰是殺人犯——就像老鼠能在幾公里外能聞到貓的味道，我們天生對危險有一種敏銳的嗅覺。」她頓了頓說。「那棟大廈，彌漫著死亡的味道。」

又走了幾分鐘，我們停在一扇噴滿了塗鴉的鐵閘前面，尼娜掏出鑰匙擰了幾下，拉開鐵閘。

下面是一道狹長的樓梯，黑漆漆的，看不見盡頭。

我跟在尼娜後面，她很熟悉地走下樓梯，穿過走廊，拉開電閘。

是個酒吧。

美國在一九二〇年頒布了禁酒令，在那之後出現了很多地下酒吧，都隱藏在下城區的地下室和車庫裡。後來禁酒令廢除，但還有不少地下酒吧在偷偷摸摸地經營，除了酒精飲料還提供麻葉和色情服務。

這個酒吧也同樣充斥著一股迷幻的味道。

尼娜繞進吧臺：「喝點什麼？」

「水就好。」我有點不安，尼娜是用鑰匙開鎖進來的，顯然她不是外面那些無家可歸者的一員。「妳在這兒上班？」

尼娜沒理會我的問題，給我倒了一杯威士卡：「只有這瓶是真的，不是免費的，五塊。」

「妳是這兒的老闆？」

「小本生意，我也是從貧民窟裡出來的。小費多的時候會買點吃的給那些窮光蛋。」尼娜給自己也倒了一杯酒。「那些吉普賽人也會摸到我這兒討吃的，事實上他們一會兒就會來。你還沒告訴我真正的理由，為什麼找瓦多瑪？」

「我其實遇上了一些無法用科學解釋的事，我覺得她能幫我。」

「噗……」尼娜嗆了一口酒，大笑了起來。「哈哈，你真的找對人了，你知道瓦多瑪在吉普賽語裡面是什麼意思嗎？」

我疑惑地看著尼娜。

「愚人。」尼娜用她肥胖的手指戳了戳自己的頭。「瓦多瑪在吉普賽語裡是『愚人』的意思，她好多年前就瘋了。」

「吉普賽人派系很複雜，瓦多瑪最早不在這一支派系裡，現在這群吉普賽人是從羅馬尼亞來的，他們很多年前發現瓦多瑪的地方，就在你住的那棟大廈後面的巷子裡，她躲在垃圾桶裡面，可能是之前受到了什麼驚嚇，總之後來就一直瘋言瘋語，說的話沒人能聽懂。」

尼娜一邊吸著菸，一邊從冰箱裡拿出幾盒剩飯放進烤箱：「所以他們給她起名叫瓦多瑪，現在已經沒人認識她了，以前有人說過她是戰後偷渡來的吉普賽人，也有人說她像是約書亞大廈的清潔工。那都是很久以前的事了。」

正說到這裡，酒吧上面的鐵閘傳來敲擊的聲音。

「他們來了。」尼娜掐掉了菸，從烤箱拿出剩飯。

我喝了一口酒，從口袋裡摸出錢包。尼娜也不容易，雖然我也窮困潦倒，但能幫就幫一點。我咬咬牙掏出兩張二十壓在杯子底下。

「他們需要施捨，我不需要。」尼娜找了零錢，把剩下的錢塞在我的手裡。

「我只想幫忙……」我見她誤會了我，連忙說。

「我知道，謝謝。」尼娜朝我笑了笑，轉身上了樓梯。我跟在後面。

地面的鐵閘外面是幾個穿著襯衫和毛線外套的吉普賽人，女人都包著頭巾。

尼娜把飯遞給了他們，指了指我，又和他們領頭的說了兩句，就轉頭跟我說：

「跟他們走吧。」

十分鐘後，我在一個簡易窩棚裡，見到了吉普賽老婦瓦多瑪。

她看起來很不好，身上蓋著幾件不知道是哪裡揀來的破外套。嘴角的口水還沒有乾，我看了看四周，也沒看見那隻流浪貓。

領頭的吉普賽男人把我帶進窩棚之前，指了指瓦多瑪，然後對我搖了搖頭，露出悲傷的表情。

「瓦多瑪，是我，我們見過。」我極力讓自己的聲音平靜下來，此時瓦多瑪無力地躺在地上，讓我沒辦法把她和那個神經兮兮抓住歐琳娜的人聯繫在一起，她看起來不像是瘋子，更像是一個病重無助的老人。

無論別人說她什麼，但她救過我。如果不是她的聲音，我早就從六樓視窗跳下來變成一坨肉泥了。

瓦多瑪睜了睜眼睛，她的眼睛空洞洞的。然後她示意我扶她坐起來。

「……安菲斯比納有兩張臉，說謊的次數和實話一樣多……安菲斯比納有兩個頭，一個想往東走一個想往西……」

瓦多瑪又開始半哼半唱地說些我聽不懂的話。

「瓦多瑪，昨天晚上妳為什麼會在我的窗戶底下？妳是不是知道我做噩夢的原因？」我問。

瓦多瑪並沒有理會我的問題，她垂下頭重複著這兩句詩。

究竟什麼是安菲斯比納？

「瓦多瑪，妳以前是不是……在約書亞大廈工作過？」

「約書亞大廈」這個詞，似乎激起了瓦多瑪的反應，她失明的眼睛用力眨了眨，然後迅速地在那幾件破外套的口袋裡翻找著，過了一會兒，遞給我一張皺皺巴巴的紙包。

紙包攤開是一張一九五一年的美國入境證明，上面寫著：

莉莉婭・多巴／美國入境證明／簽證簽發地點：慕尼克。

「妳從德國慕尼克來？」我問瓦多瑪，這個吉普賽老婦好像突然聽懂了我的話一樣，點了點頭。

紙包裡還有一張折成四折的黑白照片。這一定是對瓦多瑪很珍貴的東西，照片已經被反復摩挲得起了毛邊，連中間的圖像都模糊不清了。

像是一張全家福。

中間坐著一個女人，穿著二十世紀二三十年代歐洲流行的方領束胸長裙，披著絲巾，卻渾身有種不自在的感覺。她的旁邊放著一張白色的嬰兒床。

女人的後面，站著一個男人。男人的上半身都看不清了，但從下半身的裝扮來看，是個軍人。男人的一隻手搭在嬰兒床上。

女人的臉上，一絲一毫笑容都沒有，取代的是一種極其不自然的表情，看起來更像是恐懼。

「這是妳嗎？」我問瓦多瑪。她又恢復了開始的呆滯，並不回答。

我又嘗試著問了其他問題，可她就像聽不見一樣，還是反復念著那首奇怪的詩：「你看到的門是牆，你看到的牆是窗，你看到的窗通向死亡，而不是通向它來的地方……」

「它是什麼？它來的地方在哪裡？」我問瓦多瑪。「那究竟是夢還是幻覺？為什麼會那麼真實？我要是晚一秒醒來我就死了——這和阿爾法的畫有什麼關係？」我從書包裡摸出阿爾法的畫，攤在瓦多瑪面前，才突然想起來，她是個瞎子。

可就在我心灰意冷的時候，瓦多瑪兩顆灰白的眼球就像忽然有了視力一樣，死死盯著那張畫。

「你窺探到森林裡的獵人，因為你是他的獵物！獵人來的方向，就是森林唯一的出路！擦亮你的眼睛吧孩子，三個夢你失去了兩個，下一個就再也醒不來了！」瓦多瑪突然抓住我的手臂，似乎用盡全身的力氣貼在我的耳邊說道。

三個夢？

我努力回想，自從搬進這個公寓後我做的夢。

第一次，和歐琳娜做了一個相同的夢，我是被窗外的陽光晒醒的。

第二次，我是被瓦多瑪的聲音喚醒的。

兩次我都不是自己主動醒的，也就是說，下一次除非有人幫我醒來或者我自己醒來，否則我就再也醒不來了。可是我也不知道自己什麼時候會睡著！

我頭皮炸了。

又過了很久很久。

「為什麼？」我問。「為什麼要我死？」

瓦多瑪虛弱地萎了下來，再也不搭理我。

「妳究竟是誰？」

「……」

瓦多瑪再也不說話了。

走出帳篷已經下午了，幾個吉普賽人圍坐成一個半圓，中間一個金髮女孩穿著長裙在跳舞。和坐著的那幾個高加索輪廓的糙漢子不同，這個姑娘倒是一副法國人的鵝蛋臉。但我也沒心情逗留了，匆匆趕回公寓。

思緒還是很混亂，現在唯一能找到的聯繫是，瑪麗亞和吉普賽老婦瓦多瑪（也許她真正的名字是入境許可上的莉莉婭），都是戰後從德國來的移民。瑪麗亞從二十世紀五〇年代就一直住在約書亞大廈，迄今為止三十多年了；吉普賽老婦瓦多瑪十幾年前也在這裡做清潔工。這棟大廈是她倆目前唯一的交集。

然後，不知道發生了什麼事情，瓦多瑪瘋了。得到其他吉普賽人收容後，仍在這個大廈附近的貧民窟生活到現在。

瑪麗亞究竟是什麼人？正如尼娜說的，一個連移動都困難的老太太，帶著一個八、九歲的孩子生活在洛杉磯最亂最黑暗的下城區，她是怎麼活到現在還平安無事的？

阿爾法如果是她的孫子，那為什麼從來沒見過阿爾法的父母來探望他？這孩子每天幾乎足不出戶，連學校都不用去上，這件事本身就解釋不通。

我一邊想著一邊走到了大街上，午後溫暖的陽光透過鋼鐵森林灑下來，烤得我的臉熱烘烘的，一股困意襲來。

「嗶！」震耳欲聾的喇叭聲在耳邊響起，一輛吉普車從我旁邊擦身而過。

我被嚇醒了，才發現自己竟然沒看見斑馬線上的紅燈，頓時一身冷汗。

「Go fxxk your ass!」一個有文身的白人從車窗伸出手朝我豎起中指。

此時的我已顧不上道歉，用手使勁往臉上拍了拍，我絕對不能睡著。

# 第八章　強森・H

回到大廈已經快三點了，監控室裡的保安不知道從哪兒搞來了一臺十二吋的電晶體電視機，裡面正在播《神探亨特》。

「……你有權保持沉默，但你所說的一切將會成為呈堂證供……」亨特的經典臺詞回蕩在空曠的一樓大堂。

我在監控室旁邊停住了腳步。

「嗨。」我透過防盜網中間的小窗向保安室裡面望去。

保安室裡非常狹窄，電視上面是幾排檔架，上面按照門牌分格掛著鑰匙，大部分格子已經空置。桌子的玻璃底下壓著各種宗教的印刷卡——耶穌基督、釋迦牟尼、聖母瑪利亞和歡喜佛。桌上除了來訪登記簿，還有兩本《聖經》和一串佛珠。

這麼怕死乾脆換份工作好了。

「沒有你的信。」保安坐在椅子上瞥了我一眼，兩隻腳蹺在電視機前。

「請問，你在這兒上班多久了？」我問。

「你沒必要知道。」保安這次連正眼都不看我，聚精會神地看著《神探亨特》。

《神探亨特》一年前就播完了，現在是重播，我在費城看過幾集。

「那個丈夫不是凶手，他只是怕別人查出他的婚外情才會偷偷清洗血跡，凶手是……」我突然大聲說。

果不其然，保安立刻捂住耳朵：「別說，別說，天啊，上帝啊，停下來！好吧當我怕了你了，你要知道些什麼？」

保安無可奈何地把頭轉到視窗這一側，電視剛好插播廣告。

「無論你要問什麼，在廣告結束前問完。」他不耐煩地對我說。「我在這兒幹了快兩年了。」

「你認識瓦多瑪嗎？一個吉普賽老人，戴著頭巾，大約八、九十歲，是個瞎子。她以前在這兒幹活嗎？」

「她以前是不是在這兒幹活我不敢說，但我知道這個瘋女人。我剛來這兒上班的時候，她三天兩頭想往樓上闖，說她的孩子在裡面。那時候大廈裡面的公寓有些還很新，偶爾有癮君子和嬉皮士帶著姑娘溜進來——你懂的——我以為她的孩子也在裡面玩嗨了。我還幫她報了警，員警來了，裡面沒有她的孩子，員警說她瘋了，她連她孩子的名字都不知道。」

「樓上那個老太孫倆一直都住在這裡嗎？你見過那個孩子的父母沒有？」

「沒有訪客來找過他們。那個小孩子倒是偶爾會拿錢讓我幫他們買些日用品，出手挺闊綽的，小費也給得多。老太婆我沒怎麼見過，幾乎沒下來過，但有寄給她的信，我每月一號會塞到她家的門縫裡。」

「什麼信？」

「我不識字。」保安攤了攤手。

我瞥見電視上的檔架，裡面稀稀疏疏地放了幾封信。

「你把她的信給我吧，我給她捎上去。」

保安聚精會神地看著連續劇，並沒注意到我在幹什麼。我一封一封看著瑪麗亞的信——大部分是信用卡廣告和水電費通知。

有一封信吸引了我的注意。

那封信來自一家十分有名的信託公司。

信託公司在美國富人階級十分流行，如果一個富翁資產價值超過三十萬美金以上，就可以建立生前信託。

生前信託就是在你的有生之年，把你的錢託付給某個機構，然後這個機構每個月都以贈予的方式，送給受益人一筆錢，直到你死亡。之所以這麼做，是為了避稅。

美國的遺產稅相當高，舉個例子，如果父母留給孩子一百萬作為遺產，那麼遺產稅至少要扣掉十幾萬。可是如果找一家信託公司，以贈予的名義每個月給孩子幾千塊，日積月累，孩子就能在父母去世之前把一百萬完整過戶到手。

這會兒，我也顧不得什麼禮不禮貌隱不隱私了，三下五除二把信拆開——跟我猜的一樣，信封裡面是一張支票，面額是五萬美金。

受益人的名字是瑪麗亞・阿德爾。這樣的信託支票，應該是每個月按時寄到瑪麗亞的家。而信託人一欄，名字是：強森・H。

強森・H？這個名字好熟，我好像不久前還聽過。

「叮」的一聲，伴隨著一個劇烈的晃動，電梯停在了六樓。

我的腦海中浮現出了那對在市政廳前接吻的戀人，以及黑白照片下那行潦草的鋼筆字：

送給強森・H，同樣熱愛生活的人。您忠實的朋友杜瓦諾。

這不就是610前租客的名字嗎？瑪麗亞口中那個十幾年前匆忙移民去了澳洲、連一屋子珍藏都不要了的「鄰居」嗎？

瑪麗亞說已經和他失去了聯繫，卻每個月收到他寄的支票？

但強森這個名字，在西方世界的使用率之高就相當於中國的X偉，X軍一樣，而H也只是縮寫。我沒有確鑿的證據證明此強森就是彼強森。

唯一的辦法，就是搞清楚610那個強森的全名，並且打電話到信託公司核實——如果他們真的是同一個人，我就能向歐琳娜證明瑪麗亞說謊。

我必須再進去一次610。

為了不打草驚蛇，我用監控室的電話打回了家：

「親愛的，妳在家幹麼呢？」

「和阿爾法下象棋呢。」

「今天我臨時要加班，我桌上有兩封銀行的還款單沒有寄，今天是寄出的截止日期了，妳能去郵局幫我寄一下嗎？」

「你這個粗心鬼，好吧，那我先讓阿爾法回家，現在幫你去寄。」歐琳娜掛了電話。

我躲在一樓大堂的轉角處，確定歐琳娜出門後，轉身上了電梯。

610的鑰匙果然還沒還給瑪麗亞，而是被歐琳娜隨意扔在玄關的零錢盒子裡。拿到鑰匙的我毫不費力就打開了610的門。

歐琳娜去一趟郵局來回大概是三十分鐘，我要在這段時間之內找到這個神祕房客的名字，我幾乎想都沒想就走進了書房。

書房的布置十分典雅，書桌上放著一盞維多利亞式的檯燈，幾支名牌鋼筆散落在桌上。我皺了皺眉頭，這個強森就像是憑空蒸發了一樣，幾乎什麼都沒帶走。

我逐個抽屜翻找，幾乎沒費什麼力，就翻到了一個放信箋的抽屜，還有一隻特別精緻的相機和幾卷沒沖的膠捲。

商業信件裡面寫了強森的全名：強森・哈里克斯。哈里克斯就是H的全稱，也是強森的姓。

我拿著信回到家，撥通了信託公司的電話：「你好，我想修改一下我的信託業務，受益人是瑪麗亞・阿德爾。」

「好的，請問您是委託人本人嗎？」一個甜美的電話客服女聲。

「是的。」我撒謊了。

「請問您的名字是？」

「呃……強森・哈里克斯。」我把信件上610住戶的名字讀了出來。
然後是電話那頭的一陣沉默。
也許才過了三十秒，但我卻覺得像過了五分鐘一樣漫長。
說實話，我寧願我是錯的。
「您好，強森先生，經核實您的姓名無誤。請問需要修改什麼呢？」那個甜美的聲音再次響起。
我真的猜對了。
這個每月給瑪麗亞寄支票的金主和610的前房客，真的是同一個人。瑪麗亞果然向歐琳娜撒了謊。我就知道這個老東西不正常。我抑制不住地內心狂跳了起來。
「您好？您還在嗎？您需要我幫您做什麼？」
我的大腦飛快地運轉起來，怎麼樣才能知道關於瑪麗亞的更多資訊？
「我……其實我不是強森。」我清了清嗓子。「我是這信託基金的受益人瑪麗亞女士的兒子。瑪麗亞上周去世了。所以我想問問現在怎麼辦。」
我自己都不知道我是怎麼能突然編出這句話的。這句話簡直是牛頭不對馬嘴。
怎麼辦？還能怎麼辦？去世了就終止信託唄！我真想抽自己一個嘴巴子。
「噢，我為您感到抱歉。」女客服說道。「但按照我們的委託合約，您並不需要更改信託，就會成為下一個受益人了——強森先生信託的第一受益人是他的太太瑪麗亞女士，第二受益人是瑪麗亞女士的兒子您，先生。」

我愣得說不出話來。

太太？

所以他倆是夫妻關係？

610的房客從一個所謂移民澳洲的美國人，突然就成了瑪麗亞的丈夫，我的腦子一下轉不過彎。

「我，我父親登記的地址是約書亞大廈610嗎？」

「請等一下，您父親曾經登記過約書亞大廈610，但是最近一次，也就是一年前，他登記了別的地址。」

「能把他登記的新地址告訴我嗎？」

抄下強森的位址，掛掉電話我陷入了沉思。

如果瑪麗亞有過丈夫，大大方方說就是了，何必撒謊？

如果已經離婚了，為什麼強森還要繼續用避稅的方式給瑪麗亞寄錢？

不對勁。

瑪麗亞沒有跟強森住在一起。

610所有的裝修擺設很明顯就是為一個人設計的，而家中也沒有任何女人的東西。

哪對夫妻會一人住一個公寓？

如果他們是名副其實的夫妻，怎麼會連一張合影都沒有呢？

我突然想起抽屜裡那堆嚴重受潮的膠捲和相機，也許送到照相館還能救一下。

我匆忙回到610的書房，把膠捲和相機塞進包裡。

從書房出來路過臥室的時候，突然看到一個人影在臥室裡閃了一下。

「誰？」我嚇了一跳，大叫出來。

沒人回答。

我小心地探頭往臥室裡看了看。

看見一面落地穿衣鏡。

因為角度問題，我之前從客廳進入臥室的時候看不到鏡子，只有從書房經過臥室時，鏡子才能照見自己。

我走近去看了看這塊落地鏡，才發現這竟然是個推拉門，裡面有一間小隔間。隔間和外面保持著一致的裝修，唯一不同的是沒有窗戶，只有一張床和一個床頭櫃。

床靠著牆，牆上釘著一條鎖鏈，長度剛好到達床的中間，鎖鏈上是一副手銬。我能想到這副手銬的用途，除了一些變態的虐待遊戲，就是把躺在這張床上睡覺的人鎖住。

床頭櫃的抽屜裡全是花花綠綠的藥瓶，有些是保健品有些是處方藥。這些藥物的成分幾乎全是興奮劑，功效只有一個——刺激中樞神經，恢復精力以驅走睡意。

難道強森也害怕睡覺?這個念頭一閃而過。

難道他也害怕一旦睡著，心底最恐懼的事情就會成為噩夢驅使自己走向死亡?我看了看那副已經生銹的手銬，如果強森的遭遇和我一樣，他在開始做噩夢之後很可能就一直睡在這裡，而且在睡著之前把自己銬起來以防止自己尋死。如果我的猜測是對的，那就再次證明了我的噩夢不是巧合，而是在這一層樓的住戶頻發的情況。

有一種可能是環境因素，例如這棟大廈的磁場或共振影響了在裡面生活的人，干擾了我們的腦波，使我們最後在神志不清中走向自殺的不歸路。但我立刻推翻了這個假設，因為在歐琳娜身上就沒發生這種情況。

另一種可能，人為因素。有人故意設計我們的噩夢，並且在入睡時用夢境引導我們的行動。

人類的大腦本來就是一個相當複雜的中樞處理器，美國的主流科學早就在二十年前（一九六〇年）就承認了mindcontrol（思維控制）是可以辦到的。

從美蘇冷戰開始，兩國除了在軍備和太空中展開競賽之外，都在致力研究如何開發大腦潛能，讓思想控制從實驗室走出來，變成人對人的簡單操作。最著名的就是「星門計畫」，研究思想操控，將遙視、透視和讀心術等用於軍事目的。連美國國防部也一度揚言找到了真正的「腦能力者」，能在幾千公里外讀取俄羅斯軍方高層大腦中的作戰計畫，控制俄羅斯高官的大腦，獲取情報等等。

但這些實驗從二十世紀七〇年代開始逐漸退出了歷史的舞臺。因為這種方式最大的不足在於，無論以什麼方式進入他人意識，大腦都會發現並本能地做出排斥。

和皮膚過敏同理。過敏就是一種自我保護機制下產生的排斥反應。當人們接觸到塵埃、蟎蟲、汽油或花粉時，皮膚會把這些本來無害的東西歸類成有害的東西，並立刻展開抵抗——也就是我們說的過敏——雖然人們並沒有對皮膚下達命令，可是皮膚就會本能地保護自己。

大腦也是一樣，如果有「腦能力者」入侵了某人的大腦，大腦第一時間就會產生排斥反應，人也會立刻感知到自己的大腦被侵犯了。精神力強的人甚至能立刻築起防火牆抵禦入侵。

如果我們身邊真的有腦能力者，他最有可能會挑選在我睡著時下手，因為睡眠時大腦的防禦機制最弱。為了節省能源，大腦在睡著後會減弱神經細胞之間的連接，反之潛意識則會代理主要工作，例如製造夢境等。

如果他的腦波十分強大，則有可能繞過防禦系統，直接到達我的潛意識。

對方顯然不想知道我在想什麼，只想把我置於死地。

可是對方不但能夠操控我的夢境，還能通過夢境控制我的身體行動。這得需要多強的腦波？

我的腦海裡浮現出瑪麗亞那張面無表情、毫無生氣的臉。

阿爾法的年齡對不上，推算強森在這兒生活的時候，阿爾法還沒出世呢。唯一有可能的就是瑪麗亞了。

強森的生前信託還在繼續，至少證明了他還活著。雖然我不太明白為什麼強森已經逃出去了，卻還在繼續執行這個信託。

我一邊想著，一邊翻出信託公司告訴我的地址。地址在洛杉磯的西邊，今天去怕是來不及了。

「咚！咚！咚！咚！」我嚇了一跳。

一陣有節奏的撞擊聲從走廊上傳來，走出610就看見了那隻流浪貓。

不知道誰又把雜物間的門鎖了，那隻流浪貓發瘋了一樣用頭一下一下地撞著門。流浪貓看見我，近乎哀求地「喵」了一聲。

我歎了口氣，可憐天下父母心，貓也是一樣。八成是進不去餵孩子，著急了。

我幫它把雜物間的門打開，一股血腥味撲面而來。裡面的一窩小貓，全死了，身上還沾著血。

母貓跳上紙箱，發出嗚嗚的哀號，低下頭舔著自己死去的孩子。

小貓的屍體上有爪痕和牙印，都是被咬死的。可是門明明是反鎖著的，母貓進都進不來，小貓是被什麼咬死的呢？

忽然，在一堆小貓的屍體中間，有一坨毛動了一下。

是那隻頭上有斑點的小貓，它還活著。它也滿身是傷，身上有一塊毛沒了，一邊的眼睛都被抓出了血。

小貓虛弱地叫了一聲，去找母貓的乳頭。
母貓把肚子反過來，讓小貓吃奶。我朝母貓的肚子上看去，突然明白了怎麼回事，倒抽了一口涼氣。
母貓只有一個乳頭。
母貓也許之前受過傷，其他的乳頭都被傷害它的人割去了，肚子上還留著疤。
我看著那個受傷的小貓，它正在大口吃著奶。
這一窩小貓，不是被別人咬死的。
因為母貓的乳頭不夠，它們沒辦法全喝到奶，為了獨霸唯一的食物來源而自相殘殺。
而這隻外表看上去瘦弱的小貓，是拚了所有的力氣排除掉它的兄弟姊妹，活下來享受食物的唯一一個！
「我知道彼得一定能做到的。」
不知道什麼時候，阿爾法已經站在我的後面：「歐琳娜總想餵牛奶給彼得喝，都被我倒掉了。如果不殺死別人，別人就會殺死你。為了活下去可以不計一切，要有這種覺悟才能面對這個殘酷世界。」
我覺得胃裡難受，噁心得想吐，轉身就往外走。
「我可以和歐琳娜一起養彼得嗎？」阿爾法突然問我。
「不行。」

「為什麼？」

「你不明白嗎？」我轉頭看著阿爾法。「它殺了它的兄弟姊妹。它已經不是彼得了，它是怪物。」

「怪物沒有生存的權利嗎？彼得只想活下去，它沒有錯呀。」

我看著阿爾法，不明白為什麼他為了這件事這麼執著：「從它咬其他小貓的第一口起，它已經不能作為家貓養了，嗜血已經喚起了它動物的本性。你讓歐琳娜養了它，它也會終有一天傷害歐琳娜和你。」

「我會看著彼得的，你不要告訴歐琳娜這件事。」阿爾法沉默了一會兒，對我說。

「歐琳娜到樓下了，你快走吧。」

我不可思議地看著阿爾法。他就像知道我是偷偷回來的一樣。但我也來不及多想，要是被歐琳娜看到我在這兒，就知道我撒謊了。

剛下電梯就看到歐琳娜從外面進來，我趕緊藏在保安室後面，看著她上了電梯才鬆了一口氣。

從約書亞大廈走出來，看到那個吉普賽頭領站在馬路對面，和他在一起的是那位在人群中跳舞的金髮女郎。

吉普賽頭領脫下他的毛氈帽，朝我招了招手，示意我過去。

「瓦多瑪死了。她讓我們把這個帶給你。」

頭領說完，轉過臉對金髮女郎說了幾句羅馬尼亞語，女郎擦了擦眼淚，從口袋裡掏出了一張紙片塞進我手裡。

是那張全家福照片。我把它放在日光下仔細觀察，照片裡的少婦雖然穿著歐洲上流社會的衣服，但卻有一張亞洲人的方臉，眼睛細長，顴骨外凸，兩頰凹陷，膚色也偏黑。

雖然當時我問瓦多瑪照片裡的女人是不是她，她並沒有回答我，可如今看來，確實有七、八分相似。

吉普賽人本身就是一個泛稱，指代這些長相和歐洲人不同，長途跋涉從遠方而來，穿過各個國家流浪的部落族人。有人說他們的發源地在波西米亞，也有人說在希臘或波斯，也有人說他們來自印度。

不像國家或地域通常有保存下來的史料記載，吉普賽的歷史就是不斷遷徙的歷史，連他們自己都不清楚自己的前幾代從哪裡來，更別說故鄉了。

「這是她唯一的遺物了。我們找到她的時候，她身上就帶著這張照片。」頭領說。

「為什麼……要留給我呢？」我看著照片自言自語。

「古力科博沃瓦……」那個金髮女郎就好像聽到了我的話，忽然對我說道。

我聽不懂羅馬尼亞語，自然也不知道她說什麼。她著急了，拉起我的手，在我的手腕動脈和她的動脈之間比畫了一下。

顯然頭領也很吃驚，他和金髮女郎交流了幾句。然後突然很嚴肅地看著我。

「她說，瓦多瑪臨終前說，你和她一樣，流著神的血液。但她是她那一族最後一個人了。」

神的血液？

我一愣，腦海裡浮現出來的，是家族的傳說。

那個傳說裡，從九鼎梅花山的風沙中走出來的突闕族隊伍，用彎刀刺破皮膚，用自己的血救了完顏宗室之子乃至全族的人。他們對完顏氏的宗族長老說，他們是神的直系子孫，流著神的血液。

難道瓦多瑪也是突闕族的人？

我的腦子一下很亂，幾乎無法思考，只覺得天旋地轉。我蹲在地上，不知道過了多久，直到那個金髮女郎把我攙扶起來。

「瓦多瑪……她從哪裡來？」我只覺得雙腳無力，像站在海面上。

吉普賽頭領和金髮女郎對視一眼，搖了搖頭。

「她怎麼會跟我流著同樣的血呢？吉普賽人……不是應該來自希臘嗎？希臘、波斯、印度……」

頭領哼了一聲，輕蔑地打斷了我的話：「這都是那些白人自以為是的研究。歐洲的白種人，美國的白種人，他們發明了燈泡和天文望遠鏡，就以為自己掌握了宇宙萬物的奧祕；以為有了鋼鐵的坦克和大炮，就成了這個世界的主人。他們自以為是地高高在上，明明大家都是人，可在他們眼裡我們就是老鼠一樣低等的種族。他們研究我們吉普賽人的起源，卻在心裡恨不得我們的祖先是某個叢林裡未開化的原始人，這樣才能滿足他們的優越感。」

「我們從不去探究自己從哪裡來，即使知道，也不會說。這世間能稱之為祕密的，都是不該被世人說出口的。」頭領頓了頓說道。「我們不去尋根問祖，因為我們心存敬畏。」

「……瓦多瑪提起過她的過去嗎？比如她有什麼信仰？」我覺得剛才我的問題問得太偏激了，畢竟我所瞭解的吉普賽歷史都是出自西方的資料。

吉普賽人本身就痛恨白人，尤其是「二戰」時，歐洲各國對吉普賽人的迫害和排擠只怕比猶太人還有過之而無不及。但因為吉普賽人本身就居無定所，沒有團結強大的力量，所以戰後也並沒有對他們做出任何補償，輕描淡寫地翻篇了。

我之所以問瓦多瑪的信仰，因為從信仰也可以反推她的大概來源。

吉普賽頭領又和那個金髮女郎用我聽不懂的語言交流了幾句。

「我們不知道瓦多瑪從哪裡來，她曾經提過，她的神有一千個名字，可神的本名藏在一個無人能到達的地方。」頭領似乎在絞盡腦汁地組織語言，費勁地跟我解釋。

「這是瓦多瑪那一族的神，你懂嗎，我們有很多類似的傳說，所以我們很容易領會，但你是個異族人，我不知道怎麼說你才會懂。」

「沒關係，你就把你知道的告訴我。」

有些古老的語言確實只能意會無法言傳。只有生活在這種語境之中才會明白。

這就像我在費城的時候，一位研究東亞史的同學跟我討論過緣分的「緣」字在英語中如何翻譯。

緣分是個很玄妙的詞，連近義的英文單詞都沒有，甚至連兩三句英文解釋都無法翻譯出這個詞的精髓。只有瞭解禪宗和偈語，對佛教命運說有領悟的人，才能勉強理解這個詞的意思。當時我說了半天，那個東亞史的同學還是一臉不解。

可這個詞只要是中國人卻都明白，甚至算是高頻詞彙。在我們的生活中，一句「有緣千里來相會」就能讓老外聽得雲裡霧裡。

同樣的，也許在吉普賽人的語系裡，有的東西是他們立刻領悟但我們卻很難弄懂的。我看著頭領自言自語地在英語和羅馬尼亞語中切換著一些詞，偶爾和金髮女郎交流一下。

「這麼跟你說吧，瓦多瑪信仰的神，有一個祕密的名字，這個名字讓神擁有了無窮的力量。神從來沒透露過這個神祕的名字，因為這個名字也正是束縛神的唯一魔咒，一旦誰掌握了這個名字，神就要受那個人的控制。

「所以神給自己起了一千個名字，他清晨的時候叫蒙，中午的時候叫拉，夕陽的時候叫泰姆，夜晚叫喜朗，淩晨的時候叫圖爾古……」

「你說他叫什麼？」我突然覺得這個名字無比熟悉。

「圖爾古（Turgut）。」頭領被我嚇了一跳。「瓦多瑪信仰的是清晨的神……」

圖爾古，Turgut，這會不會是同一個名字？難道我的祖先就是這個淩晨的神？

我一時之間也被自己的猜想嚇了一跳。

「你還好嗎？」吉普賽頭領拍了拍我的肩膀。

「我……有點亂了。」我拚命甩了甩頭，讓自己冷靜下來。

「那我們先走了。」吉普賽頭領見我沒什麼事，壓了壓帽檐和金髮女郎往前走去。

「最後一個問題，你剛才說，瓦多瑪是她們族最後一個人，她有沒有說是為什麼？」我問。

「吉普賽人，正在走向滅亡。」頭領走了兩步，回頭對我說。我看不清他的表情。「你應該知道的，我們從不與外族通婚。我們的人口幾百年來一直都在緩慢地減少。瓦多瑪的家族更古老，只能近親通婚……戰爭讓我們失去了我們的親人，但吉普賽的女兒不嫁外族人，吉普賽的新娘只能是吉普賽人。不只是瓦多瑪，就連我們，也是最後一代了。至於她——」頭領看了看那個金髮姑娘。「是純種的法國人。」

是啊！我怎麼連這個都沒想到！吉普賽人和我的家族，在繁衍上面太相似了！

不和外族通婚，吉普賽人在歐洲的幾千年都遵循著這個傳統。這也是為什麼他們無論流浪到哪個國家都遭到排擠的原因。他們不和當地人通婚，只會在自己部族內來往，這就造成了他們久久不能融入當地的文化和社群。

「二戰」後，吉普賽人死傷慘重，折損率高達八成。於是戰後至今的幾十年，大量吉普賽人有規模地拐賣幼女，將這些幼女撫養長大，作為自己族系的繁衍工具。我眼前這個金髮的白人姑娘，她根本不是吉普賽人，而是被拐來的白人小孩。因為吉普賽人的頭髮都是黑色的。

「我們只想讓他們也嘗到我們失去親人的痛苦。」頭領說完後，轉身離開。

那個金髮姑娘聽不懂我們的話，向我友好地揮了揮手。她的一頭金髮在夕陽中閃著耀眼的光芒，也許她不知道，自己也是個不幸的人吧。

「……只有聖明的神才知道我們來自何方，而他又是那麼虛無縹緲，以至於無法將真相告訴世上的人……」

一首古老的吉普賽歌謠，不知道從哪裡傳來。

真相也許已經無法考證。

而我還要繼續面對我的噩夢。

# 第九章　瑪麗亞和玩具屋

天色已經開始變暗，照相館外，一個穿著吊帶褲的中年人走出來準備鎖門。

「等等，拜託你，幫我加沖這幾卷膠捲。」我急忙跑過去對他說。

「真抱歉，我已經下班了。」

「拜託你了，哪怕能沖出來一張也好，我付你雙倍的錢。」我打開書包把膠捲一股腦兒翻出來。

「先生，你是在浪費時間。」中年人看了一眼我手裡的膠捲。「這些膠捲想必已經暴露在空氣中多於十年了，這種發霉程度上帝也救不了——」

突然他被我書包裡那臺相機吸引了，推了推眼鏡：「天啊……這是，這是萊卡0系列？你是從哪里弄來這臺相機的？我從來沒想過我的有生之年還能見到萊卡0系列，這已經絕版了！」他迅速打開照相館的門，然後一頭紮進了鋪子裡。

「一九二三年的萊卡0系列，我敢說這個世界上不會超過三十臺……你看看，要是保存完好的話，就這臺相機就能值比弗利山莊的一套房子！唉，內部發霉了，真是可惜了，真是可惜了……」中年人把相機放在鎢絲檯燈底下顛來倒去地看。

我對相機一點也不懂，被他說得雲裡霧裡：「要是您能幫我把這些膠捲沖出來，這臺相機我就送給您了。」

中年人不可思議地瞪大了眼睛：「先生，你不要騙我，我年紀大了受不了驚嚇。」

「一言為定。」

中年人拿起放大鏡，仔細地端詳起相機：「鏡頭裡面已經長霉了……咦？這臺相機裡還有半卷膠捲，我倒是可以試試能不能沖出來。」

「那太好了！您需要多長時間？」

「今天怕是不行了，你把電話留下吧，有進展我就打給你。」中年人遞給我紙筆。

「拜託您了，請儘快聯繫我，我……剩的時間不多了。」

回到家裡天已經黑透了，一進門，歐琳娜就淚眼婆娑地跟我說：「磊，那一窩小貓都被咬死了。」

歐琳娜和阿爾法坐在地毯上餵彼得喝牛奶，小貓的傷口已經處理過，一隻眼睛上包著白紗布，歐琳娜歎了口氣：「也不知道是不是那隻母貓發了狂，我就是想不明白，我們明明沒有碰那些小貓啊，為什麼會咬死它們？」

阿爾法抬頭看著我，他的眼神異常鎮定，就像看准了我不會說出真相一樣。

我也確實沒辦法說出實情，要是說出來無異於承認自己下午根本不在研究所。我之所以討厭撒謊，就是因為欺騙一旦開始，就需要一直騙下去，用一個比一個大的謊言去包住上一個謊言，就像滾雪球一樣越滾越大。

我歎了口氣：「也許……也許是別的流浪貓幹的吧。」

「彼得的一隻眼睛可能要瞎了。如果明天化膿了，就只能帶去寵物醫院做手術剜掉了。」歐琳娜的聲音透著心疼。

這隻叫彼得的小貓蜷縮在地毯上，表面上是個人畜無害的小可愛，但我腦子裡全是它咬死自己的兄弟姊妹的那一幕。

小貓吃飽了，抬頭用著僅有的一隻眼睛，看了看四周，又向我望過來。

莫名地，我竟然覺得它和阿爾法的眼神有些許相似。

那是見識過地獄後，帶著冷酷與獸性的眼神。

「明天見。」阿爾法抱起彼得，從地毯上站起來。

「等一下，我們跟你一起去。」我牽起歐琳娜的手說。「我們搬進來這麼久，還沒有正式拜訪過你和瑪麗亞呢。現在時間也還早，我們就去打擾一下。」

阿爾法停在門口，看著我：「你們最好不要去。」

我又想起他那天在書桌後面的黑暗中，也是這種眼神。

「阿爾法，你放心，我們倆也就是過去看看瑪麗亞，不會打擾太久的。」歐琳娜說。

阿爾法沒有再說什麼，只是打開了門。外面是黑漆漆的走廊。

我的手心有點冒汗。我必須要去，而且一定要歐琳娜和我一起去，我要當著歐琳娜的面摘了這個老女人的面具。

穿過黑暗的走廊，我想起第一次見到阿爾法的雨夜。

他安靜地待在角落裡，閃電照亮了他的側臉，金髮碧眼。

如果當時不是因為受到了驚嚇，而是在任何一個別的場景下，我必定會感歎，這個孩子長得太好看了。

尤其是他像湖水一樣藍的眼睛，沒有一絲雜色。

當我們告訴他小貓可能會因為人類的氣味被母貓咬死時，他的眼睛閃動著淚花，無論是誰都會為之動容。

可是在之後的相處中，他眼裡那一抹藍色卻讓我越來越覺得深不見底，尤其是那晚他指著星孩的頭骨圖像，一字一頓地跟我說：

你，怕，你，會，生，下，一，個，怪，物。

他的眼睛在黑暗裡發出像野獸一樣的光，那兩抹藍色瞬間變成了地獄裡燃燒的冰冷火焰。

可是當他抱著彼得依偎在歐琳娜身邊畫畫的時候，就像天底下任何一個普通孩子忽然有了一個玩伴一樣。那種依賴和喜愛，不像是裝出來的。

我胡思亂想著，就看見走在前面的阿爾法停在了608號公寓門口。

「請進。」阿爾法再度看向我。

但他看向我的眼神，傳遞著相反的資訊：

不，要，進，去。

他在向我發出最後的警告！

他的嘴脣沒有動，但是這四個字，像聲炸雷一樣從我的大腦炸到耳膜，耳膜瞬間收縮，我腦袋裡只剩下嗡嗡聲。一瞬間，我突然感覺有種無形的壓力直逼全身，就像背後有無數雙手按住我的肩膀，壓強從頭部蔓延到四肢，整個身體就像被釘在地上，一時間竟然動不了。

「磊，你怎麼了？」歐琳娜看我在門口止步，晃了晃我的胳膊。

「沒……沒事。」我從臉上擠出一絲笑容，拍了拍歐琳娜的手。

「磊，你在發抖。」歐琳娜皺著眉頭看了看我。「是不是有哪裡不舒服？」

「我沒事，就是……有點胃疼。」

「既然胃痛，那我們下次再來吧？」歐琳娜關心地說。

我心裡很清楚，如果不當面揭開瑪麗亞的謊言，歐琳娜是不會跟我搬出去的。歐琳娜是個很固執的人，自從搬來這棟大廈後，她已經發現我對她有所隱瞞。任何一個謊言，都是婚姻中難以癒合的裂痕，何況這個裂痕正在以滾雪球的速度越變越大。

如果我現在提出搬家，沒有一個合理的理由，她是不會走的。最直接的辦法，就是讓她親眼看到我的懷疑不是空穴來風。

從目前的形勢看來，無論那個能控制腦波的是誰，在我清醒的時候他都沒有辦法進入我的大腦傷害我。只要我不睡覺。但我也是人，沒辦法永遠醒著，那個人想必現在正在黑暗中默默地等待著我睡著的那一刻吧。

何況到底是不是瑪麗亞，我也不是百分百有證據。但如果今晚我放棄了主動進攻，那麼我永遠沒辦法搞清楚敵人是誰。

「……我沒事，我們進去吧。」想到這裡，我拉著歐琳娜的手，向前艱難地邁了一步。

走進608的那一剎那，我還以為自己穿越回了一九二〇年。

天花板四邊的巴洛克式雕花一直蔓延到牆上，四百公尺的波斯手工地毯鋪滿了整個客廳。

沙發布面是真絲混紡繡花的，天花板上吊著六十四掛的水晶燈。胡桃木的哥德式櫃子裡放著各種陶瓷和銀器餐具，連櫃門把手都是鍍金的。

608金碧輝煌，和這棟幾乎廢棄的公寓顯得格格不入。

屋子裡的唯一光源是一盞有點昏暗的壁燈，顯得整個客廳格外壓抑。不過最讓我震驚的是，整個客廳裡堆滿了玩具。

各種各樣的玩具，積木、彈弓、毛絨公仔、發條機器人、玩偶別墅、塑膠士兵、遙控飛機、坦克模型、各種各樣的棋盤類遊戲，應有盡有，散落在沙發上和地板上，大部分都積滿了灰塵。

「我的天啊，阿爾法，這些該不會都是你的吧？」歐琳娜也十分吃驚，接著用中文跟我低語。「我這輩子沒見過這麼多玩具！」

我們生長在二十世紀五〇六〇年代，那時候國內物資匱乏得連飯都吃不上，更別提玩具了。我小時候曾用報紙糊了一個風箏，就和舒月玩了一個夏天。

「阿爾法，你太幸福了，我小時候什麼玩具都沒有。」歐琳娜說。

「嗯，我也是。」阿爾法莫名其妙地說了一句。

「你現在才多大啊！這些玩具現在玩對你來說也不晚，對我來說就晚了，我現在都是老太婆了。」歐琳娜做了個鬼臉。

「噢，我的意思是這裡的玩具我都玩膩了。」阿爾法抱歉地對歐琳娜笑了笑。「我還是最喜歡跟歐琳娜在一起。」

「晚上好。」瑪麗亞從內屋走出來，還穿著她第一次見我們的那套衣服，黑色的高領長裙和天鵝絨外套，手上戴著蕾絲手套。她朝餐桌指了指。「請坐。」

「我去泡壺茶。」

我和歐琳娜坐在客廳裡，我壓低聲音用中文對歐琳娜說：「妳沒發現這間公寓有什麼異常嗎？」

歐琳娜環顧四周，點了點頭：「家裡好像很長時間沒打掃了，都是灰塵。」

整個客廳從玩具到家具上都積滿了灰。只有布藝沙發中間明顯有一塊是乾淨的，這塊比周圍白許多，一點灰塵都沒有。痕跡非常工整，感覺就像某人長期坐在同一個位置而形成的。難道一個人可以長年累月地坐在沙發的同一個位置，一動不動地坐一天嗎？

「還有一點很奇怪。」我用中文輕聲說。

「什麼？」

「她家沒有鏡子。」

瑪麗亞的家是典型一九二〇年美國流行的巴洛克裝修。只要對歷史稍有一點瞭解的人都知道，巴洛克式裝修在一六七〇年已經開始在歐洲大陸流行，可那時候美國人大部分還是農場裡面的鄉巴佬，一直到第二次工業革命之後，美國的暴發戶們才引進了這種風格，又用了十年的時間才從東岸火到西岸。

而巴洛克式的室內裝飾，除了繁複的花紋和家具雕花，最大的特色是利用鏡子的折射使房間看起來更有層次感。巴洛克式的建築牆面上都會有鏡子，三、四面是正常的，十幾面也不奇怪。

我甚至能看出客廳牆面上好幾塊尷尬的空缺，都有一圈鏡子留下的痕跡。

「也許人家不喜歡照鏡子。」歐琳娜吐了吐舌頭。

客廳裡一個現代設施都沒有，無論是電話還是電視，甚至連收音機都沒有，難道瑪麗亞唯一的娛樂就是一動不動地坐在沙發上發呆？

正想著，瑪麗亞從廚房裡拿出一壺熱水，阿爾法跟在後面，手裡多了兩隻茶杯和兩個茶包。

「瑪麗亞，我們只是坐一坐就走了，不用這麼麻煩。」歐琳娜說。

瑪麗亞的臉上緩慢地露出一個怪異的笑臉：「請喝茶。」她把茶包放進茶杯裡。

「瑪麗亞，我看到樓下保安室有妳的信，就幫妳帶上來了。」我從書包裡迅速掏出那封來自強森・H的信。

「來自XX信託公司的，委託人為強森・H，受益人是妳——強森，這個名字好熟啊，妳曾對歐琳娜說的那個一夜之間移民到澳洲，音訊全無的610前房客，是不是也叫強森？他們是同一個人嗎？」

瑪麗亞在倒茶，面無表情。

歐琳娜也無比驚訝地看著我，然後又看向瑪麗亞。

「不是。」瑪麗亞從嗓子裡蹦出一個沒有情緒的單詞，和我第一次見她一樣，沙啞的嗓音，古怪的音調。

「妳撒謊。

「他們是同一個人，他是強森・哈里克斯，他從來沒去什麼澳大利亞！妳騙他跟妳結婚！害他噩夢纏身離開了這棟大廈！妳還抓住了他的把柄，以此威脅他十幾年每個月寄巨額支票給妳！」我大喝道。

強森有沒有去過澳洲我不知道，但他肯定活著，因為一旦他死亡，生前信託就會自動終止。

至於瑪麗亞抓住了他的把柄，這是我能想到的最合理的推測。我必須表現得我已經知道一切。

一陣沉默。

「天啊！」歐琳娜驚叫。

我幾乎同時發現，歐琳娜的叫聲不是因為我說的話，而是因為從我說話到現在，瑪麗亞還在倒茶。

她一手拿著茶壺，一手拿著茶杯，剛燒開的滾燙的熱水，早就已經漫過茶杯倒在了她的手上，這個過程至少持續了一分鐘，直到水壺裡的水都倒完了。

瑪麗亞的一隻手，就在攝氏一百度的開水下面淋了一分鐘。而她一點反應都沒有，就好像那隻手不是她的。

那隻戴著蕾絲手套的手，除了托著茶杯，一點別的動作都沒有。

歐琳娜一把搶過水壺，拉過瑪麗亞的手：「妳沒事吧？我去拿冰袋！」說著起身跑進廚房，我也愣住了。

就在這一瞬間，瑪麗亞的頭緩緩抬起來，看著我。慢慢地，她咧開了嘴，在全是皺紋的臉上，露出了那個無比詭異的笑容：

「你，什，麼，都，不，知，道。」

尖銳的語調，沒有任何感情的聲音，一個接一個的單詞從瑪麗亞嘴裡蹦出來。

「磊，怎麼辦，她家……沒有冰箱……」歐琳娜從廚房出來，一臉恐懼地看著我。

瑪麗亞還站在桌前，她緩緩地脫下手套。手套下面是一隻布滿了皺紋的乾癟的手，上面鼓出了十幾個大大小小的透明水泡。

我突然發現，瑪麗亞的手指，沒有指甲。

「你們快走，快走，瑪麗亞……祖母她累了。」

阿爾法抱住歐琳娜，不讓她再往前，他的聲音一如既往的悅耳，我卻能聽出來帶著乞求。「快走吧，好嗎？」

我不知道我和歐琳娜是怎樣從６０８出來的，我們在漆黑的走廊跌跌撞撞地往回走，歐琳娜也被嚇壞了。

回到家，歐琳娜給我們倆泡了咖啡，把杯子遞給我的時候，她的手還在抖。

「這已經是重度燙傷了，我們真的不需要送冰袋過去嗎？要不要，要不要叫救護車？」歐琳娜自言自語地說著。

我沒接話，我也想不通，一個人怎麼可能任由燒開的水淋這麼久，卻毫無反應。

「磊，你是怎麼知道那個強森是同一個人？」過了好一會兒，歐琳娜問我。

「我打電話去信託公司查的。」

「你竟然去調查瑪麗亞？這麼做是違法的……」

「這不是重點，歐琳娜，妳難道還看不出瑪麗亞有古怪嗎？一個正常人，能這樣被開水燙一分鐘毫無反應嗎？」我拉住歐琳娜。「我們搬出去好不好？」

歐琳娜遲疑了。

「可是，可是她也沒有做過傷害我們的事……再說，我們的積蓄都用光了，現在一時半會兒到哪裡找房子呢？」

「歐琳娜，妳要相信我，我最近，一直做古怪的噩夢，我懷疑之前的強森也和我一樣，最後受不了才會搬出去。」

「什麼噩夢？」

「……」

我一時語塞，我不敢告訴歐琳娜，我的噩夢源自我自己最深的恐懼和對她的謊言，我不敢說，我夢到了我們的孩子是怪物。

「……總之，我們趕緊搬出去好嗎？我真的覺得瑪麗亞很怪異。我覺得她會傷害我們。」

「你到底做了什麼噩夢？」歐琳娜沒有放過這個話題。

「……我忘記了。」我別過頭，不敢再看她，因為我瞥見在我回答的一瞬間，她眼裡的失望。

「……這件事我再想想。」歐琳娜鬆開我的手。

「呃，妳先睡吧，我還有報告要寫。」

沒搬出去之前，我是不能睡覺的，因為我不知道睡著後等著我的是什麼。

歐琳娜並沒有理會我，轉身回房了。

我泡了一大壺咖啡，到目前為止我已經兩天一夜沒睡了，我不停地掐自己的大腿，捏自己的臉，我感覺我如果不這麼做，下一秒就能睡著。

整棟大廈靜悄悄的，一點聲音都沒有。我和我的眼皮奮戰著，忽然聽到一個熟悉的聲音。

「嗚……嗚嗚……」

是歐琳娜在哭嗎？迷迷糊糊的，我站起來往臥室走。

臥室的燈沒有開，歐琳娜穿著睡衣，背對著我站著。

「寶貝，怎麼了？」

「我們的孩子，你看看我們的孩子……他怎麼不哭了？」歐琳娜轉過身，她手裡抱著一個嬰兒，向我走過來。

「你看看，你看看他……」

我把頭湊過去。

突然，我臉上一陣撕心裂肺的疼痛，我猛地抬頭，發現自己已經打開門走出走廊了。

在我腳邊的，是那隻流浪貓。

「喵！」流浪貓叫了一聲，我摸了摸臉，一手血。

是它救了我，我差點就睡著了，就這麼一晃神的工夫，我竟然已經走了這麼遠。

它在危急關頭，用爪子給我臉上來了兩下。

我有點恍神，流浪貓看我清醒了，轉身朝走廊的另一邊走了兩步，回頭看了我一眼，似乎是有點悲傷的意思。

它消失的方向，是608公寓的方向。

我急忙回到家，歐琳娜還在睡覺。時間是六點整，天已經濛濛亮了。

我從書包裡摸出那張寫著強森・H地址的紙。

# 第十章　它有一千個名字

一九八八年二月二十二日　陰轉陣雨

清早我就離開公寓。強森的地址在洛杉磯最西邊的郊區，單程至少要四個小時。路過保安室，發現那個缺了兩顆門牙的保安竟然不在，平常這個時候他應該上班了。走出大門的下一秒，一個東西從天上掉下來，擦過我的鼻尖，掉在我的腳前面。是那隻昨晚救了我的流浪貓。

它摔得內臟都出來了，睜著兩隻眼睛，嘴裡吐出一口血，已是回天乏術，抽搐了兩下就斷了氣。

我嚇得腳一軟，一屁股坐在地上。下意識地抬頭看上去，這個位置正對著的六樓窗戶，是608。

這是一個警告。

計程車在四小時之後開進了一條林蔭大道，大道的盡頭是一棟棟古典的歐式建築群，乍一看還以為是某座古堡或私立大學。

建築群的外面，圍了一圈三層多高的鐵柵欄，之間還有鐵鍊層層相連。鐵柵欄的裡面還有一層加厚的水泥牆。

納帕州立精神病院——主建築門口的牌子上刻著幾個字。

Napa State Hospital，美國南部最大的精神病院。

半小時後，我見到了強森的主治醫生。

「真沒想到強森還有您這樣一位朋友掛念著他。」醫生和我握了個手，他對我的到來有些驚喜。「強森是個好人，他在這裡住了很多年了——當我還是一個實習醫生時，他就在這裡了。請跟我來。」

醫生目測年齡在五十到五十五歲之間，他做實習醫生應該也是十幾二十年前了。拿了病例，我們穿過主樓走廊和門診大樓來到住院部。

住院部的入口有保安把守，必須要交出所有書包並換上醫院內部的拖鞋，連皮帶都不能系。

「小心，可不要摸哦，那是帶電的。」醫生指了指入口兩側的鐵欄。

住院區非常大，四周環繞著草坪，裡面有噴泉和花叢，卻一棵樹也沒有。

「為了防範病人逃逸，我們的室外活動區域不能有任何遮擋，現在還是午餐時間，病患午休過後才會分批次出來放風。」

醫生是個健談的人，也許好不容易才見到一個正常人，話匣子打開了就關不上了：「只要沒有自殺自殘或者暴力傾向的，都被允許出來放風，超過八十歲的則有專門的護士陪同。」

「請問，強森是因為什麼入院的？」

「您不知道？」醫生有點吃驚。

「呃，我其實是受長輩的囑託，路過納帕順便來看看他。」

我只能信口開河也編了個身分。

「不，我的意思是，您並不知道強森的過去吧？」醫生奇怪地看了我一眼，但又很快笑了一下。「也是，您還這麼年輕，不知道很正常，但老一輩的人大多都知道強森當年的事，他可是六十年代崛起的千萬富翁之一呀！曾經洛杉磯市中心最高的幾棟大廈都是他的。正因為他是名人，所以他在一九七五年自殺未遂的時候才會那麼轟動。誰能想到一個每週日都會去教堂做禮拜、給民主黨出錢出力的大富豪會去自殺呢？

「他剛進來的時候，幾乎每天都有記者混進來，只為能跟他說上一句話，可惜近十年都沒人來看過他了。」

「自殺？他為什麼自……」

我問到這兒突然覺得自己特別愚蠢，也許是因為兩天沒睡覺腦子已經轉不動了。強森自殺的時候必然精神已經出問題了，我理了理頭緒接著問：「……他是在什麼情況下自殺的，事情的經過是什麼？」

「強森入院前自殺了不止一次，但最後一次最為嚴重。他半夜從公寓窗戶跳下來，幸好掉在了防雨棚上，被居民發現後報警。」

「那……他的病情現在有好轉嗎？」

「先生，其實精神病到目前為止都沒有什麼真正痊癒的病例，這不是胃炎，大腦的精神中樞不像我們的任何一個其他的器官有自我修復機制。我們只能控制強森不再加重，卻很難做到治癒。」

也許是見我露出了失望的表情，醫生安慰我道：「但您放心，強森是個好人。他沒有攻擊性，平易近人又十分睿智——我很少用睿智這個詞來形容我的病人。您知道，這兒是精神病院。」

醫生抱歉地朝我笑了笑：「但強森是個特例，只要您能接受跟他溝通的方式，他可以像正常人一樣和你交流。」

「什麼……溝通方式？」

聊著聊著我們已經走到了住院部的東南區。

和其他區域狹小得像蜂窩煤一樣的單人間不同，東南區的高級病房相對寬敞，除了床更大些，每個房間裡還有一張寫字臺和一個圓茶桌，上面放了一瓶鮮花。這裡的病人只要沒有自殘傾向的都能穿自己的衣服。

「強森被診斷為妄想症，他總是覺得他老婆跟他生活在一起，但事實上他並沒有結過婚。只要你一直附和他，不要去與他爭論他身邊有沒有人這一點，你就能跟他正常交談。」

老婆？我頓時聯想到，我在給信託公司打電話的時候，被告知瑪麗亞和強森是夫妻關係。

醫生抬起手看了看時間：「你的探訪時間只有不到半小時，十二點我們就要給他注射鎮靜劑了。」

「你不是說他沒有攻擊性，表現良好，為什麼還要注射鎮靜劑？」

「噢，是這樣，十二點是我們的午休時間。強森這麼多年都拒絕睡覺，如果不依賴鎮靜劑，他就會一直醒著，到死為止都不會閉上眼睛。」

醫生自以為開了個玩笑，我卻被嚇出一身冷汗。

我們停在了一間病房前：「出門的時候按一下鈴。他會在外面看著你的。」醫生指了指一位男護工。

我走進病房，強森正背對著我，坐在窗前晒太陽。

「您好。」我試探性地道了一聲午安。

強森轉過身來。他穿著一件灰色的搖粒絨睡袍，坐在輪椅上。他朝我微微一笑：「午安，今天的太陽真是太好了。請坐。」他指了指中間的圓形茶桌邊的椅子，然後他側過頭輕聲說。「親愛的，我們有客人了，幫我去沏壺茶好嗎？」

我緩緩地坐到了強森的對面。

他非常重視自己的儀容，一頭灰白的頭髮用髮蠟梳在腦後，睡袍胸口的口袋裡放著一塊折好的手帕，保持著二十世紀五六〇年代上流社會的做派。

「請喝茶。」他朝我伸出手。

我的面前沒有茶杯，我想起醫生的話，只要附和就能與他攀談，於是我假裝拿起茶杯喝了一口。

「這位先生，我有什麼能為您效勞嗎？」強森似乎對我的來訪非常高興。

「……您的太太叫什麼名字？」我小心翼翼地問。

「瑪麗亞，妳介意過來和我們聊會兒天嗎？」強森轉頭對空氣說道。

「您和您太太似乎感情相當好。」

「是的，我第一次遇見她是在約書亞大廈剪綵儀式的晚宴上，她當時穿了一套黑色的晚禮服，她美極了。雖然約書亞是我投資的，但我想把最頂層的公寓留一套給自己，我喜歡公寓甚於比弗利的別墅，我年輕的時候在英國也住公寓。於是我們成了鄰居。」

「您和您太太有孩子嗎？」

「沒有，瑪麗亞是戰後從德國移民過來的，她的孩子在『二戰』的時候就死了。我尊重她，所以也不想和她生孩子，畢竟我們都不年輕了。」

我沒說話，低頭看著那個不存在的茶杯。

「瑪麗亞和我領養了一個孩子，一個德國遠房親戚家的孤兒——那孩子長得真好看，金色的頭髮，藍色的眼睛……」

金髮碧眼？

阿爾法也是金髮碧眼，那麼強森當時看到的很可能就是阿爾法的父親。

我忽然冒出一個古怪的念頭，不自覺地就開口問：「你認識阿爾法嗎？」

強森認真地想了想，搖了搖頭：「不認識。」

「那您和瑪麗亞領養的孩子叫什麼名字？」

「叫維克多。」強森說。

維克多？我從來沒聽過這個名字。

「不，不是叫維克多，是叫盧瑟夫，還是叫雷克利？……也許是保羅，也許是傑克遜，對了，是邁克爾沒錯……我怎麼就記不起了呢？夏洛克真是一個好名字……」

強森陷入了沉思。

我差點忘記他是個精神病人。他之前說的每一句話，也不代表是真的。

「所以你們的孩子叫夏洛克？」

「哈，我騙你的，但我不能告訴你。」強森對自己開的玩笑很得意，他對我做了一個噓的手勢。「瑪麗亞不讓我告訴你。所以我不會說。」

然後，強森對著空氣自言自語地說著話。

我忽然覺得我再問什麼都是多餘的。

「孩子，你看起來不太高興，告訴我為什麼你一籌莫展？」

「因為我很怕我會變得和你一樣。」

我說完這句話之後，整個人徹底崩潰。

所有的希望就像在一瞬間被冷水澆滅，我以為強森是我的最後一線生機，可沒想到他……

我壓抑了很久的眼淚控制不住地流下來。

「孩子，你怎麼了？」強森憐惜地看著我，摸了摸我的頭髮。「是不是遇上了什麼不好的事？」

「是的。」

「為什麼你不與我說說呢？也許我們能幫到你呢？對嗎，瑪麗亞？」強森又看看空氣。

陽光燦爛的午後，我和強森坐在病房裡。一個是已經瘋掉的人，一個是即將瘋掉的人。

我擦乾眼淚，把從如何搬進約書亞大廈到遇見瑪麗亞和阿爾法，異族通婚的怪嬰到無法醒來的噩夢，瓦多瑪的死和詭異的608，連偷偷潛入強森的610公寓都說了。我只為排解一下心中的鬱悶，再憋下去我不用等到睡著就會發瘋。現在我置身精神病院，面前有一個病患，我說什麼做什麼都不會有負擔。

「你就當我編了個故事，或者當我瘋了吧。」我說完後，長出了一口氣。

強森聽得很認真，他沉默了一會兒，開口對不存在的瑪麗亞說：「親愛的，茶涼了，能幫我們再去泡一壺嗎？」

這也算是我預料到的結果，強森已經瘋了，我該說的也都說了，差不多我就該回去了。

強森彷彿注視著一個不存在的人一直走進洲洗室。

突然！

他迅速扭過頭來，從輪椅上幾乎是站起來拉住我的手！手勁大得連指甲都快摳進我肉裡！

強森壓低聲音顫抖地說：「我知道在你身上發生的一切都是真的！我每天都看到瑪麗亞活生生地站在我旁邊，但我知道她不存在！幾十年來只要我閉上眼睛，她就會在我面前以最殘忍的方式死去，一次又一次地重複，每一天，每一年，這個迴圈已經二十三年了，二十三年！」

「你記住，它有一千個名字，但從不示以世人本名！這樣它才能混跡在我們中間——」說著，強森從輪椅底下抽出一個本子使勁塞到我手裡。「這是我能給你的唯一提示，他們是雙胞胎！快走吧，快走！」

我愣了一下，隨即快速將本子塞進口袋。轉眼強森又變回了那個坐在輪椅上從容的紳士，就好像剛才的一切都沒有發生。

外面進來了一個拿著託盤的小護士，託盤上放著藥水和注射器。

「瑪麗亞，我又要睡覺了。」強森微笑著對著空氣說。

他的笑裡，早已沒有恐懼，取而代之的是一種悲涼。強森的身影定格在溫暖的陽光下，是那麼孤單。

我想著強森的話，不知不覺走到了住院部的出口。

「先生，您口袋裡裝了什麼？無論是什麼，恐怕您都不能帶走。」安保人員跟我說道。

美國精神病院的制度幾乎是和監獄一樣的，裡面的一切在未經允許下都不能擅自帶出。

我趕緊把本子掏出來想跟安保人員求情，這才看清楚強森遞給我的是一本《精神病人康復指南》，全書總共一百九十八頁。

強森給我的這本因為常年翻閱導致紙張皺皺巴巴的，封面都沒了，四十三頁之前的還撕掉了小半本。從這一頁開始的內容是「如何為精神病人清潔身體」。

我從頭翻到尾，並沒有一點標注，和任何一本《精神病人康復指南》一模一樣。

安保人員也很納悶。

「您如果對這本書感興趣，可以去主樓大堂免費取閱。」安保人員建議我說。

也許強森是真的瘋了吧。

走出精神病院的時候我摸了一下我的脈搏，數到三十的時候就已經亂了。三天三夜沒睡覺的我已經無法思考。

外面的太陽照在柏油路面白花花地泛著光，腳底軟綿綿的，只要一不留神我就能睡著。

我撐著疲憊的身體，在醫院外的公共電話亭撥通了家裡的電話。

「喂，歐琳娜，我在納帕精神病院見到了強森……」

「磊！你在哪兒？瑪麗亞真的有問題，她瘋了！怎麼辦？」出乎意料，我還沒說完歐琳娜竟然把我的話搶白了！

「歐琳娜，妳冷靜一點，慢慢說，怎麼回事？」

「磊，我沒事……今天阿爾法來找我，我不小心把果汁灑在他身上了——他死活不肯換衣服，後來，後來——」

歐琳娜深吸了一口氣，壓低聲音跟我說：「我把他的袖子撩開，看到他身上全部都是傷！全都是深深淺淺的疤！有一些一看就是縫合過的！他背上胳膊上胸口腹部全是疤，一個小孩子怎麼會受這些傷！一定是有大人做的——我怎麼問他他都不肯說實話，只說是不小心摔傷的——那不可能是摔傷！我懷疑瑪麗亞長期虐待他！我要不要報警？？」

「歐琳娜，妳現在還和阿爾法在一起嗎？」

「他剛才回家了。我是不是應該先把他接回來？還是應該先報警？」

「歐琳娜，妳聽我說，妳去把衣櫃打開，衣櫃後面有一個箱子，我把槍放在箱子最底下。妳去把槍拿出來。」

「為什麼要拿槍？」歐琳娜不解地問。

「歐琳娜，妳把槍放在妳的手永遠能拿得到的地方，然後把家門反鎖，除了我之外無論是誰來敲門，都不要開好嗎？」

我強迫自己鎮定下來，用最簡短的概括把上午和強森見面的經過交代了一下：

「我上午見到了強森，他有幻想症。我懷疑瑪麗亞曾經對他做過什麼才讓強森在一個月之內，從一個正常人變成數十次自殺未遂的精神病人，難道這只是巧合？目前看來強森遺產的最大受益者就是瑪麗亞，她的嫌疑最大。至於阿爾法，也許也是受害者之一。但我管不了這麼多了，我只能優先保證妳的安全。」

「嗯。」

「可是，我實在無法相信，連路都走不了幾步的老太太能對我有什麼傷害。」

「妳還記得她那天被開水燙了之後毫無反應嗎？」我問歐琳娜。

「妳覺得那算是一個正常人嗎？」

歐琳娜沉默了。

「瑪麗亞肯定沒我們想像得這麼簡單。妳現在把槍拿在手邊，把門鎖上，聽話好嗎？」

「磊，為什麼你這麼堅信強森的妄想症是人為因素造成的？你是不是還知道什麼？」歐琳娜掛掉電話之前，不安地問我。

「因為我和強森出現了一樣的症狀。」我猶豫了一下，還是告訴了歐琳娜。

「什麼意思？你怎麼了？你別嚇我……」歐琳娜一下慌了。

「沒什麼……回來再說吧……」

我掛了電話，隨即上了一輛計程車。

和強森的症狀一模一樣。我一旦睡著也會進入噩夢，身體會根據夢境做出自殘或自殺行為。

我的噩夢反映了在我心底最怕的東西；而在強森的噩夢中，則是反復經歷瑪麗亞的死亡。

我想起在610的暗室裡見到的那個小床、手銬和藥瓶。強森一定也和我一樣不敢睡覺。所以他搞來很多興奮劑藥物，用以保持神經中樞亢奮從而遏制困意。

但是藥物只能延緩睡眠時間，人終究還是要睡覺的。所以強森在暗室的牆上安裝了手銬，以防做夢的時候身體不受控制地亂走。

可即使心思再如何縝密，也會有百密一疏的時候。不睡覺的副作用是大腦的大範圍受損，人開始出現幻覺、精神衰弱和焦慮等症狀，這時候反而更容易在不自覺間進入睡眠。

強森很有可能就是因為長期拒絕睡眠而導致腦損傷，才會逐漸演變成妄想症。他無法接受瑪麗亞一次次死去的噩夢，所以才自己虛構了一個瑪麗亞。

我想起在我走之前，他對著空氣笑了笑說：瑪麗亞，我又要睡覺了。

強森對死亡早已坦然，當他再次從那個永恆的噩夢中醒來時，至少他幻想出來的瑪麗亞還在他身邊。

我想不明白，瑪麗亞為何能對強森如此殘忍？

這個男人深愛著她，連內心最深處的恐懼都關於她，可是她卻能沒有一絲感情地設計他的死亡，把他關進精神病院，帶走他所有財產。

我的思緒越來越混亂，眼皮越來越沉。

不能睡覺！我從書包裡掏出鑰匙，使勁往大腿內側戳去，頓時疼得冷汗直冒。

「先生您還好吧？」計程車司機無意中瞥見了我的舉動，嚇了一跳。

「沒，沒事。」我勉強笑笑。

計程車司機是有一頭黑色的卷髮和大鬍子的墨西哥人，深凹的眼眶下面是個酒糟鼻，衣服上一股乳酪的味道。

和全世界各地的計程車司機一樣，美國司機也喜歡在後視鏡上掛一些亂七八糟辟邪保平安的掛飾。

他在後視鏡上掛著的是一條超級浮誇的金色塑膠蛇，蛇的身體蜷成一個波浪形。和普通蛇不一樣的是這個塑膠蛇沒有尾巴，卻有兩個蛇頭，首尾對稱。塑膠蛇下面連著許多麥穗狀的金屬裝飾，眼睛上還貼了兩對浮誇的綠色假寶石。

「你這個掛飾挺好看啊。」我沒話找話。

「哈哈小夥子，你挺有眼光嘛！」司機爽朗地大笑了兩聲。「這可是聚財的好東西！安菲斯比納有兩個頭，一個往東一個往西！」

雙頭蛇（Amphisbaena）？

我想起了瓦多瑪的那首不知所云的寓言詩：安菲斯比納有兩張臉，說謊的次數和實話一樣多。安菲斯比納有兩個頭，一個想往東走一個想往西……

原來安菲斯比納，就是這條蛇的名字。因為它有兩個頭，所以才有兩張臉。兩個蛇頭朝向相對，所以才會一個想往東一個想往西。

「這雙頭蛇，有什麼說法嗎？」我問。

「小夥子，你算問對人咯，你猜我是哪裡人？」

「……墨西哥？」這也太明顯了吧。

「對啦，我可是地道的阿茲克人（墨西哥人口最多的民族）呢，我的爸爸、爺爺、爺爺的爸爸、爺爺爸爸的爺爺，都生活在墨西哥北邊，但是我們家我是最帥的，他們都說我長得像歐洲人！」

「哦……是有一點像。」其實一點都不像。

「安菲斯比納可是我們墨西哥戰無不勝的守護神，它天生就有兩個頭，所以也叫作雙頭蛇神。它能夠同時往兩個方向移動，如果合作無間就是很可怕的獵人，可如果意見相左時就會為自己帶來厄運。傳說誰看了安菲斯比納的眼睛，肉身就會化為灰燼，而靈魂則會墜入永恆的地獄。」

靈魂墜入永恆的地獄？我想起強森二十二年來迴圈的噩夢。

「年輕人，不用害怕。」司機看我皺著眉頭，笑著和我說道。「安菲斯比納的傳說已經作古啦，現在它可是聚攏財富的象徵！看到了嗎？它的兩張嘴是只進不出的！」

# 第十一章　生命之泉

回到約書亞大廈時已經下午了。歐琳娜緊張地迎上來：「磊，你到底怎麼了，你在電話裡沒說清楚，我好擔心……」

看到歐琳娜沒事，我鬆了口氣，緊繃的情緒一下鬆了下來，我只覺得大腦嗡嗡直響，站都站不穩了。

「你臉色看起來好差，趕緊去睡一會兒吧？」歐琳娜扶著我。

「不……我還有事跟妳說，我先去洗個臉。」

我讓歐琳娜去幫我煮一壺咖啡，轉身進了浴室。

頭好疼。

水龍頭一打開，熱水嘩嘩地流下來，浴室很快變得蒸汽繚繞，我累極了，擰了把毛巾擦了擦臉。

從浴室出來，已經快黃昏了。夕陽金色的餘暉從窗戶外灑進來，收音機正播著貓王的 Follow That Dream，房間裡彌漫著咖啡的香氣。

「When a dream is Calling you, There's just one thing that you can do.」

這是我的家嗎，我忽然有一種安心的感覺。

客廳裡傳來電視的聲音。

「歐琳娜？」我喚了一聲。

沒人回答。

我朝客廳走去，看到歐琳娜背對著我，坐在沙發上面。電視裡正在放著下午五點的烹飪教學節目。她似乎在專心看著電視。

「歐琳娜？」

「嘶——嘶——」有一陣輕微的咀嚼聲從沙發上傳來，歐琳娜又在偷吃零食了。

我走到沙發背面，輕輕地推了推她，她卻從沙發上滑了下來。

一個雙頭四手，滿臉長滿眼睛的怪嬰，正趴在她的身上啃著她的內臟。歐琳娜的肚子一片血肉模糊，血從大腿兩側流到地毯上。

「不！」我嚇得後退了兩步，轉身拿起桌上的槍。「你這個怪物！離開歐琳娜！怪物！」

「磊，你要殺死我們的孩子嗎？」歐琳娜的眼睛空洞洞的，她歪著頭對我說。「它只是餓了，嘻嘻。」我拿著槍的手在顫抖。

那個怪物擦了擦嘴上的血，向我爬過來。我一步一步地退到走廊上。

「別過來……」我絕望地大叫。

「爸爸。」一個聲音從我身後傳來。我轉過頭，另一個長著兩個頭、四隻腳的怪物在我後面，貼著我的肩膀說。「好餓啊，爸爸。」

「不要碰我！」我驚恐地甩掉它，往走廊深處退。

第三個，第四個……怪物們源源不斷地從黑暗中鑽出來。

「爸爸，爸爸，你不要我們了嗎？」那個首尾各長了一個頭的怪物，揮動著蓮藕一樣的小手，兩張臉同時看向我。

我已經站在瀕臨崩潰的邊緣，把槍頂在自己的太陽穴上。

也許我死了，這一切就能結束了。

怪物在地上慢慢朝我爬過來，兩張臉，四隻眼睛同時瞅著我，一張臉在笑，一張臉在哭。

「……安菲斯比納有兩張臉，說謊的次數和實話一樣多……安菲斯比納有兩個頭，一個想往東走一個想往西……」忽然間我不自覺地自言自語起來。

這是一首詩嗎？好熟悉啊，我好像聽誰說過……是誰呢……

瓦多瑪！

瓦多瑪的名字，像一道閃電一樣在我的腦海裡炸響，我一個趔趄差點摔倒。

這不是真實的！不是真實的！

一瞬間，如何搬進約書亞大廈，如何遇見瑪麗亞和阿爾法，下午那個計程車司機，歐琳娜給我打的一通電話，一切的一切我都想起來了。

我在夢裡。我突然意識到這一點。沒事，只要醒來就好了。我開始掐自己的臉，打自己耳光。

「快醒來，快醒來。」我一邊對自己說話，一邊使勁揉了揉眼睛。但是那些畸形的嬰兒還在我面前。

最前面的那一隻已經爬到我身邊，伸出粉紅色的手抓住了我的褲腳：「爸爸。」它頭上長滿眼睛，每個眼珠都在轉。

我還在夢裡！

怎麼辦？我要怎麼才能醒過來？我一邊往走廊深處退去，一邊想著如何醒來。自殺是死，醒不來也是死，我怎麼樣才能從這裡出去？

「你窺探到森林裡的獵人，因為你是他的獵物！獵人來的方向，就是森林唯一的出路！」

我想起瓦多瑪最後一次見我的時候給我的忠告。

如果瑪麗亞真的在操控我的夢境，她是如何進來的？她進入我夢境的通道，也一定是我出去的路！一定有一個入口，只要找到了這個入口我就可以出去——

我四處張望，時間不多了，雖然我現在身處走廊，但這是夢境，夢境和現實世界從物理位置到時間都是不對等的。

「你看到的門是牆，你看到的牆是窗，你看到的窗通向死亡，而不是通向它來的地方……」

之前我沒聽懂的瓦多瑪說的話，現在一下全懂了。

第一次見面的時候，她已經通過寓言詩把夢境的特點和破綻告訴我了。

「你看到的門是牆，你看到的牆是窗。」

這句話的意思就是，夢境中的門不一定相對於真實世界的門，窗也未必就是真實世界裡的窗。

我剛才應該是在浴室裡睡著的。在真實世界中我們家浴室門外應該是客廳，但我剛才先看到的卻是廚房。沙發擺放的位置也不對，而且我家根本沒有電視機。

我不能憑我現在看到的格局去分辨方向。

夢境裡營造的世界是為了引導我去瑪麗亞想讓我去的地方。簡而言之，哪怕現在我踩著這群怪物過去走廊的另一頭搭電梯，我也是不可能出去的。

可是既然不能從外觀辨別出口，那麼出口到底在哪裡呢？

一堆怪嬰繼續發出嚶嚶的聲音，朝我慢慢爬過來。

走廊盡頭的窗戶上，寫著大紅的「EXIT（出口）」。

「你看到的窗通向死亡，而不是它來的地方……」

我想起瓦多瑪的警告，我要是真從這個出口出去，肯定就真摔死了。

出口到底在哪裡？

604，605，607……我沿著走廊往後退，馬上就要到盡頭了。

咦，608的門怎麼不見了？

走廊上只有一側是公寓，西方迷信魔鬼的說法，所以606是沒有的，可是現在本該是608的房門位置，卻只剩下一堵磚牆。

磚牆上面，用粉筆勾勒出了一個房子和幾朵花，房子上還有一個白色粉筆畫上去的小門。

這是一幅兒童簡筆劃，畫上的門大概有巴掌大小。上面寫著一個數字，四十三。

四十三？

我想起強森塞給我的那本《精神病人康復指南》。

「這是我能給你的唯一提示！真相就在裡面！」強森的話迴響在耳邊，但當時我卻以為他瘋了。

我的大腦轉得飛快，強森要傳達給我的根本不是書的內容，而是這個頁數！這個號碼就是強森要告訴我的「真相」。

他說的「真相就在裡面」，並不是指真相在書裡面，而是真相和四十三這個號碼有關。

那些小怪物們已經圍上來拉扯著我的衣服，它們趴在我的耳邊發出「嘶嘶」的聲音。

一隻突然張開嘴巴，咬住了我的腳踝，瞬間疼得我冷汗直冒！

這真的是夢嗎？為什麼疼痛這麼真實？

「在夢境中不要相信你看到的表像！」我在心裡一遍又一遍地重複著這句話，咬了咬牙，伸手去推牆上那扇粉筆畫的小門。

「啪」的一聲，門開了。

周圍的一切都消失了，只剩下我和面前的這道牆。

我試著向前探出手，然後是腳，我的整個身體，穿過了粉筆畫裡面的小門，進入了一條深不見底的漆黑走廊。

不知道走了多久，我的面前出現了另一扇門。

那是一道古老的黃銅雕花大門。

大門上雕刻著地獄的場景。罪人們周而復始地在烈火中受盡酷刑，他們或身上長滿毒瘤，或被倒插進煮沸的油鍋，或在熾熱的瀝青中沉浮，掙扎著從不同方向向門縫爬去，似乎那扇門中間透出的光就是他們唯一的希望。

可無論他們如何伸長雙手，都無法夠到門縫邊緣，惡鬼用帶刺的皮鞭鞭打他們，地獄野獸將他們拖進深淵。

我被這栩栩如生的雕塑震撼了，愣了好久，才輕輕地推了一下門。

門內的光芒刺得我睜不開眼睛。

一間敞亮的房間內，放滿了一排一排的嬰兒床，一眼望不到盡頭。

每張嬰兒床裡面的嬰孩外觀都驚人的相似，統一的金髮。

白色衣裙的護士在這些嬰兒床中間忙碌著，她們戴著黑色的肩章，上面繡著兩道閃電的形狀。

這是哪兒？

我企圖跟其中一個護士說話，可她完全看不見我，徑直從我身邊走了過去。

那麼，我「看到」的，應該是一段記憶。

護士抱起一個孩子，說了一句我不懂的語言，像是德語。但我能明白她在說什麼。我以這段記憶主人的視角「看」著和「聽」著，連它的「情緒」都能感受得到。

「二十一號，七個月，血壓正常。虹膜顏色為綠色。」她說。

另一個在記錄的護士，皺了皺眉頭：「不及格。」

「先留著吧，聽說柏林開發的新藥可以改變虹膜的顏色。」

一陣洪亮的哭聲從另一邊傳來，我跟著護士走到嬰兒床旁邊，裡面的孩子哭得很凶。

「六十七號，」護士翻動著嬰兒床上的牌子。「餵過了嗎？」

「喂過了，還是哭。是前兩天從盧森堡運來的，虹膜是棕色的，頭髮也並不是純金色。」

我看了看這個孩子，確實，他的頭髮和其他孩子相比偏褐色一些。

「他們的篩選真是越來越不嚴格了，這樣下去元首大人會不高興的。處理掉吧。」

護士一邊說一邊摘掉嬰兒床上的牌子，把這個正在哇哇大哭的孩子提了起來，遞給旁邊的人。

微風帶著樟木的香氣掠過我的臉，窗外一面巨大的納粹旗幟正迎風飄著。我再次看到了護士們袖章上的雙閃電標誌：Lebensborn E.V.。

這是納粹「二戰」時的生命之泉農場！

一個可怕的念頭掠過我的大腦。

對「二戰」時的德國元首希特勒來說，純正的血統是復興國家的關鍵。而在所有血統中，最高貴的當屬雅利安血統。

擁有這種血統的日爾曼人，最突出的特點就是淺金色的頭髮和碧藍色的眼睛。為了獲得所謂純種的「雅利安後代」，培育日爾曼民族的「最強戰士」，納粹發起了培植優等民族的「生命之泉」計畫。生命之泉農場就是德國為了培養「優秀人種」而設立的機構。

從一九三五年開始，希特勒就從德國各地挑選金髮碧眼的美女和納粹軍官發生關係並生育出優質的雅利安後代。後來為了增加嬰兒的數量，甚至從周邊的戰敗國強行擄掠來外貌符合的孩子進行培養。

難道這就是瑪麗亞的記憶？那她在這段歷史裡扮演著什麼角色？

等我回過神來，我已經從生命之泉的育嬰室，到了另一個審訊室。

審訊室的一側，坐著一個被綁起來的波蘭人，穿著破爛的軍服。波蘭人看起來已經被施過酷刑，十根手指已悉數截斷，傷口被簡易包紮了一下，以防失血過多而死。

審訊室的另一側，坐著兩個孩子，他們大概八、九歲，理著一樣的髮型，我看不出究竟是兄弟還是姊妹。

他們身邊站著一個納粹軍官。站在這個軍官後面的，竟然是年輕時的瑪麗亞。

這時候她大概三十出頭，金色的頭髮挽在腦後，穿著一身白袍，手臂上戴著生命之泉的肩章，正在檔案簿上記錄著什麼。
原來瑪麗亞是生命之泉計畫中的醫生！
生命之泉計畫是一九三五年實施的，如果當時瑪麗亞三十歲，那麼現在應該是八十三歲，年齡能對得上。
納粹軍官和瑪麗亞低語了幾句，轉過臉指了指波蘭人，問那對雙胞胎：「他們的部署是什麼？」
其中一個孩子滿頭大汗，嘴唇蒼白，死死地盯著那個波蘭人，另一個閉著眼睛拿著一支蠟筆，面前放著一張紙。
兩個孩子都沒有回答。
過了一會兒，納粹軍官明顯有點不耐煩了，又對著波蘭人問了一次：「你們的作戰部署是什麼？」
波蘭人被反綁在凳子上瞪著他，咬著嘴唇一言不發。
我走到那兩個孩子旁邊，看到拿著畫筆的孩子顫抖的手在紙上畫著沒有意義的線條。
良久，一滴血滴在紙上，竟然是從他的眼睛裡流出來的。就在這時，另一個孩子從凳子上倒下去，四肢抽搐。
納粹軍官搖了搖頭。
「不及格。」瑪麗亞隨即說道。「把他們帶下去，換另一對。」

外面進來了幾個護士，把這兩個孩子架了出去。過了一會兒，另一對更小的孩子進來了，他們看起來只有五、六歲。

同樣身穿病號服，金色的頭髮，看不出性別，其中一個小一點的孩子驚恐地抓住另一個孩子的手。

「不要怕，就像我們平常練習的一樣。」另一個孩子低聲安慰著他。

他們坐到了剛才那一對孩子的座位上。較小的孩子盯著波蘭人的臉，較大的則站在圖畫紙前面，拿起筆，閉起眼睛。

「可以開始了。」

「你們的作戰部署是什麼？」

納粹軍官並沒有對兩個孩子說話，而是向波蘭人問道。

讀心術！

我恍然大悟，這兩個孩子必然是在通過配合，進入波蘭人的意識，套取軍情。

我突然想起以前看過的一篇柏克萊大學的關於大腦意識的研究報告，我們的大腦每天都在處理數以億計的資訊，因此在放空狀態下腦部閃過的資訊都是相當雜亂的。即使是讀心術，也必須要在對方清晰地想著一件事的情況下才能讀取。因為當一個人集中注意力想一件事，大腦處理的內容就很單一，讀取的資訊才有意義。

納粹軍官之所以重複問波蘭人同一個問題，目的就是讓他的大腦單一地想一件事情。

盯著波蘭人的孩子開始出汗，眉毛擰在一起，大滴的汗水從額頭上流下來。拿著筆的孩子手顫抖起來，在紙上哆嗦地寫下一行字，嘴巴也在念念有詞：

「主……力……在……不……楚……拉……河……」

「拉……河……華……沙……主……力……軍……平……原……機……動……戰……」

與此同時，波蘭將領痛苦地把腦袋一下一下往桌上敲，腦門磕出的血流在審訊室的桌面：「……從……我……腦……子……裡……出……去……」

「很好。」納粹軍官滿意地點了點頭，轉身對瑪麗亞說道。「元首大人會滿意的，可以帶他們去遊戲室了。」

兩個孩子抬起眼睛看著納粹軍官和瑪麗亞，他們的臉上沒有一絲一毫的表情。沒有任何喜悅。

突然一種跌入深淵的絕望情感，在我胸口充斥著。

難道這是瑪麗亞當時的感受？

場景再次變化，我看到了一個圓形的白色房間，裡面有一群孩子。和剛才見到的一樣，他們穿著簡單的病號服，因為年紀太小看不出性別。他們的眼睛裡寫滿恐懼。

一個孩子的頭髮是灰白色的，另一個孩子的手沒了，還有一個孩子在劇烈地咳嗽。

我看到了剛才審訊室的第一對孩子，其中一個眼睛上的血已經結了痂，他瞎了。另一個全身顫抖地蜷縮在角落裡。

這些孩子都是兩兩一對兒，我忽然意識到，他們要麼是兄弟姊妹，要麼就是雙胞胎。

門開了，幾名納粹醫生帶著剛才接受表揚的那兩個孩子走了進來，瑪麗亞跟在後面。

「四十三號，四十四號，歡迎來到遊戲室。」醫生說道。

「恭喜，測試通過了，這是對你們的表揚，過來選擇你們的玩具吧。」

一個金屬的貨架推過來，上面擺放著各種武器。

槍，匕首，皮鞭，斧頭。

兩個孩子面無表情地挑選了自己的「玩具」。

「好好玩吧，遊戲規則你們也知道了。」醫生摸了摸他們的頭。「日落之前出來的只能是你們兩個。」

「你們將來會成為最偉大的雅利安戰士，你們是我們的驕傲。」

醫生說完，留下了兩個孩子出去了。

接下來的過程我無法用語言描述，若非我親眼所見，那是任何一個心智正常的人永遠無法想像出來的殘酷畫面。

夕陽如血，一個又一個殘缺的或沒有通過測試的孩子，甚至沒有來得及發出一聲痛哭，就倒在了血泊之中。

那個瞎了眼睛的孩子，死的時候睜大了眼睛，流出了紅色的血液。

是不解，是怨恨，是悲涼，是刺骨的絕望。

最後，四十三號和四十四號，渾身是血地走出了遊戲室。

# 第十二章　安菲斯比納的兩張臉

我感覺到大地在震動，夢境越來越不穩定。一切就像電影一樣加速播放著。場景再次轉換，窗戶外面是滔天的戰火。天上有無數轟炸機飛過，炸彈把遠處城市的天空染成了玫瑰一樣詭異的顏色。

我身邊是匆忙奔走的醫生和蓋世太保，我跟著他們穿過一個又一個房間。其中一個軍官拿著一個箱子，從他緊張的態度來看，裡面似乎裝著貴重的東西。

這些人來到一個長廊，長廊兩側是像蜂巢一樣的隔間，裡面關著許多孩子，有大有小，他們都有著金色的頭髮和藍色的眼睛。小孩子們也被這一隊匆匆而來的大人們嚇到了，臉上流露出疑惑的表情。

「把他們都帶到實驗室！」那個軍官說道。

「可是研究還沒成熟……這些孩子未必能適應……」

「元首等不及了！現在就要開始實施最終計畫！」一個近衛軍提起醫生的衣領，大聲吼道。

蜂巢的閘門一個個打開，孩子們被拿著槍的軍人們帶到實驗室。

那個軍官打開箱子，裡面是一排排注射器，內部似乎有某種藍色的液體。

「快點！如果試驗成功，我們還有反敗為勝的可能！」軍官拿槍頂著醫生。

醫生打了個手勢，護士們上來分了分箱子裡的注射器，瑪麗亞也在中間。我看到瑪麗亞的手在發抖。

她拿起一支注射器，走到一個孩子旁邊。

「這是什麼？」孩子問道。

「這是來自神的禮物。」瑪麗亞極力遏制住自己的情緒，鎮定下來。「要是你能承受它的饋贈，你將會獲得和神一樣的能力……」

說著，瑪麗亞用顫抖的手把注射器插入那個孩子的血管：「不要怕……」

瑪麗亞把針管抽出時，那個孩子很顯然還沒有睡醒，揉了揉眼睛。瑪麗亞伸手摸了摸他的頭髮。

突然那個孩子發出一聲慘叫！

他的背上迅速隆起了一塊異物，隨即皮膚下伸出了恐怖的觸角，他的面部開始扭曲，腦袋就像充了氣一樣脹起來！

「好痛——」他還沒說完，下體就長出了一個頭！頭上還沾著黏液和血汙，他變成了一個怪物！

這個怪物竟然和我夢境中的有七分相似，怪物掙扎了兩下就斷氣了。

「我說了……研究還沒成熟……他們是沒辦法跟神的血液融合的……」醫生跪在地上歇斯底里地哀號道。

神的血液!?

聽到這句話，我深吸了一口氣，可我來不及細想，就被一聲哭號打斷了思緒。

「沒希望了……我們的國家沒希望了……」那個軍官無力地靠在牆上。

一聲槍響，他結束了自己的生命。

我放眼望去，四周已經是數以百計的怪物屍體，全都是接受注射的孩子。窗外飛過一顆流彈，在咫尺之外炸開，產生的氣浪把玻璃震得粉碎。

瑪麗亞把注射器扔在地上。

「救命……救命……」瑪麗亞在護士們驚慌的叫喊中，向門外跑去。

絕望，我再次感覺到無與倫比的絕望，還有仇恨。

那是可以殺光全世界的仇恨，這種仇恨可以讓任何一個人化身成地獄裡的惡鬼。

「啊！」

我撕心裂肺地吼出來。

醒來的時候我發現自己倒在廁所外面，把整個儲物櫃都撞翻了，下意識地看了看掛在牆上的鬧鐘，才四點半。

原來我在浴室打開水龍頭的時候睡著，到現在醒來，不過十分鐘。

果然夢境中的時間和現實的時間也是不對等的。

瑪麗亞居然是「二戰」納粹的餘孽，一個惡魔。這太可怕了，我的第一反應是必須趕緊帶著歐琳娜離開！

正準備爬起來的時候，突然看到歐琳娜就站在我面前。

她在哭，手裡拿著一個藥瓶：「這是什麼？你是不是一直在吃？」

她的聲音充滿了失望、傷心和因為背叛而導致的憤怒：「你為什麼騙我？」

歐琳娜把藥瓶扔在我面前，那是剛搬來加州的時候，我找浩民師兄從他醫院裡開的藥。

Gendarussa，男性口服避孕藥。

歐琳娜發現了。

我在剛搬進來的時候就去找了浩民師兄。浩民師兄上班的地方，是加州為數不多能夠開到 Gendarussa 的醫院。

Gendarussa 是從一種名叫駁骨丹的植物裡面提煉出來的，可以破壞精子細胞中的酵素以削弱其活性，從而達到避孕的目的。

「Gendarussa 的避孕效果高達九成九，但也不是完全沒風險的，任何避孕措施都不能做到百分百有效——雖然我不知道你的理由是什麼。」師兄把藥給我的時候，曾經語重心長地對我說。「我還是再勸你一句，不要瞞著歐琳娜，不要讓你的婚姻裡有謊言，它會成為夫妻之間信任的墳墓。」

我表面上配合歐琳娜懷孕，但每天偷偷吃 Gendarussa，懷揣著僥倖心理。也許歐琳娜這一生都不會知道，也許某一天時機對的時候我能告訴她真相。

也許有一天，我們能打破命運的魔咒。

「為什麼？」歐琳娜坐在地毯上，虛弱地閉上眼睛。「我們認識四年，結婚兩年。

我一直覺得我很幸運，我找到了我愛的人一起走一輩子——可我不是傻子。

「婚後每次我提到孩子，你的眼神總是在閃爍。有了事業才要孩子，事業太忙以後再生，有了錢再說。我聽著你的每一個藉口，但你從來沒親口告訴我真正的原因。我多希望我能一直傻下去，相信你的每一個謊言——你偷偷看遺傳學的書，晚上假裝加班不睡覺——我陪著你演一場獨角戲，我是那個假裝不知情的觀眾。

「我不介意我們住在哪兒，也不介意我們吃什麼穿什麼，不介意你能掙多少錢，甚至你告訴我你不能生育，我也不會離開你——但我介意你騙我。」歐琳娜捂住了臉，眼淚順著她的指縫流出來。

「為什麼？」她的聲音從抽噎變成號啕大哭。

這一刻，我才明白，歐琳娜自始至終都知道。

我小心隱藏著祕密的同時，卻忘了歐琳娜是一個多麼聰明的人。她一直在嘗試用信任感化我，我卻以此傷害她，往她的傷口上一次又一次地撒鹽。

我們的婚姻竟然因為一個謊言而變得千瘡百孔。

「歐琳娜，對不起。我從來都沒想過要傷害妳。」

我一點一點地組織語言，從我家族的通婚歷史，到我的童年，到異族通婚生下的怪胎，不知道用了多長時間，我把一切都告訴了歐琳娜。

她抬起頭，從最初的不可置信，到恐懼，到眼裡的堅定。然後，她走過來輕輕地抱住了我：「你為什麼不早告訴我？為什麼要獨自承受這些？」

原來我一直在用我的懦弱來衡量這份感情，卻低估了她的堅強和勇氣。

「現在科學這麼發達，即使你的家族基因裡真的有隱性遺傳病，也不一定不能治癒。我們都接受過高等教育，哪怕不能生自己的孩子，我們也可以領養……」

突然歐琳娜捂住嘴，朝廁所衝去。

「嘔……」歐琳娜還沒來得及走到洗手臺，就爆發出一陣陣乾嘔。

我們倆都無法解釋的事情出現了。

驗孕棒上有兩條線。

歐琳娜懷孕了。

我和歐琳娜四目相對，難道 Gendarussa 百分之一的概率就出現在我們身上？

「這是……怎麼回事？」歐琳娜比我還疑惑。但現在我也顧不得這麼多了。

「歐琳娜，我們要立刻搬走。」我想起剛才的夢境，這才是當務之急。「瑪麗亞曾經是『二戰』時德國生命之泉農場的醫生，也許她在自己身上做了某些反人類的實驗，我們必須馬上離開。」

「生命之泉……你說的不會是希特勒搞的優等民族計畫吧？」歐琳娜顯然也知道這段歷史。

「也許她已經不是普通的人類了，其實除了她連被開水燙都沒感覺之外，她很有可能能夠通過夢境操縱人的潛意識。」我簡短地把這段時間我的噩夢、吉普賽老婦和強森的事情說了一遍。

「這……怎麼可能？」歐琳娜猶豫著說。「可是我沒有做噩夢呀……」

「妳還記得我們剛搬來的時候，有一天妳說妳夢見我們住在一個別墅裡，有了自己的孩子嗎？」

「記得。」

「那天晚上我跟妳做了一個一模一樣的夢。我懷疑這個夢就是她操縱的，她一定從某種途徑知道了我內心深處的恐懼，所以她設計妳誕下怪物的夢來引導我自殺。雖然不知道她的目的是什麼，但我們一定要馬上走……」

鈴鈴鈴鈴，家裡的電話響了。

「嗨，請問是Shin 先生嗎？」

「是我。」

「我是照相館的漢斯，您還記得您昨天拿來沖洗的膠捲嗎？那些底片受潮太嚴重啦，我盡力搶救，總共七卷底片，只有一卷救回來幾張。」是那個照相館的中年人。

「好消息是，您照相機裡的膠捲倒是保存得比較完好，畫質也不錯。」

「呃，那謝謝您了，相機您留著吧。」我沒心情再跟他說下去，就想掛了電話。

「先生……我不知道該不該說……這些照片有些奇怪，我覺得您還是應該來看一下。」中年人說。

「是什麼照片？」難不成又是我在６１０翻到的那些風景和動物照片？

「不不不，是家庭照。」中年人說道。「但是……這太奇怪了，我在電話裡說不清楚，您還是來一下吧。我馬上就要關門了。」

我思索了一下，從我家到照相館來回也就是十五分鐘的路程。但保險起見，我還是帶著歐琳娜一起去更好。

「可是家裡的東西還沒收拾啊，我至少也要收拾半小時。而且——」歐琳娜有些猶豫地看著我。「如果瑪麗亞真像妳說的那樣，阿爾法也會很危險……我下午看到他身上全是傷……我們真的不用報警嗎？」

我皺了皺眉頭。阿爾法，雖然我覺得這孩子也有點不太對勁，但他再怎麼樣也是個小孩，如果他真的是受害者，我們把他扔下，那他基本這輩子也難逃出去瑪麗亞的魔爪了。

「……這樣吧，我去拿照片，妳在家趕緊收拾東西。阿爾法的問題，我回來解決。」我把槍塞進歐琳娜手裡。「記住，除了我，不要給任何人開門。一定要等我回家！」

歐琳娜點了點頭。

跑到照相館的時候，太陽快下山了，中年人從半關的閘門裡探出頭：「您要是再晚點來，我可就真走啦，這條街天黑之後可不太平。」

中年人一邊說一邊看向馬路對面的流浪漢和癮君子。

「照片有什麼問題嗎？」我跟著他鑽進了照相館。

「哎，我一輩子都沒遇到過這麼奇怪的照片，您看——」中年人拿出了一遝照片，挑出其中兩張。「這一張是受潮膠捲裡搶救回來的其中一張，我在沖洗的時候發現這卷膠捲的生產日期是一九六五年，鑒於膠捲的保質期不能超過五年，我就當它是一九七〇年拍的吧——而這一張是照相機裡面的膠捲，因為保存相對完好，也清晰許多，這卷膠捲的生產日期是一九七五年。」

「那麼這兩張照片的拍攝相隔時間至少是五年——」中年人把照片擺在檯燈底下。「可您看，他是不是一點變化都沒有？」

燈下的是兩張全家福。

凳子上坐著瑪麗亞和強森，他們中間站著一個小孩。

「按道理這是孩子長身體的時期，五年怎樣都應該有變化呀，您說他倆是同一個人嗎？還是我眼花了？」

中間站著的那個孩子是阿爾法。

一九六五年，一九七五年，到現在一九八八年。他一點也沒有長大。

在那張相對清晰的照片中，他穿了一件短袖條紋衫。露出的手臂上滿是傷痕，其中一隻靠近袖口的位置竟然紋著一個模糊的數字。

四十三。

金髮碧眼，永遠穿著長袖，懂事得不像任何一個同齡小孩。

他把那隻瞎眼小貓抱在手上的時候，沒有一絲情感地說：

「如果不殺死別人，別人就會殺死你。」

「為了活下去可以不計一切，要有這種覺悟才能面對這個殘酷世界。」

那正是生命之泉的遊戲室裡，納粹醫生對那兩個通過測試的孩子說的話。

他對棋類遊戲的天賦和迅速學會一門新語言的能力，並不是因為他智商卓越，而是他活得比我們都長。也許他早就會了。

歐琳娜看到608的一地玩具感歎自己小時候沒有玩具，阿爾法說：「我也是。」他小時候當然沒有玩具，一個被納粹作為雅利安最強戰士培養起來的孩子，他唯一的玩具就是手槍和刀。

我迅速回憶起那天晚上，他指著畸形的嬰兒頭骨圖像問我，在怕什麼。

我給了他一個敷衍的回答，他卻把我腦海中浮現的東西一字不差地說了出來：你，怕，你，會，生，下，一，個，怪，物。

那一刻他的眼睛在黑暗中發出像野獸一樣的光，他窺探到了我內心最深處的恐懼。緊接著我就做了那個噩夢。

還有那張對折起來，畫著歐琳娜抱著怪物的素描畫。

他才是那個可以控制夢境、擁有讀心術的人。他從生命之泉農場活著走出來了，並且身體永遠定格在七、八歲。

歐琳娜很危險！

「妳有沒有電話！給我電話！給我！」我已經語無倫次，發瘋似地抓住中年人的衣領。
他嚇了一大跳，朝櫃檯後面指了指。
我迅速撥通家裡的號碼，等待電話接通的幾十秒對我而言就像是經歷了一千年。
「喂？」電話裡傳來歐琳娜的聲音。
「喂！歐琳娜！妳聽我說……聽我說！妳立刻離開……」
「磊，你怎麼了？……」
「乒乓乓！」我話剛到嘴邊，就聽到一陣急促的敲門聲從歐琳娜那一頭傳來！
「磊你不要掛……我看……」
「不要開門！」
「我就從貓眼看一下……」
我的心抑制不住地狂跳！
電話那頭隱隱約約傳來阿爾法的聲音，竟是在門外哭喊著：「歐琳娜！歐琳娜！救我！祖母瘋了嗚嗚！」
「不要……不要出門！」我對著電話大喊。
「磊……天啊，瑪麗亞拿著刀！她要把阿爾法拖進屋……阿爾法在外面叫救命！不行我要去救他！你趕緊報警！」
電話裡傳來開門的聲音。
「歐琳娜不要出去！」我大叫著，但電話另一頭再也沒有聲音。

我的心就像馬上要從胸口跳出來，時間靜止了……十秒……二十秒……三十秒……

「砰！」

我聽到一聲槍響，伴隨著沉重的回音，從走廊深處傳來。

遠處的天空傳來一聲悶雷，隨即雨水傾盆而下。我以百米衝刺的速度跑回約書亞大廈。

我渾身濕透，跑進大堂的時候，天已經完全黑了。

停電。

保安室空無一人。

沒有電梯，我只好從安全樓梯上去。二三樓的樓道裡堆滿了批發市場的貨物，我奮力從貨物的夾縫中穿過去，樓道裡沒有窗戶，也沒有一點燈光。

不知道我用了多久才爬上六樓。

走廊安靜得只能聽見雨水打在玻璃穹頂的聲音，劈里啪啦。閃電的光不時地照亮四周。

此時，608公寓的門敞開著。我走了進去。

「歐琳娜？」

沒人回答。

公寓裡面和上次來時一樣散落著亂七八糟的玩具，唯一的光源是牆壁上那盞昏黃的壁燈。

「歐琳娜！妳在嗎？」

我踩在一隻發條玩具上，玩具發出了咯吱咯吱的聲音。

「唔……」

臥室裡傳來了一聲呻吟。

上次和歐琳娜來的時候，臥室的門一直關著，而現在竟然開了一條縫。裡面是一張巴洛克式的大床，大床旁邊放著更多積了塵土的玩具。

為什麼只有一張床？難道阿爾法和瑪麗亞還睡在一起？

大床旁邊的茶几翻倒了，花瓶和雜物混雜著散落了一地，似乎是有人在這兒打鬥過。屋裡很暗，但我聞到了血腥味。我的心一下子就提了起來。

突然一個黑影在地上動了一下。

「誰？」

「……Hilfe………」一個我從來沒聽過的聲音從地上的人嘴裡發出來。

一個閃電從窗外閃過。借著窗外的光，我看清了倒在地上的人是瑪麗亞。

她胸口靠近肩胛骨的位置中了一槍，傷得很嚴重，血流了一地，雖然對正常人來說這一槍還不足以致命，但對一個八、九十歲的老太婆來說就未必了。

我撲過去鉗住她的肩膀：「歐琳娜呢？歐琳娜在哪兒！」

「Hilfe!Hilfe!」瑪麗亞一臉驚恐地看著我，嘴裡嘰裡咕嚕地說著德語。

我忽然覺得，這個瑪麗亞和我平常見到的不一樣。

我印象裡的瑪麗亞，是沒有過這麼「真實」的表情的。我想起第一次從貓眼裡看到她，她的臉上面無表情，我的第一反應是，她是個死人。

聲音怪異，吐字一字一頓，臉上的笑容都是需要經過緩慢的等待才能浮現出來，就像一個沒有生命的機器。

所以當時我和歐琳娜一致判斷她患有腦中風後遺症。

可是現在在我面前的這個瑪麗亞，她讓我感覺……像人。

她的臉上寫滿了恐懼，那是有血有肉的人才會有的表情。

雖然說著德語，但她吐字清晰，沒有停頓感，並沒有那種機械的奇怪音調。

瑪麗亞抓住我的褲腿拚命掙扎，我一下子沒反應過來按在她的左手上。顯然上次的燙傷還沒有痊癒，水泡立即擠破了幾顆。

「Orch!Schmerz……」她叫喚著，表情痛苦萬分。

她很疼。

我的大腦一片混亂，鬆開了她的肩膀。

瑪麗亞似乎沒認出我是誰，當她意識到我聽不懂的時候，立刻換成了蹩腳的英語：「救我……救命……」

「妳是誰？」我知道這個問題很愚蠢，但是我控制不了自己問了出來。她不是我認識的瑪麗亞。

她沒有回答我的問題，而是匍匐在地上，絕望地抱著頭：「他在我腦子裡……求你殺了我吧……」

瑪麗亞顫抖著，她一激動，肩胛上的彈孔又開始呼呼地往外冒血。

什麼意思？我越來越亂：「妳說清楚，誰在妳腦子裡？」

「那個雙胞胎，他在我腦子裡控制我SehrLiebHaben……只有打雷才會離開……殺了我吧……」瑪麗亞驚恐地睜大了眼睛。「他會回來的！他會回來的！」她抬起手臂指著臥室最裡面的一扇小門。

打開小門，是一陣撲面而來的惡臭，門後竟然是607的客廳。而607的臥室，也用同樣的方式連接著605和604。

這些公寓的內部都被打通了。

我不由自主地向裡面走去——殘破的天花板，腐朽的地毯，爛得不成樣子的家具。

「好痛……好痛……我的頭唔……」瑪麗亞的聲音斷斷續續地傳來，隨之而來的是手指在地毯上抓撓的聲音。

我環顧四周，牆上、地上和廢棄的餐桌上，全部都是抓痕，有長有短，深深淺淺。

瑪麗亞被開水燙到手背的那天，我看到她的手上沒有指甲。

每次我聽到動物撓牆的聲音，外面都在下雨。
我想起那次我去給流浪貓開門，發現門正開著，而撓牆的聲音仍在繼續。
原來，瑪麗亞才是撓牆聲的源頭。她在每一個暴雨之夜，就身處在這廢棄的套間裡面，因為頭痛欲裂而抓撓著牆壁。
牆角邊上放著一張鏽跡斑斑的小床，上面的床墊早就被老鼠啃食得不像樣子，上面沾滿了尿漬和糞便。小床邊的牆上抓痕更加密集，刮掉的牆皮上沾著乾涸的血漬。
608臥室裡唯一的大床是阿爾法的。
這才是瑪麗亞住的地方。
血腥味。
「歐琳娜！」
我叫了幾聲，仍然沒人回答。
一道閃電。我看見了樓下保安的屍體——頭部被鈍物砸穿，眼睛不解地瞪著。傷口的位置已經開始腐爛了，手裡還攥著兩封信。
他是送信的時候被殺的。
房間的最盡頭似乎有什麼東西閃了一下，隨即有亮光。
有燈。
「歐琳娜！」我急忙跑過去。
最裡面的房間從位置上來講應該是604的臥室，微弱的光從門縫裡露出來。我擰了一下門鎖，沒鎖著。

從一人高的泰迪熊到旋轉木馬，從塑膠槍到城堡模型，玩具堆滿了整個房間。臥室最裡面的牆上有一面玻璃透著光。這塊玻璃前面放了一把椅子。玻璃對面，是我和歐琳娜住的603的廁所。

原來我家的鏡子是一面單向可視玻璃。

單向玻璃，指玻璃面上有一層很薄的銀膜或鋁膜，這樣的玻璃並非反射所有的入射光，而是只能讓光強一邊的光線通過。換言之，從光亮的一邊看就是一面普通的鏡子，可從暗的一邊看卻是透明的。

下午在廁所洗臉的時候，我在毫無預兆的情況下就睡著了。也許那時候，阿爾法就坐在這裡看著我。

也許每一個晚上，他都坐在這裡觀察著我和歐琳娜。

他觀察我和歐琳娜的一舉一動，看著我直到深夜，找准空隙鑽入我的夢境。

我看到歐琳娜正拿著槍，一臉驚恐地靠在門上，阿爾法站在她的身邊。

「歐琳娜！歐琳娜！」我拍著玻璃大叫著。

該死的！我喊破了嗓子她卻聽不到。

「我殺了人……」歐琳娜的聲音在顫抖。

不知道為什麼，我卻能隱約聽到歐琳娜的聲音。或許不只這塊玻璃，連牆也是單向隔音的。

「轟隆……」窗外的雷聲毫無預兆地炸開。

我記得第一次見到阿爾法的時候，他就說他怕打雷。剛才瑪麗亞也說，他怕打雷。可現在電閃雷鳴，他卻毫無反應。

歐琳娜的胳膊也被劃傷了，她並沒有太在意阿爾法的舉動，而是不停地用左手搓著臉——每次歐琳娜在非常緊張的時候都會用手搓臉。

「報警……對，先報警……」歐琳娜拿起電話，才意識到已經停電了，電話撥不出去。

「別打了，妳不會想進監獄的。」和歐琳娜的慌張不同，阿爾法冷靜得可怕。「在美國私闖民宅是重罪，妳不但未經允許進入私人公寓，還攜帶了武器。妳會進監獄的。」

「不……我是看到瑪麗亞把你拖進房間，才去救你的。」歐琳娜拚命搖頭。「瑪麗亞突然發了狂，她拿刀攻擊我，我才……」

「即使員警來了，他也會問妳為什麼當時不報警，妳擅闖民宅，而且手裡拿著槍，瑪麗亞即使當場把妳殺了，也是完全合法的正當防衛。妳現在是舉槍射擊屋主——而且妳不是美國公民，而是拿著簽證的留學生，即使被判防衛過當殺人也至少要坐五年牢。妳有保釋金嗎？有錢打官司嗎？」阿爾法說道。

「不……你是目擊者，你可以幫我作證呀！」歐琳娜說。「你可以告訴法官，是因為瑪麗亞虐待你……」

「哪怕我去作證控告我的祖母，妳的判決也和這一點關係都沒有。我可以去指控她虐待我，但是這不能作為抵消妳殺人的理由，而且聯邦法律規定八歲以下的小孩不能做刑事案件的證人。就算我去了，法官會聽我說嗎？」阿爾法看著歐琳娜。「現在只有一個辦法——我們逃走吧。」

「你說什麼？」歐琳娜睜大了眼睛。

「歐琳娜，我們走吧，好不好，求妳了。」阿爾法又變回那個跟歐琳娜撒嬌的小孩，拉著她的手輕輕地說。

「不，不可能……Shin 還沒回來，我要等我老公……」

「為什麼要等他呢？他愛妳嗎？他不是騙了妳嗎？我知道你們在吵架，雖然我聽不懂中文——但我能感覺到妳對他的失望，為什麼不離開他呢？和阿爾法在一起不開心嗎？」

「……什麼意思？」

歐琳娜緩緩鬆開阿爾法的手。

「為什麼要跟傷害妳的人在一起呢？Shin 傷害了妳，妳不恨他嗎？妳怎麼會愛妳恨的人呢？」阿爾法用他天真無邪的藍眼睛看著歐琳娜。「阿爾法永遠不會傷害妳呀。」

「你不懂，你還是個孩子，等你長大了就會明白——」歐琳娜搖搖頭，顯然是不想跟一個孩子討論成年人的話題。

「我已經夠大了。」阿爾法轉過身去，恰好正對我面朝鏡子的方向。

歐琳娜並沒有發現阿爾法的異常，而是接著歎了口氣。

「愛的對立面不是恨，」歐琳娜神情複雜地摸著肚子。「是原諒。而且——我有了寶寶。」

「妳不會生下他的孩子。」阿爾法說這句話的時候，臉上的表情卻越來越冰冷。

「你說什麼？」

「我回去拿我的護照，我們去英國也行，法國也行。沒有人知道我和瑪麗亞住在這兒，我們把槍毀掉，然後直接出國。老實說，也許瑪麗亞在這裡爛掉十年八年都不會有人知道。就算知道了，也不會追究到我們頭上來，妳知道樓下的保安嗎？瑪麗亞前兩天把他殺了，他現在正躺在這層樓的某個房間呢——」阿爾法微笑著說。

「我們把槍放到他的手上，他還拿著瑪麗亞的支票和信，即使說他想搶劫孤寡老人也未必不能說得過去——」

歐琳娜的臉上漸漸浮現出不解和恐懼，慢慢地向後退：「你不是阿爾法，你一個孩子怎麼會知道這些，你不是他……你是誰？」

阿爾法突然收起了笑容，轉頭看著歐琳娜，但他的眼神卻像一個高高在上的神：

「我再給妳一次機會，妳願意做我弟弟的母親嗎？」

「歐琳娜！」我舉起凳子奮力向鏡子砸去。「歐琳娜！快跑！」

厚重的水泥牆終於有了些許反應，單向玻璃輕微震動起來。

歐琳娜和阿爾法同時朝我這邊看過來，阿爾法的眼神穿過玻璃，和我四目相對。

他輕輕地做了幾個口形，喉嚨裡並沒有發出聲音，但他的話像響雷一樣在我腦子裡炸開：

「去，死，吧。」

瑪麗亞面無表情地從我身後撲過來！

她竟然在數秒之內從地上一躍而起，並且飛撲到我面前——行動之快就像燃盡了她剩餘的最後一點生命。

什麼東西在控制她！

我還沒反應過來，一把刀直挺挺地從我肩膀上紮下去。

好痛。

我昏過去前最後看到的，是鏡子旁邊掛著的一張照片。

黑白照。一個軍官，穿著軍服，站在納粹的旗幟之下自豪地笑著。他的身影竟然有點熟悉，那是瓦多瑪死之前給我的全家福上軍官的身影。他的手搭在兩個孩子的肩膀上。

一樣的頭髮，一樣的身高，一樣的眼睛。

兩張一樣的臉。

我的眼前一黑。

# 第十三章　四十三號和四十四號的過去

好黑。

這是哪裡？

當我回過神的時候，發現我再度站在了那扇地獄之門面前。門的中間雕刻著一顆千瘡百孔的心臟，被無數隻來自地獄的惡靈拖向萬劫不復的深淵——那是騎著七角海獸的憤怒、剝光衣服的偽善、張著血盆大口的貪婪。

我推開了門。

產房。

一個瘦弱的女人正在生產。她被漆黑的頭髮蒙住了臉，醫生並沒有因為她的號叫而心生憐憫，反而粗魯地掰開她的雙腳。

「胎兒頭太大了。」醫生的聲音很冷漠。「三分鐘之後還沒生出來，就直接剖腹吧。」

窗外下著雪，一群衣衫襤褸的人在大雪裡挖坑，後面站著一排納粹士兵。

「停！」其中一個士兵說道。

勞工們扔下鋤頭，裡面除了男人，還有包著頭的婦女和沒穿鞋的小孩。

小孩們一臉迷惘，女人開始哭泣，男人們的表情卻是漠然。

「開槍！」

隨著劈里啪啦的槍響，這群勞工無聲無息地倒進了之前挖的坑裡。

「長官，您能再向我透露一點納木托之行的收穫嗎？您見到我們偉大的日爾曼民族的祖先了嗎？我實在是太好奇、太激動了！」

我轉過頭，才發現產床隔壁竟然有兩個人在喝茶，他們對那個孕婦發出來的慘叫視若無睹，就像習慣了一樣。

說話的是其中一個穿著白大褂、身材瘦小的醫生。他的頭髮用髮蠟一絲不苟地梳在腦後，白大褂下面是一套納粹軍服。

他似乎有點潔癖，連吃蛋糕也要戴著白手套。

「門格勒，我能告訴你的已經全告訴你了，雅利安人毫無意外是神的子孫。可惜我們身體裡流淌的神的血液，已經在數千年的異族通婚中被稀釋得所剩無幾了。」另一邊梳著寸頭的軍官開口說道，他的臉上架著一副金絲圓眼鏡。

「長官，請您一定要幫我帶話給元首大人。」醫生搓著雙手，因為激動，臉漲得通紅。「實驗一定會成功的，我在慕尼克大學的博士論文就是關於人種種族學的，如果雅利安人的祖先真的來自納木托，那我有十分的把握，這些吉普賽人也從那裡來——」

「您帶回來的突厥人的頭骨尺寸和髮型樣本我已經仔細研究過，他們和這些吉普賽人有百分之八十的特徵是匹配的，尤其是這一支——」醫生指了指產床上的孕婦。「從來沒有和外族通過婚，他們的基因從理論上來說高度保持了最初的品質。」

我全身一震，腦海裡浮現出一個名字。

約瑟夫・門格勒。

「二戰」時期的「死亡天使」，臭名昭著的殺人醫生！

他迷信人種優等學說，是個不折不扣的雅利安種族至上的擁護者。戰時集中營裡面最慘絕人寰的實驗，都是他一手操辦的。

歷史記載，門格勒接管的第一個集中營就是奧斯維辛集中營——專門關押吉普賽人的集中營。

難道吉普賽人真的和我的家族一樣，保留了所謂「純正的神的血統」？

我想起金髮女郎握著我的手腕，比畫著告訴我瓦多瑪的遺言：

你和我，和我的孩子一樣，流著神的血液。可我是我這一族最後一個人了。

我看向窗外那些倒在坑裡的屍體，他們長著吉普賽人特有的黑頭發和棱角分明的臉。

瓦多瑪，瓦多瑪，難道這就是妳想告訴我的嗎？妳的祖先和我的祖先，都從納木托而來？

「可是你到目前為止的實驗都是失敗的。」我的思緒被寸頭軍官的話打斷了，他皺著眉頭的表情有點陰鬱。「你讓我們日爾曼民族的高等軍官去和這些骯髒的吉普賽女人睡覺，可到目前為止，生下來的孩子沒一個是健康的……」

「尊敬的希姆萊將軍，請允許我為自己辯解，人種雜交本來就存在著風險。」門格勒還沒等寸頭軍官說完，就急急忙忙地搶白。「幾個月來我一直致力於解剖那些畸形嬰兒，我的結論是，雅利安人血液裡神的基因已經相當稀薄，一旦和濃度高的基因相融合，就容易產生變異——但這種變異我把它歸結於返祖現象。請您一定要再給我一點時間，我相信這一次——」

門格勒突然神祕地笑了笑：「這一次不會失敗的。」

「生了！生了！」護士興奮地叫了出來。「長官！是雙胞胎！健康的雙胞胎！」

「元首保佑！日爾曼民族萬歲！希特勒！」門格勒激動忘情地跳起來，在胸口畫著十字。

「希姆萊將軍，元首的電話！」一個德國士兵推門進來，敬了個禮。

「我先走了，你的實驗成果我會向元首大人彙報的。」寸頭長官放下茶杯站起來，推了推眼鏡。「只是——他們可是你的親生兒子，你能保證你對他們沒有感情嗎？」

門格勒揚起了下巴，筆直地站直身體，敬了一個納粹禮：「長官，他們不是我的孩子，他們只是試驗品而已。」

在兩個孩子的哭聲中，門格勒笑了，笑得那麼人畜無害。

這個笑容，我在阿爾法臉上見過。

我終於明白為什麼門格勒讓我覺得分外眼熟，他就是瓦多瑪的照片和鏡子旁邊的相框裡那個穿著軍裝的男人。

希姆萊滿意地點點頭，走了出去。

「長官，這個女人怎麼辦？」負責接生的醫生轉頭問門格勒。「扔到毒氣室還是埋掉？」

「啪！」門格勒一個巴掌扇到這個醫生的臉上。

「保住她的性命！她可是我們雅利安種族復興的功臣！」門格勒咧開了嘴角。「和我重要的實驗物件。」

門格勒的笑容讓我遍體生寒。

回過神來的時候，我面前是兩個三、四歲的小孩，小一點的躲在大一點的後面，怯生生地叫了一句：「爸爸……」

「我說了多少次不要叫我爸爸！叫我門格勒醫生！」門格勒不耐煩地轉過頭來，對他們倆吼道。

「門格勒醫生……我們能去睡覺了嗎？」兩個小孩被嚇得眼淚在眼眶裡打轉。

「再等等。」門格勒放下報告，打開辦公室的門，外面站了幾個衣衫襤褸的猶太孩子。

「門格勒叔叔。」這些孩子輕聲地、奶聲奶氣地叫了一句。

「真乖。」門格勒露出了一個溫暖的笑容，從口袋裡掏出了一些糖果和餅乾遞給這些孩子。「吃吧，吃完了就跟這個叔叔去樓下坐汽車。」

他示意站在後面的一個納粹士兵，摸了摸孩子們的頭：「晚安了。」

門格勒的笑容在關上門那一刻消失得無影無蹤。他一邊透過玻璃看著那幾個小孩上了一輛軍綠色的卡車，一邊撥通了電話：「那些小畜生已經被送往實驗室了，解剖資料下禮拜拿到我辦公室來。」

說完，他轉過身皺著眉頭看著那對雙胞胎：「你們的頭髮是黑色的，眼睛也不是藍色的，元首下個月就來視察了，這可不是什麼好事。」

兩個小孩跟著門格勒出了門往地下室走，穿過一排排低矮的鐵籠，鐵籠裡面關著被剜去眼睛或截肢的吉普賽人。

「把最新的研發成果拿出來給他倆注射吧。」門格勒對另一個醫生模樣的人說。

「但是……這個研發成果的成功率還沒超過五成……」那個醫生猶豫了一下。

「行了，就算失敗了也不會致命。」門格勒不耐煩起來。

「呀啊啊啊——」孩子們的慘叫聲在地下室裡回蕩著。

兩個孩子的頭髮都已經變成了金色，眼睛是海水一樣的淺藍。其中一個在地上痛苦地滾來滾去。

「哥哥，哥哥！好黑，我看不見了！」那個孩子的眼淚像斷了線的水晶，從藍色的眼睛裡流出來。

「不要叫！爸爸會殺了我們的！」哥哥急忙捂住弟弟的嘴。

「嗚嗚……」弟弟在地上抽搐著。

我全身發抖，跌坐在地上。
這個世界上最殘忍的事情是什麼？
不是失去光明，而是你最親的人戳瞎你的眼睛。
不是失去希望，而是從出生開始就沒有希望。
不知道過了多久，黑暗和沉默中響起一個輕輕的聲音。
「哥哥，你說我們有名字嗎？」
弟弟蜷縮在僅有的小床上：「我聽到外面的軍官說，他們的孩子都有名字。他們的孩子都會由爸爸媽媽起名字。」
「門格勒醫生說我們不需要有名字，我們也不需要有媽媽。」
「哥哥，可是我很想有個名字。我能給你取名字嗎？」
「我不需要名字。」
一晃之間，光線刺得我睜不開眼睛。

一個很大的房子，紅色的磚牆，外面是森林和草坪，空氣裡彌漫著樟木的香氣。
我認得這裡。
這麼美麗的地方，卻有一個與之不相稱的殘酷名字：
生命之泉農場。
門格勒牽著兩個孩子從一輛豪華的小轎車上下來。

他把他們送到門口，摸了摸兩兄弟的頭，從口袋裡掏出糖果，露出標誌的笑容和一口潔白的牙齒說：「進去吧，下次我再來看你們。」

「從今天起，你們就住在二樓。」領頭的護士說，她扭著臃腫的身體向前面走著。

「二樓的孩子是門格勒醫生精挑細選出來的，他們和你們一樣，大部分都是雙胞胎——你們以後會成為最強的雅利安戰士。」

弟弟因為看不見，驚恐地聽著周圍的聲音，跌跌絆絆地拉著哥哥的衣服。

哥哥的臉上沒有表情。

「聽說你們的母親是吉普賽人？」坐在辦公室裡的醫生看了看檔案，和身邊的另一個醫生說道。「根據我們的研究，吉普賽人最早混跡歐洲時，一直以占卜術維持生計——可是根據我們的腦解剖資料來看，他們其實沒有什麼預言能力，那只是這些劣等流氓的小把戲，他們的中樞神經非常發達，比普通人的腦波更強。所以他們能或多或少地讀到被提問者的思想，再把被提問者想的事情準確地說出來——把他們倆分到B區吧，每天注射四次利多卡因和氨茶鹼，配合電擊，看看會不會影響大腦顳葉部分的神經元。」

我沒聽過利多卡因，但氨茶鹼是一種呼吸系統藥物，通常禁止十八歲以下未成年人服用，過量時會引發癲癇。

「帶他們下去吧，別忘了把編號刻在手臂上，現在這裡的孩子越來越多，我都快分不出來了。」醫生翻了個白眼。「哥哥就是四十三號吧，弟弟四十四號。」

電擊療法，是二十世紀早期，為了激發所謂的人體潛能而被使用的一種手段。

我記得維修天花板電路的時候我被電了一下。美國的電壓是一一〇伏特，一秒鐘我已經齜牙咧嘴。

我不知道每天被電擊半小時是一種什麼樣的折磨。永無止境的藥物注射和注射後的抽搐。我能聽到他內心的哀號，就像一隻跌入井裡的未成年的困獸。能看到天，能看到雲，能看到樹葉在外面隨風搖擺，可永遠都無法出去。

夢裡的時間很抽象，也許過了一天，也許是一個月，也許是一年。直到我看到那間白色的審訊室。

兄弟倆被醫生帶進來。他們的手臂上有兩個醒目的數字，哥哥是四十三，弟弟是四十四。

哥哥打量著對面的戰犯，弟弟睜著那雙瞎了的眼睛，手邊是一張紙和一支筆。

「你們九月份的作戰計畫是什麼？」納粹軍官問戰犯。

戰犯一言不發。

哥哥用力盯著戰犯，頭上的汗流下來，弟弟開始顫抖。

幾分鐘後，弟弟緩緩張開了嘴：「主力，部，署，在，法比邊界，北，端，和，其，他，在，南部，馬其諾防線……」弟弟握著筆的手，在紙上畫著草圖，那是盟軍的戰略部署圖。

「很好！Marvellous！」納粹軍官情不自禁地喊出了一句法語。

「這兩個孩子是迄今為止最好的！他們是日爾曼的驕傲！」
「恭喜你們合格了！」
那是瑪麗亞的聲音，我認出了她，她穿著高跟鞋走過來摟了摟這對雙胞胎。
兩個孩子都面無表情。
遊戲室。
「你們知道遊戲室的規矩吧？挑選自己的玩具吧。」瑪麗亞向隔壁的護士招了招手，護士推了一輛裝滿武器的小推車過來。
哥哥拿了一把槍。弟弟什麼都看不見，顫抖地躲在哥哥後面。
「你們出去吧。」哥哥說道。
遊戲室的大門緩緩關上。
哥哥把弟弟領到牆角：「你蹲在這裡，不要說話就行了。」
我努力閉上眼睛，但根本逃不過那些殺戮的畫面。
因為我在他的回憶裡啊。
這個夜晚沒有星星，夜空像墨水一樣漆黑。
「哥哥，外面的小孩也是這麼玩遊戲的嗎？」弟弟問。
「我不知道。」哥哥躺在床上看著越來越瘦的弟弟。
「他們的玩具也是這些……」
「你別說這些廢話了，最重要的是我們倆要活下去。」哥哥不耐煩地打斷弟弟。

「我們表現越好，他們就越不會殺我們，你看到隔壁幾間房已經空了嗎？算了，你什麼也看不到。」

「……」弟弟沉默了。

「……你最近是不是沒有好好吃飯？」哥哥也許覺得說得有點過分，換了個話題。他發現弟弟的臉越來越蒼白。

「我最近總是睡不好，每到夜裡這裡就會難受……」弟弟摸了摸胸口。

第二天，又是審訊室。

「你們潛伏在黨衛隊裡的間諜是誰？」納粹軍官問。

對面坐著一個英國女人，她的臉已經毀容了，頭髮濕答答的掛在臉前面，傷口還在流著血。她咬緊牙關，一言不發。

哥哥盯著她的眼睛，汗水流下來。

一分鐘過去了，五分鐘過去了……弟弟並沒有說話。

哥哥實在忍不住了，他擦了擦汗，回頭問弟弟：「……四十四號，你怎麼回事？」

弟弟沒有說話。

他的眼睛裡緩緩流出了兩行血淚，血滴在紙上，濺出了兩朵鮮紅色小花。

弟弟筆下畫的，不是戰略部署圖，也不是間諜的樣子。

而是一個母親，抱著一個孩子，微笑著坐在草坪上。

在哥哥的驚叫中，弟弟直愣愣地仰面倒了下去。

「快點叫人進來！快點！」瑪麗亞也慌了神，她不明白一直表現優異的雙胞胎為什麼會出現這種狀況。

四十四號床。

弟弟躺在床上抽搐著，臉色蒼白。

「你們怎麼回事？我說了要控制藥量！怎麼能給他一天注射五百ＣＣ的利多卡因！這是急性心梗！」

「現在戰爭已經蔓延到整個歐洲大陸了……我們要解讀的情報太多，我這不也是擔心……」

「啪！」一個耳光的聲音。

「你還有臉辯解？快打電話給門格勒醫生吧！這小子還不知道能不能活過今晚……」

哥哥坐在床邊，握著弟弟的手。

「……是不是爸爸要來了？」弟弟虛弱地問。

「不是爸爸，是門格勒醫生……」哥哥握緊了拳頭。

「是爸爸……是爸爸，我聽見他們說，孩子們應該叫爸爸作爸爸，叫媽媽作媽媽……」

「……」哥哥沉默了。

「你說……爸爸想我們嗎？」弟弟昏睡了一會兒，醒來又問。

隨著一陣蹬蹬蹬的腳步聲，門格勒醫生一頭大汗地出現在走廊上。

還沒等那兩個醫生說話，門格勒劈頭蓋臉地給了他們兩個耳光：「你們知道你們幹了什麼嗎？你知道他們兩個是多麼寶貴的試驗品嗎！」門格勒已經完全失去了控制，暴跳如雷。「開門！給我開門！」

門格勒拿著一隻金屬制的小箱子走進監倉，他把小箱子小心地放在地上，然後查看了一下弟弟。

門格勒流下了一滴眼淚。

那一刻我竟然天真地以為，門格勒記起了自己父親的身分。哪怕有一絲愧疚，哪怕有一絲憐憫。

但我錯了。

門格勒一臉淚痕，大聲叫著：「來人啊！把他送進手術室！」

一群醫生護士衝進來，七手八腳地抬起弟弟。

哥哥使勁抓住弟弟的手，無論如何也掰不開，其他醫生沒一點辦法，只好把哥哥也帶進了手術室。

門格勒把手裡的那個小箱子交給了一個醫生：「這是希姆萊長官從納木托帶回來的『遺體』中提取出來的，現在還在試驗階段。這孩子是我最得意的作品之一，讓他為德意志民族做出最後一點奉獻吧！」

哥哥在走進手術室的最後一秒，看到門格勒笑了，露出一排潔白的牙齒。

他不解地看了門格勒一眼，他是要救弟弟嗎？

弟弟被放在手術臺上，醫生從金屬箱子裡取出了一支注射器，裡面漂浮著一種藍色的液體。他們小心翼翼地把它插進了弟弟的動脈。

一秒，兩秒，三十秒。

躺在床上的弟弟突然睜大了眼睛。

弟弟活了！

哥哥一臉驚喜，馬上跑過去緊緊拉住弟弟的手，然後他看到了永遠都不會忘記的一幕。

那是他一生中最可怕的噩夢。

弟弟背上迅速隆起了一坨腫塊，那坨東西撐開了皮膚，變成了幾隻觸手。弟弟的下身猛地一下裂開，一個沾滿黏液的頭從兩腿中間長出來。

弟弟變成了怪物。

「心臟起搏器！……一二〇伏！……電擊……再電擊……」

怪物抽搐了兩下，再也不動了。

時間好像靜止了。

我突然感覺我的內心裡有一股深不見底的黑暗蔓延了上來，在數秒之內吞噬了我所有的理智和情感，這一片黑暗像地獄之門上的無數雙手撕扯著我，憤怒、冤屈、暴戾和痛苦，把我切割再拼湊，撕裂再融合。

我的靈魂，似乎也變成了一個怪物。

「啊！」哥哥叫出來。

「把他拖下去！把他拖下去！」哥哥在醫生的叫囂中和護士的簇擁下被拖出手術室。

黑夜深不見底，沒有燈光，四周一片黑暗。

四十三號蜷縮在四十四號的床上。

「四十四號，你不用怕……你會在我的身體裡活下去。」

「我會成為你的眼睛。」我聽到了哥哥心底的聲音。

醫生在監倉外的聲音若有若無地傳來，大意是雙胞胎的弟弟死了，就無法再配合完成讀心術。失去了一半手腳的人，只能算殘疾人。

哥哥不需要再去審訊室和遊戲室，成了徹頭徹尾的醫學試驗品。器官移植，抽取膽汁，提取睾丸素，皮試和抽血，日復一日。哥哥的身體上滿是深深淺淺的傷痕和術後創口。只有在漆黑的午夜，哥哥身體裡的弟弟才會出來和他說話。

「哥哥，我給你取個名字好嗎？」

我再次看到了最後一夜，數以百計的盟軍轟炸機在生命之泉農場的上空飛過。

醫生們倉皇逃竄，其中一個撞撞跌跌地摔倒在監倉門口。他爬起來時，才發現四十三號正盯著他的眼睛，數十秒後，他機械地從口袋裡掏出了監倉的鑰匙。

四十三號並沒有急著逃走，而是去了遊戲室，選擇了幾樣熟悉的玩具。

走進大廳，一堆軍官和護士正不知所措地奔走忙碌著，地上躺滿了和他弟弟一樣的怪物。地上有一些注射器，裡面是熟悉的藍色液體。

四十三號笑了，笑得很好看，露出了一排潔白的牙齒。

他安靜地鎖上了大廳的門，外面戰火紛飛，沒人發現他。

「我們來玩吧，弟弟。」哥哥舉起了槍，朝每一個活著的人扣動了扳機。

大廳的大理石地板雕刻著非常古典的花紋，被血染得紅紅的。不久，地上就躺滿了屍體。

所有人都死了。

哥哥安靜地和一堆怪物坐在大廳中央。

他已經不想離開生命之泉了，他只想自己的生命快點終結。哥哥撿起一支注射器，往自己的動脈紮去。隨即閉上了眼睛。

數分鐘過去了。

他睜開眼睛，看了看自己的手和腳，竟然沒有發生任何變異。

他又看了看周圍的怪物：「你們想讓我替你們活下去？」

大廳空空蕩蕩，除了哥哥的回音，無人回答任何問題。

「我收下你們的仇恨了。」哥哥笑了笑。「好吧，那我走了。」

# 第十四章　你怕生下一個怪物

疼。

「喜歡這個夢嗎？」

肩膀上的劇痛刺激了我的神經，我在恍惚中睜開了眼睛。

一雙腳，一雙孩子的腳，穿著精緻的皮鞋，一隻皮鞋的鞋尖上有血跡：「醒了嗎？嘻嘻。還是要再來一下？」

他突然發力，又在我的肩膀上使勁踹了一腳。

「呃……」我疼得冷汗直冒，阿爾法又轉頭看著地上的瑪麗亞。

「死了嗎？」阿爾法踹了瑪麗亞一腳。只見瑪麗亞的身體軟綿綿地翻了過來，瞳孔已經放大了。

「唉，死透了。」阿爾法有點遺憾地說。

「她的身體太老了，已經經不起這麼大的折騰，壞掉啦！」阿爾法看了看屋子裡堆積如山的玩具，歎了口氣。「修不好了。」

「歐琳娜呢？」我咬著牙從地上撐起身體。

「她在睡覺呀。」阿爾法笑了笑，指向我的身後。

「歐琳娜！歐琳娜！」我爬過去，使勁搖著歐琳娜，可無論我怎麼叫，她一點反應都沒有。

「你對她做了什麼？」

「不要怕，她在做一個美夢。」阿爾法蹲下來，摸了摸歐琳娜的頭髮。「她正在和我弟弟玩遊戲，那個夢裡沒有你，也沒有傷害，她會很開心——她醒來時就會把你忘掉了。」

這個金髮碧眼的小男孩輕輕地說。

「你喜歡我的夢嗎？——看吧，反正你對我而言已經是死人了。」

我突然看見，歐琳娜雖然昏過去了，但手裡還握著槍！我用身體擋在歐琳娜的前面，慢慢地向槍的方向靠過去。

「阿爾法在哪裡？你究竟想要什麼？」我決定說點什麼分散他的注意力。

「阿爾法？誰是阿爾法？阿爾法又是誰？」阿爾法撲哧一聲笑了。「我對阿爾法這個名字已經膩透了。

「我沒有名字，我弟弟也沒有。名字不過就是一個代號罷了，你願意的話，也可以叫我傑克，也可以叫我湯姆、邁克爾、保羅、理查……人總是很愚蠢地以為，知道了一個人的名字，就等於知道他是誰，就能給他下定義。

「貓咪有它的名字，小狗也有名字，連一棟房子也有名字——似乎人類表達『愛』和『重要』最原始的方式，就是命名——可是名字本身又有什麼意義呢？是不是沒有名字就代表從來沒有存在過呢？」阿爾法回到凳子上面，一邊玩著手指一邊說，似乎絲毫沒有注意到我正在往歐琳娜的手邊移動。

「我呀，就不喜歡名字，我討厭被定義。可是我弟弟總是想要一個名字，他自己沒有名字，就去偷別人的名字——他的第一個名字叫凱文，他很喜歡，用了十一年，可是凱文的『爸爸』還是壞掉了；後來他又成了泰特，可是泰特的『媽媽』也壞掉了……我忘了他偷了多少個名字，他呀，總是很天真地以為偷了別人的名字，就能成為那個人了。」

阿爾法——不，是四十三抱歉地對我笑笑，就像在替他淘氣的弟弟賠禮一樣：「你看到這間屋子裡有這麼多的玩具，它們都是我玩膩的，你也是。」

四十三看著我：「其實如果你沒有逃過『融合』，我們現在應該是一個幸福的三口之家——你變成我的玩具，我弟弟也可以有一個新媽媽。真可惜，我已經沒辦法跟你『融合』了，我弟弟喜歡歐琳娜，你只能去死了。」

「融合……」看著地上瑪麗亞的屍體，我突然明白了什麼。

「哈哈，你很聰明，你好像猜到了。」四十三開心地拍了拍手掌。「在你睡覺的時候，我會先給你的潛意識開一扇門，偷偷繞開你大腦裡的自我防禦，再把你心裡那隻骯髒的小怪物放進去。我對這個小把戲已經相當熟練啦，但是再熟練也很難一步到位，剛開始我也只能在你做夢的時候控制你，醒來之後我可就無能為力啦。對你的大腦來說，剛開始的時候，我就像是第一次見面的陌生人，它可是會排斥我的，哎呀那種感覺真難受。」四十三號說著，似乎回憶起了什麼不好的事，打了個冷顫。

「可是我去的次數多了，你的大腦就會放鬆警惕了，就像看門的狗不會傷害總是登門的熟人一樣，慢慢地，慢慢地，它就會聽我的話，對我搖尾巴，最後我就會變成它的主人——經過三次磨合之後，你就能成為我的傀儡啦！」

我突然明白了為什麼瓦多瑪一而再再而三地叮囑我：擦亮你的眼睛吧孩子，三次機會你失去了兩次，下一次就再也醒不來了！

三次機會，正是因為兩個意識需要至少三次「磨合」才能不再排斥融為一體！

「所以你必須要潛入我的夢境三次，才能跟我的大腦『融合』！你也是這樣操縱強森的！」

「你很聰明，但我沒想要跟強森『融合』。當我想和一個人『融合』的時候，我會讓他做美夢——我想殺一個人的時候，才會讓他做噩夢。

「我進入過很多人的夢境。心情好的時候，就讓他們死得俐落點——跳樓也好，吞槍也好——心情不好的時候，就慢慢折磨他們——就像強森一樣。他竟然和這個該死的女人結婚，這個賤人在戰後逃到美國改頭換面，一下就躋身了上流社會，但我還是把她認出來了——隔多少年我也能認出來！她身邊所有的人都應該承受比死亡痛苦一千倍的折磨。」

四十三的眼睛裡閃過一絲戾氣，但也就是一秒鐘的工夫，他又笑了，露出了一口潔白的牙齒：

「所以呀，我為他設計了一個迴圈播放的電影。只要他閉上眼睛，就會一遍一遍看到這個女人被割喉、放血……我讓他活著，死了可就不好玩了。他要長命百歲，日復一日地遭受折磨。」

「為什麼你改變主意了？你最初想跟我『融合』，但最後卻想殺了我。」除了第一個美夢之外，後兩個都是噩夢。我還差點因此跳樓。

「怎麼說呢，畢竟你太普通，不在我選擇玩具的範疇——沒有錢也沒有權力，你不能為我和我弟弟帶來什麼。但我弟弟卻在最開始看中了你和這個女人。」阿爾法說道。「他真的很想有個所謂的家，他就是這樣，永遠都長不大。」

「可後來我發現，我只要有這個女人就夠了。」

我沒吭聲，而是伸手去摸槍。

「你不用去拿槍了，你在伸出手的瞬間我就能讓你爆頭。」四十三笑了笑。「但我今天心情不錯，所以我想跟你玩一個遊戲。」

「當年我離開生命之泉農場的時候，把剩下的注射器都帶出來了。」說完，他從身後拿出了那支我在夢裡見過的金屬箱子，邊緣已經凹凸不平，上面刻著雙閃電的標誌。

箱子裡面裝著兩支金屬注射器。

四十三冷漠地看了看地上的瑪麗亞：「本來這一支是要留給她的。這個女人就這麼死了太便宜她了。要不是你搗亂，我還能再折磨她十年。」

說著他蹲在我的面前，他身高還不到一百四十公分，語調平靜緩慢，但我卻像聽到了野獸的磨牙聲一樣，身體無法遏制地發抖。

「我今天心情不錯，我允許你選擇一種死法：在夢裡和你的小雜種一起玩十年再死，或者現在來上一針。但我這個人沒什麼耐心，我給你三秒吧：三，二，一。」

我還沒反應過來，四十三就笑了：「那就怪物好啦——」

他抬起手向我紮過來，突然一個趔趄，他看見歐琳娜動了動身體。

四十三再抬起臉的時候，竟然有一滴眼淚從眼睛裡落下來。悲傷，那是阿爾法才會有的表情。

「你就不能再堅持一會兒嗎！沒用鬼！」

阿爾法又迅速翻了一個白眼，臉上的悲傷迅速退去——說話的是四十三。

同一張臉，兩種完全不同的表情快速交換著。

「那不是她要的……」是阿爾法，他失望地垂下了眼睛，擦了擦眼淚。「哥哥，夠了……」

「不要打擾我！」瞳孔一下緊縮，隨即變成了四十三那張沒有情感的冷漠臉孔。

我連忙扶起歐琳娜，歐琳娜的眼睛裡盈滿淚水：「歐琳娜！妳怎麼樣？是不是做噩夢了？妳夢到什麼了？」

「我做了一個很美的夢，夢到我的Dreamhouse、大花園……」歐琳娜一邊哭一邊搖頭。

「妳為什麼要醒來？」阿爾法低頭看著歐琳娜，聲音低沉。

「是很美……我在夢裡感覺不到時間的流逝，我很平靜、很安逸，可是我總覺得少了什麼……我想不起來，我一直想，很努力地想。」歐琳娜按著胸口，拉緊了我的手。「我想起了你，你不在那裡……所以我知道那不是真實的……」

四十三緩緩抬起了手：「愛真偉大，我該說什麼呢……」

他露出一口雪白的牙齒——下一瞬間，收起所有笑容：「我只能為你的愚蠢感到惋惜！」說著，他把針朝歐琳娜紮過去！

「不！」我下意識地用整個身體護住歐琳娜，背後隨即傳來一陣刺痛。

時間在一瞬間變得很慢。

很慢。

世界在我眼裡，從宏觀，到微觀，無窮無盡。

我看見地上的一粒灰塵因為衝擊飛揚起來，飄落到了歐琳娜的髮絲上。髮絲在空中打了個轉，沾上了我沒乾的一滴血。

血滴被髮絲反彈到皮膚的細紋上，就像乾涸的黃土高原忽然多出了一片紅色的湖泊。

湖泊裡浮動著一顆顆紅細胞，細胞在快速地裂變、融合。

細胞的內核，轉動著一條螺旋形的基因鏈，裡面包裹著無數染色體。

染色體裡面，是一個浩瀚無垠的宇宙，那麼近，那麼遠。

在宇宙中心，突然多了一滴藍色的液體。

它越脹越大，開始吞噬周圍的星球。

它就像一個吃不飽的孩子，最終吃掉了一個宇宙，吃掉了染色體，吃掉了基因鏈，吃掉了細胞和紅細胞，吃掉了我和歐琳娜，和整個世界。

它越吃就變得越大。

然後它就毫無預兆地爆炸了，爆炸所及之處一片黑暗。

我又來到了那扇門面前。

可這一次，卻是像相隔了數億年。

門上的黃銅早已化為沉泥，連花崗岩都成了化石。沒有地獄的使者，也沒有撕裂的心臟。門上剩下的只有斑駁模糊的紋路。就好像它曾在無數世紀之前被層層雕刻，又在無數世紀之後腐朽剝落。

門緊閉著。

我忽然有種熟悉的感覺。就像一生飄零異鄉的旅人，在萬里跋涉後，站在山岡上看到彼岸朦朧的家的燈光。

我的大腦裡，這種感覺像羽毛一樣輕盈地滑過，又像暮鼓晨鐘一樣回蕩。它並不是在言語，而是在用一種情感對我訴說：

回家吧，我的孩子。

溫柔，就像是被媽媽抱在手裡輕輕地搖晃。從出生，到死亡。我一生的記憶都湧了上來，然後又在模糊中淡去。

身體催促著我往前走，我推開了一個門縫。門縫後面，是無垠的宇宙。

兩顆彼此相連的星球，連接它們的是一條銀色的河，在寂靜的宇宙中發出藍色的光。

我把門一點點推開，門的那邊，一股力量在吸收我的身體。

從我的血液，到骨骼，到器官……我感到從沒有過的放鬆和舒服。

我慢慢地往門的另一邊走去……

誰在說話？

好像是個女人，她好像在哭。

「磊……」磊是誰……

歐琳娜！我一瞬間清醒過來，拚命用手撐住了馬上就要關住的門！

我不能過去！歐琳娜在叫我！

「……你是什麼人？」

這一次換成四十三問我了。他不解地看著我，手上還拿著注射器，裡面藍色的液體已經消失了。

我懷裡抱著的是歐琳娜，我摸了摸我的背，剛才的刺痛已經沒有了。

我看了看我的手腳，又摸了摸自己的臉。沒有變化。

剛才的一切都發生在幾秒之間。

我和四十三對視著。

他突然歇斯底里地笑起來。

「哈哈哈哈！太有意思了！太有意思了！我沒碰到過這麼好玩的玩具！我要你！我要你！」他拍了拍腦門。「我果然是年紀大了，記憶力變差了！我怎麼沒想到呢！你夢裡那個小怪物和我在生命之泉農場看到的這麼像！我太粗心了。」

「我們是一類人。」四十三忽然盯著我的眼睛，惡狠狠地說。「讓我看看你的記憶！」

「你很痛苦吧？」我也盯著他，慢慢地說道。

「哼！」四十三愣了一下，隨即不屑地哼了一聲。「該殺的我都殺了，該報仇的我也報了，我是被選上的人，低等生物擁有的情感在進化的過程中已經被我排泄掉了。你以為我是四十四嗎？沒想到你到現在還沒看明白。」

「不，我說的是，和阿爾法生活在同一個身體裡很痛苦吧！」

「你瞞過了阿爾法，你從來沒想過要讓歐琳娜維持自己的意識成為阿爾法的媽媽。歐琳娜是下一個瑪麗亞，是你下一個傀儡。但阿爾法已經知道了，所以他現在拚了命地想拿回身體主動權對嗎？你們兩個，在很早之前就已經無法生活在同一個身體裡了吧？」我看不到四十三的表情，但我聞到了空氣中血腥味下的另一種味道。

汗的味道。

現在是二月底，加州的最低氣溫在兩度到三度之間，夜晚在沒有暖氣的室內大約是六度左右，我和歐琳娜都穿了兩件毛衣，從睡夢中蘇醒過來的第一感覺仍然是寒冷。當我靠近歐琳娜時發現她也在顫抖，但這種顫抖本身並不是由於恐懼，而是因為公寓年久失修窗戶上的玻璃千瘡百孔，外面冷風灌進來導致氣溫驟然降低造成的。

在身體處於低溫的情況下，我和歐琳娜都不可能出汗，那麼汗味從哪裡來？

唯一的可能，是對面穿著單薄襯衫的四十三。

出汗，是因為身體裡的另一個人格正在跟他激烈地搏鬥著。瓦多瑪早在我搬進來的第一天，就已經把他們的祕密和弱點告訴我了。

「安菲斯比納有兩張臉，說謊的次數和說實話一樣多……」

雙頭蛇隱喻的正是阿爾法和四十三，一個身體裡的兩個靈魂！

當年四十三目睹自己的「父親」親手殺死弟弟，在經受了巨大刺激後，四十三的內心只剩下一種情感——仇恨。他要報仇，就必須要活下去。

想要在生命之泉農場活命的唯一途徑，就是登上食物鏈的頂端。

若要吞噬豺狼，必須有眼鏡王蛇的毒牙；若要讓魔鬼臣服，必須要成為撒旦。

拋棄人性中所有的善——道德，正義，憐憫……當然，還有愛——才能讓他變成一個真正的怪物。

可是另一方面，他無法割捨關於弟弟的回憶——在四十三人生裡唯一關於「人」的回憶。

於是他把他的靈魂一分為二，就像把硬幣的正面和反面剝離開來。

四十四的人格誕生了——正確地來說，那不是四十四，而是他的過去，他對這個世界唯一的羈絆，他僅存的良知。

四十四的人格最初很虛弱，四十三有對於身體的絕對控制權。所以開始時弟弟的人格只在哥哥授意的情況下才出現——用以接近和迷惑哥哥所看中的獵物。

當時機成熟後，弟弟的人格便會乖乖睡去，哥哥便會利用弟弟人格建立起來的信任，將這些毫無防備的獵物推向致命的深淵。

「安菲斯比納能夠同時往兩個方向移動，如果合作無間就是很可怕的獵人……」就像那位墨西哥司機所說的一樣。

可是在長達四十多年的時間裡，當戰爭和殺戮都成為過去後，四十三的人格蘇醒的時間便越來越長，也越來越渴望得到身體的支配權。

「安菲斯比納有兩個頭，一個想往東走一個想往西……」

當兩個靈魂有了完全不同的追求，一個奮力奔向光明，一個執著於追求黑暗。最後產生的結果將是一個身體撕裂成兩半，誰都活不下去。

「……如果意見相左，則會為自己帶來厄運……」

這才是真正的安菲斯比納，戰無不勝卻又不堪一擊的雙頭蛇神。

# 第十五章　偷名字的人

「隨著阿爾法人格的成熟，你們在同一個身體裡持續的時間越來越短，你讓瑪麗亞活著並不僅僅是為了折磨她，而是她還可以作為你靈魂的另一個容器，只有這樣你和阿爾法才能分開！現在阿爾法一定在你的大腦裡拚命跟你爭奪著控制權吧！」我大聲說道。「我看過你的過去，以你的能力，是無法直接看到我的記憶的！」

四十三的瞳孔猛地收縮了一下，我知道我猜對了。

他雖然能夠進入並控制人的大腦，但並不是在任何情況下都能隨心所欲地「看到」別人的記憶。

讀取思想是最難的，因此才需要雙胞胎兩人，並且需要以問問題的形式引導對方的思維。

在夢境中的審訊室，納粹軍官明知道對方不會回答，但還是不停追問被審訊的人看似多餘的問題：

「盟軍的作戰計畫是什麼？」

「你們的戰略部署是什麼？」

哪怕被折磨死，被審訊的人也不會從嘴裡吐出答案。但是不從嘴裡說，不代表他的大腦不會想。

大腦一旦思考，就會把答案和相關聯的圖像從記憶庫裡調出來。嘴巴可以緊閉，語言可以撒謊，但大腦發射出來的電磁波無法騙人。

就好像當別人問你，你媽媽是誰，無論你回答是誰，大腦的第一反應就是呈現出你母親的臉和相關資訊。

這些問題的意義，就是讓對方的大腦能反映出答案。然後才能截取到有效的腦波。

之所以需要雙胞胎配合完成，就是因為雙胞胎彼此之間心意相通、血脈相連——同卵雙胞胎的基因都是非常相似的，兩人結合發出的生物磁場，就相當於一個超級強大的腦波接收器。當審訊犯人的時候，一個負責收發和採集腦波，另一個則相當於一部生物核磁共振掃描器，將接收到的圖像掃描出來。

相反的，在沒有引導的情況下，大腦則會因為同時處理的資訊交疊而處在「混沌」狀態，這時候的腦波是無法被解讀的。所以阿爾法才會在發現遺傳學的書的時候問我：「你在怕什麼？」

如果他的讀心術真的無所不能，他直接讀我的記憶就行了，根本不需要問我。只有通過問問題，他才能「看見」我大腦呈現的圖像，才能根據我的恐懼設計夢境。

和讀心術完全不同，控制他人的大腦，是一個類似「入侵」而非「交流」的範疇。

鳩占鵲巢，紅腳隼是以將喜鵲夫妻趕走、殺光後代為手段占領其巢穴的，鳩鵲不存在分享，只存在一方以扳倒性優勢抑制或驅逐另一方。

所以即使四十三用他強大的腦波完全控制了我的大腦，他也無法獲取我的記憶。

四十三的表情瞬息萬變，他的嘴角微微抽搐。

就是現在！

我反手撿起地上的槍！然而我還是把四十三想得太簡單了，拿起槍的那一刻，歐琳娜發出了一聲哀號：「啊——」

她抱住了頭，發出痛苦的呻吟聲：「頭好痛……不要……」歐琳娜猛地蜷起了身體，在地上翻滾著。

「歐琳娜！不要……不要進去歐琳娜的腦子！出來！」我緊緊抱住歐琳娜，歐琳娜在我懷裡拚命掙扎，指甲摳進了頭皮裡使勁抓著，瞬間鮮紅的血順著手指流了出來。

「你說得沒錯……」四十三說。

「你……說得……沒錯……」歐琳娜突然張開口，她在重複四十三的話。「我和弟弟……幾年前……已經不能共用一個身體……只有……睡覺……時才能相安……無事……知道……不經過『融合』強行入侵……她的大腦……會有什麼副作用嗎？」

「她會瘋掉。」歐琳娜的眼睛裡全是恐懼和淚水，但嘴巴卻完全不受控制地笑著，說出了這句話。

四十三不急不慢地走到我身邊：「你在夢裡看到的記憶，是成為『被神選中的人』之前的我——現在的我已經比那時候更強了。四十四只是我從本體分裂出來的人格——他的性格決定了他爭不過我。」

他走過來，從我顫抖的手裡接過槍：「我說了不要跟我耍花招，你開槍的瞬間我就可以讓這個女人給我擋子彈。」

「唔……」歐琳娜似乎得到了一絲喘息，她呻吟了一聲，倒在我身上。

「我確實無法通過控制大腦取得你的記憶，但我有一千種辦法讓你說——你不想看到她受苦吧？」

「我很遺憾我們無法成為一家人了。現在還有點時間，你死之前讓我們來好好談談，我問你答哦！」四十三有些調皮地眨了眨眼睛。

「好好回答我的問題，我讓你死得輕鬆點，也讓這個女人輕鬆點——我會給她一個永遠醒不過來的美夢，讓她活在她覺得最幸福的那一刻。反之——」

四十三的目光霎時變冷，他看向歐琳娜的一瞬間，歐琳娜才緩和下來的身體猛地開始抽搐，突然用一隻手抓住另一隻手的兩根手指，猛地一掰——一瞬間，兩個手指硬生生被掰成骨折！

「啊啊啊啊！」歐琳娜哀號著倒在我懷裡。

「不！」我絕望地叫著。

「不要騙我，否則我會讓她吃盡苦頭後，再強行入侵她的大腦，讓她像瑪麗亞一樣生不如死地活著！」

「你不要傷害她！你問！我什麼都說，知無不言！要是撒謊天打雷劈。」我絕望地吼道。

「很好。」四十三笑著點了點頭。

歐琳娜的身體一下軟下來，倒在我懷裡瑟瑟發抖。入侵的副作用帶來的疼痛讓歐琳娜難受得一句話都說不出來，只能發出上下牙齒摩擦打戰的聲音。我能感覺到她奮力對抗著四十三的意識。

「你也是『被神選中的人』……你是我除了自己之外，見到的第一個人……你從納木托來？」

四十三每說一個字，歐琳娜的嘴巴也會無法控制地做出相同的口形。她頭上的青筋凸起，大汗淋漓。

「我的祖先從納木托來……他們曾經說過，他們是神的直系子孫，流著神的血液……」我把歐琳娜死死摟在懷裡。

「很好，很好。我能從你的表情裡判斷出你說了實話——」四十三非常滿意。「那麼你的祖先應該也用了某種方法，在幾百年的繁衍中保持了基因相對純淨的品質。」

「我們家族在幾百年來都和另一個家族奉行長子女通婚。」

「近親結婚嗎？確實是維持原始血統的好辦法。那麼妳也是長子咯？」

我點了點頭。

我突然感覺到縮在我懷裡的歐琳娜，正在用那隻沒有斷的手哆哆嗦嗦地在我胸口上寫著什麼。

「J……0……」歐琳娜似乎每寫一個字，都用盡了身體全部的力氣。

我和歐琳娜在費城談戀愛的時候常常寫情書，但那時歐琳娜有一個特別愛嚼舌根的室友，每次都會假裝不經意地偷看我們之間的祕密，再當成談資四下傳播。

我有幾次都想跟她發火，但歐琳娜是個好脾氣的人，她眨了眨眼睛跟我說：「既然她想看我們就讓她看，可如果她看不懂，就不怪我們了！」

歐琳娜從我的《中國古代史》裡面找出一幅王羲之的《千字文》字帖，編了一套簡易的替換式密碼，只要掌握了《千字文》前四十個字的密碼編寫規律，就能破解出來。

很快我們就把情書用這個方式加密，那位前室友看著一堆沒有意義的亂碼，既沒辦法也不好當面發作，憋得臉都紅了。

歐琳娜在用《千字文》的密碼跟我傳遞著什麼資訊！她也一定聽到了剛才我對四十三讀心術的分析，所以她想用加密過的中文文字告訴我！

「4……」歐琳娜艱難地寫著。

J04，我努力回憶這個號碼指代的字，結婚後我們再也沒有用過，連《千字文》我都快忘光了……

好像是「畫彩仙靈」的「畫」字？畫？畫什麼？

四十三似乎並沒有注意到歐琳娜在我懷裡搞小動作，接著問我：「你在你的家族中有沒有見過我弟……有沒有見過生命之泉農場裡注射後變異的怪物？」

我搖了搖頭：「沒有。」

「那為什麼很怕自己會生下一個怪物？」

「我家族的歷史裡面記載每當長子女和外族通婚，大多不育或生下怪胎，我很怕我和歐琳娜以後生下的孩子也會這樣……」

我故意說得很慢，就是為了拖延時間——

我要給歐琳娜留出時間讓她寫完！

「看來，當純度高的基因和普通人類基因結合，就容易產生這種怪胎，無論是你的祖先還是我的弟弟，他們都是因為接受了神的原始基因才產生了變異……」四十三皺著眉頭。「可是這是為什麼呢？」

「也許是——」我剛想繼續順坡推驢，把他的話頭接下去好爭取更多時間的時候，就被四十三打斷了：「為什麼已經不重要了，反正除了我之外，其他人也都化成灰了。」

「妳看到了那扇門嗎？」四十三淡淡地問。

那管藍色液體紮進我的身體時，我的確看到了一扇門。

那扇門後面似乎有什麼在召喚著我。

「P……2……7……」歐琳娜又寫完一組。翻譯過來是「恬筆倫紙」的「筆」字。畫筆？我絞盡腦汁迅速地回想一遍，好像我從搬進來到現在沒看到過什麼畫筆啊？會不會是我記錯了破譯的順序？但是我也顧不得那麼多了——

「門？哦！看到了……」我趕緊鎮定下來。

「那它拿走了什麼作為『祭獻』？」四十三歪著頭從上到下打量我。

「什麼意思？」我不解。

「你不知道嗎？難道你沒有得到關於神的記憶？」阿爾法露出疑惑的表情。「你必須要獻出什麼，才能到達『門』。你看看我——」

四十三緩緩伸出了手臂，他的表情看不出是喜悅還是悲哀：「它拿走了我的『時間』呀。」

時間？

四十三撩開袖子，上面有密密麻麻的傷口，有的已經只剩下很淡的印子，有的卻像剛縫合一樣觸目驚心，還在往外滲著血。

「到達門之前，它讓我看完了我一生所有的時間軌跡——從長大到老去到死亡。從『門』回來之後，我身體裡的時間就停止了。」他頓了頓。「我再也不會老，也感覺不到時間的流逝，我的身體永遠定格在了過去的某一刻——從生命之泉農場毀滅的那一秒鐘起，我的身體永遠不會長大，身上的傷口永遠不會結痂。」

「你在到達『門』之前，看到了什麼？」他看著我。

我仔細回想那幾秒鐘的經歷——我看到了一滴血，一滴被無限放大、最終成為一個宇宙的血。

「我應該是看到了一滴血，但我並不知道是什麼意思，也沒有遇到任何人——你在注射的時候，得到了關於神的一部分記憶？」

「是呀，它告訴了我它的名字。」四十三笑著說。

「那它的名字是……」

「好啦，最後一個問題。」四十三打斷了我的話，顯然他也不想回答我的問題。他一邊熟練地把槍栓打開，一邊問。「你打開門了嗎？」

寂靜中，只有槍上膛的聲音。

我現在回答完，下一秒，就是爆頭。

「我……」

「算了，其實我根本不在乎門後有什麼——」阿爾法笑著舉起了槍。「我啊，除了這個世界之外，哪裡都不想去呢……我是被這個世界創造出來的怪物呀。」

幾乎是同一刻，我翻譯出歐琳娜寫的最後兩組密碼：

「罔談彼短」的「彼」字和「得能莫忘」的「得」字。

彼得。

彼得，這個名字好熟，是不是那隻最後活下來的瞎眼小貓？歐琳娜費盡力氣告訴我兩個詞，畫筆，彼得。

我在哪裡看到過畫筆？大腦飛快運轉，我把所有我去過的地方見過的人全都想了一遍——

我的家——歐琳娜——阿爾法——瑪麗亞——強森——真實——夢境——608——610——走廊——

畫筆為什麼是關鍵——畫筆——上課——小時候拿來畫畫——畫畫！

四十三把槍頂在我頭上。

我閉上眼睛。

畫畫！

那個出口！

通往四十三回憶的那扇門！那扇用粉筆畫的房子中間，寫著「四十三」的門！

審訊室裡，是四十四負責畫畫，四十三負責的是收發和採集腦波。畫畫的是那個瘦弱的、拿著蠟筆的阿爾法。

「喚……醒他……」歐琳娜揪住我的衣服，拚命抵抗著入侵的腦波，結結巴巴地咬著舌頭說出來！

究竟是誰，在牆上畫下了那扇門？

不是四十三。以他的性格，根本不會讓我看到關於他的任何過去。通往回憶的門，是阿爾法給我畫的。從出生，到被作為試驗品帶到生命之泉，到接受訓練和淘汰……

他讓我看到四十三的回憶，也許只是想告訴我，他們並不是天生的怪物。他們曾經是人，卻被人類的欲望、戰爭的殘酷變成了一隻怪物。

那扇地獄之門上，是一顆傷痕累累的心。

他也曾經渴望被愛。

「我聽到外面的軍官說，他們的孩子都有名字。他們的孩子都會由爸爸媽媽起名字。」

「門格勒醫生說我們不需要有名字，我們也不需要有媽媽。」

「哥哥，我很想有個名字。我能給你取名字嗎？」

「我不需要名字。」

在集中營漆黑的房間，四十三說這句話的時候，他的眼睛裡充滿渴望。

渴望在美好的祝願中成長，渴望被溫柔相待，渴望被父母擁入懷中。

「我給你取個名字好不好？」

四十三並沒有拒絕。

於是弟弟給哥哥起了一個名字，這是他們倆的祕密，只有在最深的夜裡才會被輕輕喚起。

可是自從四十四死後，再也沒有人提起這個名字了。

過了很久很久，四十三離開了生命之泉農場，走了很多很多的路，殺了很多很多的人。又過了很久很久，他漸漸忘記了自己的名字。

「彼得！不要！」我大喊著。

來不及了，槍響了。血順著額頭流下來，蔓延到地上，開出一朵紅色的花。我的耳朵嗡嗡作響，恍惚中聽到了歐琳娜的哭聲。

彼得……嗎？真是一個好名字。

我早該想到了。

那隻貓是所有奶貓裡最瘦小的。當時它眼睛上糊著眼屎，我們都以為它活不了多久。沒有得到過母親的一絲照顧，就像一個不存在的孩子一樣，被其他的奶貓隔離在紙箱的一角。

母貓的本能讓它先照顧最健壯的孩子，而這隻最虛弱的，一出生就被遺棄了。

但阿爾法卻偏偏對它特別關注，並賦予了它一個名字：

彼得。

為了讓彼得變強壯，阿爾法關起儲物間的門，讓它跟其他小貓在饑餓中廝殺。

只有成為最強的人，才能得到愛吧？

在五十多年前的集中營裡，四十三的心裡也是這麼想的吧？

或許只有成為讓門格勒醫生滿意的孩子，這個他本應該叫爸爸的人，才會笑著擁抱他。

「我知道彼得一定能做到的。」

「如果不殺死別人，別人就會殺死你。為了活下去可以不計一切，要有這種覺悟才能面對這個殘酷的世界。」

「怪物就沒有生存的權利嗎？」

「為什麼不去怪只有一個乳頭還把它生下來的媽媽呢？為什麼不去怪切掉貓媽媽其他乳頭的人類呢？彼得只是想活下去，它已經死過一次，變成了怪物，如果現在拋棄它，對它公平嗎？」

那時候我就應該想到了。

弟弟阿爾法在那隻小貓身上，看見了自己的哥哥呀。

弟弟阿爾法愛著他的哥哥，他的人格並不是沒有四十三的人格強大，而是他比誰都瞭解四十三的痛苦。他能看見無堅不摧的身體下面那顆和瞎了眼睛的小貓一樣的支離破碎的心。

「阿爾法……是你嗎？」歐琳娜爬到阿爾法的身邊。

他的太陽穴上有一個彈孔，把精緻的臉蛋毀了一半。就在剛才，在我叫出「彼得」的那個瞬間，四十三停滯了一秒。就在那一秒，出現的是阿爾法的人格，他反手朝自己的頭上開了一槍。

「……咳……」阿爾法的嘴裡嗆出了血，似乎是自言自語，他的眼睛失神地看著天花板，自言自語地說。「……夠了……都結束吧……我會……陪著你……咳咳……」

歐琳娜托起阿爾法的頭，眼淚滴在了他的臉上。

「在打雷嗎……好黑……」阿爾法的瞳孔開始慢慢放大。「琳……能再叫我的名字嗎？」

歐琳娜抱著阿爾法的頭泣不成聲：「對不起，你在夢裡給我看過那張粉筆畫……你告訴了我他叫彼得，你說這是我們兩個人的祕密……對不起……阿爾法……」

阿爾法艱難地露出一個笑容：「說了……會保護妳的……」

「咳咳……我很喜歡這個名字……阿爾法……喜歡聽……妳喚我……我……可以擁有……這個名字嗎？」

「我……能叫妳媽媽……嗎？」

歐琳娜捋了捋阿爾法的頭髮，他金色的頭髮被鮮血染紅了。

「阿爾法……沒有媽媽……」阿爾法似乎已經聽不到歐琳娜的聲音，他堅持不了多久了。

我想從口袋裡翻出哪怕一塊手帕，給他擦一擦臉上的血跡，卻摸到了一塊折起來的紙片。

我腦海裡電光一閃，那是瓦多瑪的相片啊！

瓦多瑪，妳是不是知道今天會發生的一切，所以才把照片交給我？

「阿爾法！你看，這是你們媽媽的照片！她從來沒想過拋棄你們！她是吉普賽人，她一直……她一直都在找你們，她從來沒離開過你們，她在集中營的時候也許精神就開始有點問題，但她從來沒離開過這附近！她從來沒有拋棄過你們！」

照片中的瓦多瑪，不，她的真名叫莉莉婭——她坐在雙胞胎的旁邊，即使多麼恐懼後面的門格勒，仍然死死地抓著嬰兒床。

吉普賽頭領說，發現莉莉婭的時候她就已經瘋了。

保安說，莉莉婭三天兩頭來說要找孩子，一直到她完全失明之前，她都沒有放棄過。

莉莉婭即使瘋了，也沒有一刻忘記自己的兩個孩子啊。

「你們的媽媽，她叫，叫莉莉婭・多巴！這麼多年來她一直在找你們！」我把照片湊到阿爾法的臉前，他空洞洞的眼睛似乎閃了一下。

「她……在哪……」

我一時語塞，過了幾秒說：「……她死了，兩天前。我很抱歉。」

「沒……關係，馬上……能見到……媽……」他的眼神漸漸渙散開來。「……把……我和哥哥留在這兒……」然後，他的手從歐琳娜手裡滑了下來。

外面的雨停了，漆黑的夜空中似乎有一群飛鳥掠過。

一九八八年二月二十三日　陰

我和歐琳娜收拾行李，在清晨離開了約書亞大廈。

四小時後，新聞裡播報了一條消息：下城區約書亞大廈頂樓因管道老化引起了煤氣爆炸，消防車在四小時後將大火撲滅，截至目前發現兩具遺體，初步懷疑為六樓一名八十七歲德裔老婦以及一名墨西哥裔安保人員……

二月二十三日到年底的日記，陸陸續續記載了我爸和我媽離開了加州去了一個南方小鎮。

雖然我爸媽對新聞報導中只發現兩具屍體一直有點疑惑，但阿爾法開槍自殺在他們面前是不爭的事實，可眼下肚子裡的我才是他們最擔心的。

即使美國在一九七三年就通過了全國墮胎法案，但是由於信仰問題，很多州仍然拒絕執行。尤其在保守的南方各州，墮胎幾乎跟殺人等同。

我爸通過浩民師兄的關係，輾轉聯繫到一間願意進行手術的私人診所。可是手術前的超聲波報告卻顯示胎兒一切正常。我爸和我媽都覺得難以置信，又找了幾家醫院，結果也完全一樣。

後來我爸媽決定相信檢查報告，冒一次險——當我媽懷孕二十週時又去做了一個詳細檢查，看著彩超圖上已經長出小手小腳的我，爸媽喜極而泣，並知道了我是個女孩。

可就在我爸媽最高興的時候，我爸發現他的身體出了狀況。

就在某一天，我爸切菜的時候，一不小心刀切到手指。當時菜刀還是新買的，特別鋒利，手指的傷口很深，幾乎都能見到骨頭了。可他卻沒有流血。

我爸非常吃驚，又拿菜刀把自己的手掌劃開，同樣的，仍沒有一滴血流出來。

他想起了四十三說過的話。

「到達『門』之前，你付出了什麼作為『祭獻』？」

四十三說，他獻出的是「時間」，所以他後來再也沒有老過，他的「時間」停止了。我爸想起，他在被注射的那一瞬間，看到的是一滴被無限放大的血珠。他付出的「祭獻」是「血液」，所以他身體裡面的血不見了。

沒有血的人，還能算人嗎？

那道門究竟是什麼？它通往哪裡？為什麼只有被注射的一瞬間才能看到？

縱然我爸的心裡有一百個問題，可是我媽臨盆在即，他還是向她隱瞞了這件事情。

一九八八年底的某個晚上，我媽在半夜突然羊水破了，比預產期早了一周。

我爸急忙開車把她送到醫院，醫生說我的胎位不正，我媽在裡面生了六個小時還沒有出來。

我爸在走廊上，一包接一包地吸菸，從晚上九點折騰到淩晨。就在他昏昏欲睡的時候，突然有個小護士拍醒他，說外面有人讓她交給他一封信。

我爸在南方沒有熟人，搬來的一年中也幾乎沒交到朋友。

信裡面是一張照片——一張站在醫院門口的大合照。上面有很多不同年齡的孩子，兩兩一堆，穿著同樣的衣服和鞋，在陽光下大家都笑得很開心。在這群孩子中間，站著一個年邁的醫生，頭髮一絲不苟地梳在腦後，戴著一副金絲眼鏡，笑起來露出一排白牙。

是門格勒醫生！

他牽著一個孩子，但那個孩子的臉卻被前面的人群擋住了。

照片的後面，有一行稚氣的字：

親愛的Shin：

或許你已經忘了我跟你說過，我的時間停止了。

槍無法殺死我，但我還是謝謝你。

謝謝你殺死了我僅存的良知。

我找到我的爸爸了。

P.S

珍惜時光。總有一天你和你的孩子，都會是我的。我會來找你，還要拿回你拿走的東西。

沒有署名。

照片上，門格勒背後用葡萄牙語和英語寫著一行字——巴西聖荷西天使診所，雙胞胎之家。

門格勒沒死。

在戰後，他改名換姓逃到了巴西，換了個地方仍在繼續他的研究。

我爸倒吸了一口涼氣。

緊接著傳來的，是我在產房裡的哭聲。

# 第十六章　欺騙你的大腦

我闔上日記，舒月已經抽完了半包菸。

「為什麼我沒事？」讀到這裡，我最大的疑惑就是，為什麼我並沒有成為怪胎。

「一九八八年的時候，我作為生物碩士在麻省的一間研究所實習，妳爸爸在結婚之前曾經來找過我，他堅持要做精子化驗——」舒月陷入了回憶。「比對基因組的時候，我發現一個很奇怪的現象。」

「什麼現象？」

「妳爸爸的精子有百分之九十九攜帶的都是Y染色體，只有不到百分之一攜帶了X染色體。」

我目瞪口呆。

初中生物也有教，決定胚胎性別的是染色體。

所有女生卵子的染色體都是X，但男生精子裡的染色體有的是X，有的則是Y。

如果攜帶X染色體的精子和同為X的卵子結合，那小孩就是XX——女生。

反之，如果攜帶Y染色體的精子和X的卵子結合，小孩就是XY——男生。

這種概率就是五五開，因為攜帶X和Y染色體的精子剛好是一半一半，跟扔硬幣一樣。

「他的精子只有不到百分之一攜帶了X染色體——換句話說，妳爸爸家族生男孩的概率是九成九以上，而女孩——妳就剛好是那百分之一的概率。

「圖爾古家族的歷史裡，凡是長男女結婚，生下的都是男孩——造成這個現象的原因，是圖爾古家族男性攜帶的染色體比例很特殊。」

「那這和生下怪胎有什麼關係？」

「站在遺傳學的角度，幾乎所有遺傳病都有一個特點——傳男不傳女。」舒月看了看我。「比如說色盲的大多數患者就是男性——無論是父母誰有色盲，下一代如果為男性則得到遺傳的概率是五成以上。而生姑娘的話，患病率是兩成以下。禿頭也是——父親禿頭的話，兒子遺傳的概率是一半以上，而女兒禿頭的概率則是百分之二十以下。」

我趕緊摸了摸我的頭髮：「所以那些異族通婚的怪胎是性別決定的？因為是男生所以會有遺傳病？」

「怪胎未必是遺傳病，也有可能是返祖現象。」舒月突然變得很嚴肅。「至於為什麼你們家族要和我們家族通婚，我的假設是，我們家族的基因可以跟這種遺傳病又或是返祖現象抗衡。」

「等等，所以妳是說，我爺爺的爺爺的祖先幾百年前就長成這樣？」我腦袋裡頓時蹦出了一堆蜈蚣一樣的人在地上爬來爬去的形象，頓時汗毛直豎。

「妳爸爸說，要想解開這個謎，唯一的辦法就是要知道當時德國納粹的考察團在納木托到底找到了什麼……」

「但這些都跟我沒關係啊，為啥要全家改名換姓，還要把我送走？」我腦袋亂成一團糨糊。「我剛才回家遇到的王叔叔和大寶，還有那個Polo衫，他們都想從我這兒拿走的東西就是這本日記嗎？」

舒月搖了搖頭。

「他們想找的是另外一樣東西。妳爸爸預計到自己會出事，所以把那個東西藏起來了，如果有一天他真的出事了，那東西就是我們唯一的籌碼，能夠護妳周全。」舒月說。「唯一能拿到那樣東西的人就是妳。妳爸說妳看了日記就會明白的。」

啊？日記裡寫了嗎？似乎沒寫啊。

我翻了個白眼。

值錢的東西嗎？難道是名貴家具？波西米亞地毯？無價照片收藏？四十三的玩具？

到底是什麼鬼？

啊！難道是！

瑪麗亞還沒兌現的五萬塊美金支票？

我的頭好大。

牆上的時鐘已經走到了午夜兩點，我坐在地上看著日記本發呆，舒月和我都在想事，客廳裡一片寂靜。

「妳爸爸……他有在日記裡提過我嗎？」舒月輕輕地問。

「他有提到過，小時候跟妳做過一隻風箏。」我說著，把翻開的日記遞給她。但她並沒有接。

「這本日記的內容只有妳一個人知道是最安全的。如果對方真的能夠讀腦，多一個人知道就多一份危險。」舒月對我說。

「那……我現在豈不是很危險？」要是他們發現我已經讀了這本日記，那還不把我大卸八塊再生吞活剝了。

「我讓妳別看，妳偏要看，現在怕了？」舒月哼了一聲，又開始跟我抬槓。

「我……我不是怕了！但我現在還沒有跟他們正面交鋒過，我在明敵在暗啊！《孫子兵法》都有說知己知彼才能百戰百勝，我擔心的是還沒搞清楚敵人是誰之前，他們就把我弄死了。」我爭辯道。

說是這麼說，其實我心裡一點底也沒有，這……對方不是人呀！要不是當時阿爾法給自己腦袋上來了一槍，我爸媽早掛了，哪還會有我啊！

「放心，妳暫時不會有事。」舒月歎了口氣。「他還需要妳。」

需要我？我能做什麼？不會又要靠我解迷宮吧。

「妳先跟我說說，妳回家的路上都發生了什麼？」舒月話鋒一轉。「正如妳說的，知己知彼，才能百戰百勝，雖然妳不知道他是誰，但他一定是見過妳了。也許我們能從這中間分析出他們的能力和局限性。」

「我……」我陸陸續續把中午遇到的王叔叔和大寶、看不見我的保安、撞車的Polo衫叔叔都告訴了舒月。

舒月聽完之後，問我的第一個問題就是：

「妳看清大寶的樣子沒？」

啊？

我在樓下看到大寶的時候，他吃了一臉雪糕，雪糕糊了他半張臉，王叔叔正在給他擦。當時我爸才出事，我正心煩意亂呢，也沒仔細看。進了電梯之後，我只聽到他問我去幾樓。

「難道妳的意思是那個小孩不是大寶？但四十三不是金頭發藍眼睛的嗎？我記得大寶……」我轉念一想，這好像也不能說明什麼，頭髮可以染，眼睛也可以戴美瞳。我看到王叔叔牽著一個小孩迎面走來，下意識就判斷他是王叔叔的兒子，我當時滿腦子都是我爸的事，也沒仔細看大寶。

「哼，他不可能不知道妳住幾樓。這怪物在探知一個人的腦波前會先提問引導對方。我想它之所以問妳，是看妳會不會對他撒謊。」舒月哼了一聲說。「如果妳沒撒謊，那就證明妳並不知道他是誰，也並不會對他有防備。幸好妳什麼都不知道，否則他很有可能在電梯裡就解決掉妳了。」

我咽了一口口水，仍然心有餘悸：「所以他控制了王叔叔？」

舒月點點頭。

「那為什麼保安也看不見我呢?」

「我的推測是,他可以通過某種途徑,騙過一個人的大腦——」舒月又點了一根菸。「在腦神經領域有一個問題被爭議了很多年——當我們在看世界時,我們是真的『直接』看到了這個世界,還是『間接』看到了這個世界?」

「我傾向於後者,我們看待這個世界的方法是首先通過眼睛接收光線,耳朵接收聲音,鼻子可以聞到味道等資訊,再把這些資訊傳到大腦,經過大腦處理後才被我們所用。可是大腦其實是一個漏洞百出的機器,它在每天接收大量訊息的時候會選擇犧牲『正確性』來換取『速度』。所以如果資訊能對大腦做出暗示,告訴大腦『妳前面沒有人』,那麼大腦就會把這個結論傳回眼睛,那眼睛就會立刻遮罩掉站在陽臺的妳,保安也就自然看不見妳了。」

「妳敢不敢說人話。」——妳知不知道在現實世界裡,說這麼學術的話是會掉粉兒的。

「妳照過相沒有?妳有沒有發現當妳看照片時,覺得照片裡那個人跟妳長得一點都不像?」

有啊!我特別討厭照相的最大原因,就是我每次照鏡子的時候都覺得自己長得跟紫薇也不是差很多,不知道為啥一照相就變成了容嬤嬤。

「那是大腦對妳的欺騙——妳在照鏡子的時候,大腦先有了『我很美』的結論,然後再把這個結論傳遞到妳的視網膜,所以妳看到的自己,就比真實世界的妳好看了起碼百分之五十——但照相機不會撒謊。

「那怪物一定也是對保安的大腦下了暗示，他們的大腦先相信陽臺上沒人，所以眼睛自動忽略了妳。」

「既然四十三這麼牛X，為啥不直接給我的大腦下暗示，讓我幹麼我就去幹麼好了。」我撇撇嘴。

「妳以為他沒有接觸過妳嗎？他這麼多年裡肯定或多或少地來試過妳，但得到的結論是，妳確實對真相一無所知。」舒月翻了翻白眼。

我想起了多年來頻繁出現在我身邊的、各種追求舒月的怪叔叔們。雖然他們也請我吃不少好吃的，但是有的時候我感覺，他們對我的興趣甚至大於舒月。

「Polo衫叔叔是不是也被他控制了？」

舒月點點頭：「而且應該是用侵略性的腦波強行入侵了大腦……即使王叔叔和Polo衫脫離控制，也會出現大面積的腦損傷……可能會瘋掉。」

「我爸……是不是被他害死的？」

出乎意料，舒月並沒有否定也沒有肯定，而是別過了臉：「這麼多年，我們都以為事情已經過去了，幾個月前我見到妳爸，他說他要去納木托……他說這次去完之後，一切都會結束……」舒月的聲音哽咽起來。「我們都以為，我們贏了……」

我看著手上的筆記本：「他要的到底是什麼？」

「我不知道，但至少現在他要的是妳。」

「妳爸爸在收到了那張照片之後，就帶著妳媽匆忙回了國，他們改名換姓，跟家族裡所有人都斷了聯繫，一直到妳上小學的時候，才找到了我。『我需要一個周全的辦法，既能保住這個東西，也能保我女兒平安長大。』這是妳爸爸當時跟我說的原話。」

「那這個東西……現在在哪裡呢？」

「在新城區一間美國銀行的地下保險庫裡。」

「保險庫？」

「對，只有妳和妳媽才能打開。我們天一亮就出去找她。」舒月在說這句話的時候，並沒有看我的眼睛。

「早點睡吧。」

「……我還有一個問題。」我沉思了片刻，猶豫了一下開口問道。「我房間裡，照片上那個小女孩是誰？」

舒月的眼神突然有一絲閃爍：「她……」

就在這時，屋裡的燈突然黑了！

「怎麼回事……」我瞬間陷入一片漆黑，屋子裡的窗簾沒有拉開，連一絲月光都沒有，伸手不見五指，接著就聽到家具的撞擊聲。

「別說話，跟我上樓！」黑暗中，舒月拉著我的手。

我跌跌撞撞地跟著她摸黑從客廳往裡面走，客廳有一側通向飯廳，旁邊有一個樓梯。

我剛想上樓，拉著我的手卻把我往廚房後面的一個小門拽去。樓梯上方似乎有微弱的月光，我看到舒月的身影正跌跌撞撞地往樓上走。

那拽住我的這隻手是誰的？

我沒來得及想，就聽到一聲熟悉的聲音：「旺旺，是媽媽，不要發出聲音，跟我走。」

夜涼如水。

我被我媽拽著從老洋房裡出來，一口氣走了好幾條街，我媽的頭髮挽了個髻子在腦後，但已經亂了，頭髮絲兒垂在耳朵後面，裙子上還有髒兮兮的灰。

「媽，妳要帶我去哪？」

我媽沒回答我，而是在路邊招了一輛計程車：「新城西路。」

我和我媽坐在後座，她的手冰涼涼的，微微有些顫抖，她不時地往後面看，似乎很怕被人跟蹤。

「媽，妳下午去哪了？我在醫院怎麼找也找不到妳……」

「妳看了妳爸留給妳的東西沒？」我媽緊張地問我。

「看是看了……」

「那妳知道怎麼開保險櫃嗎？」

「我……舒月說，必須要我和妳才能打開保險櫃。」

「那就好。」我媽長出了一口氣。「希望還來得及，時間不多了。」

「到底是怎麼回事？是不是那個什麼四十三，找上門來了？」

我媽點點頭：「他當時說過，他把『時間』『祭獻』出去了，所以他的生命一直凝固在一九四五年生命之泉農場毀掉的那一天。當時我和妳爸爸單純地以為他只是不會老……但他甚至不會死。他認為他弟弟的死是我和妳爸爸造成的，我們奪走了他最寶貴的東西，所以他現在要回來奪走我們最寶貴的東西——他要帶走妳。」

「他要帶走我幹什麼呢？」

「他復活之後，找到了門格勒——那個納粹醫生。門格勒在納粹的時候就痴迷於雙胞胎研究——他認為雙胞胎的心靈感應就來自於他們特有的腦波——」

「嗯，我有在爸爸的日記裡看到這一段……」

我媽並沒有在意我打斷了她的話，而是繼續說：「戰敗之後，門格勒逃到了南美，又輾轉去了巴拉圭，最後在那個巴西小鎮落了腳——他選擇那裡，是因為當地的居民多是德裔農民，並且由於小鎮偏遠沒有外人，當地人也一直都維持著鎮內通婚的傳統——這一切都符合門格勒的實驗前提——妳應該知道我的意思吧？」

我點了點頭，我爸的日記裡寫到四十三的親生母親，那個吉普賽人，就是長期實行族內通婚。如果門格勒當時的假設成立，這種人身體裡攜帶的「神的基因」濃度會比雜交了幾百年的普通人要高。

「當地沒有人認出門格勒，他改名換姓，以醫生的身分幫當地的婦女看病，但其實是在繼續他雙胞胎的研究——那些婦女在吃了他的藥之後都陸續生下雙胞胎。門格勒的終極目標是讓這些小孩子和『神的基因』完美融合，成為純種雅利安『不死戰士』——但他們還缺少一樣東西。」

我媽看著我：「神的血液。」我被她嚇得手腳發冷，突然明白我爸帶走的是什麼了。

在我爸的日記裡，四十三有兩支注射器。其中一支紮在了我爸背上，還有一支沒用，我爸從約書亞大廈逃出來的時候，一定是把剩下的那一支拿走了。

「妳爸爸當時也想通過研究『神的血液』找到自己家族的源頭，才拿走的。」我媽歎了口氣。「無論是門格勒也好，四十三也好，他們並沒有親眼見到希姆萊從納木托帶回來的是什麼，他們的級別都不夠高，無法接觸到核心祕密——但這支注射器，是他們當年剩下的唯一一支。這是他們實驗最後一步的關鍵。妳的爸爸也早就想到這一點了，所以他設計了一個和迷宮一樣複雜的防盜系統來保護這支注射器——而妳，就是這其中的關鍵。」

媽媽冰冷的手握住了我的手：「而且，這個迷宮入口打開的條件，就是妳爸爸或者我其中一方出了事。」

「我……」

「旺旺，能不能告訴媽媽，妳的真名是什麼？」媽媽突然問我。

「媽媽妳不知道我的名字？」

媽媽搖了搖頭：「知道妳名字的人只有妳爸爸。媽媽這麼多年來，都不知道妳的名字……一切都是妳爸爸安排的，妳是媽媽的寶貝，可是從小就被逼要和我分開……嗚嗚……讓妳受苦了……」

媽媽把臉埋在手心裡哭了起來。計程車司機從後視鏡裡不解地看了我們一眼。

「媽媽，妳不要哭……舒月對我挺好的……」

我想伸手去給我媽媽擦眼淚，可是她卻突然緊緊地握住了我的手腕：「不要相信舒月！她是那個家族的人！」

「她們幾百年來都跟妳爸爸家族通婚，如果不是我……她會嫁給妳爸爸的……」

我媽的眼神突然冷了下去。「……她為了報復我，蟄伏了很多年……」

「媽妳是不是想多了？我覺得舒月不是這樣的人……」

「她不是？妳對她瞭解多少？妳和她生活了十幾年，可是妳知道她是幹什麼工作的嗎？她每天出門去哪裡上班妳知道嗎？她為什麼這麼多年了都不結婚？妳不是說在醫院找不到我嗎？是舒月把我迷暈了鎖在樓道裡，她不會再讓我把妳帶走了……」

我無論如何也不能相信，從小帶大我、相處了十幾年的舒月會是這樣的人：「不可能，舒月不可能這麼幹，她……」

「她是不是不讓妳找我？」我媽幽幽地說。

我突然想起來，我從計程車上衝下來要回去找我媽，舒月給了我一巴掌，拚盡全力阻止我回醫院。

我沉默了。

我媽擦了擦眼淚，摸了摸我的頭：「我知道，她十幾年來對妳很好，可以說是無微不至。她不會傷害妳，因為妳是她愛的男人的孩子，可是她會用妳來傷害我……媽媽很能理解妳不相信媽媽的話，也許在妳眼裡，她比我還親……」

「不是的，不是這樣……我只是覺得，她對爸爸的感情不是妳說得這麼自私……」我想起剛才在老房子裡，舒月看著照片裡爸爸的眼神，就像是一個小妹妹看著大哥哥一樣，那種眼神不是恨，也不是占有，而是遺憾。雖然我年紀小，但是女生有一種天生的直覺，她不像是會害爸爸的人。

「妳記得妳房間裡掛的照片嗎？她有沒有告訴妳那個小姑娘是誰？」

我的腦海裡浮現出那個眼角有一顆淚痣的小姑娘，她穿著跟我一樣的米老鼠裙子，站在幼稚園的門口，看起來並不開心。

「如果她不自私，就不會有那個小孩。

妳爸爸曾經去麻省找她做精子化驗，無論是出於家族利益還是她自私的目的，她在沒有經過妳爸爸和我的允許下，冷凍了一部分精子。那個孩子是用妳爸爸的精子和她的卵子培養的試管嬰兒。」

我整個人都傻了。

這個小姑娘不只是一張照片，而是活生生的人呀！那她應該算是我……妹妹？

「隨著妳慢慢長大，我和妳爸爸越來越覺得把妳放在我們身邊是很危險的，這時候汪舒月出現了，她說為了妳的安全要把妳接走，然後，她帶來了那個小孩——她說那孩子的存在就是妳的替身，萬一壞人找上門，也會以為她就是妳——這麼多年，我養著她，妳的每一樣東西，我都要買雙份，一份給妳，一份給她——但我心裡知道，她不是我女兒。我每天看著她，可是我的女兒卻跟另一個女人生活在別的地方——對一個母親來說，這個世界上還有什麼比這更殘忍的嗎？」

「那……那個小姑娘現在在哪裡？」

「妳爸去世的前幾天，她就失蹤了。」我媽突然靠近我輕聲說。「我覺得妳爸爸的死，跟她有關。」

我還想再說什麼，計程車一個剎車停在了路邊，我們在不知不覺中已經開到新城區。這一帶高樓林立，即使在夜晚也燈火通明，和老城區形成了鮮明的對比。

天空的另一邊出現了一抹淡淡的橘紅色，天快亮了。

# 第十七章　定製保險櫃

媽媽帶著我下了車，面前是一棟非常現代的灰藍色摩登大樓，金屬樓牌上寫著：Bank of UBSC（UBSC 銀行）。

「現在這麼早，這裡應該沒開門吧？」我猶豫了一下說。

「這是一間美國私人銀行保險庫，二十四小時都會開放，甚至不需要預約。」

正門是鎖著的，門的一側有一隻配了監控攝像頭的方形電話。媽媽打了半分鐘電話，一個穿著黑色西裝的安保人員來給我們開了門。

跟著安保人員，我們上了一部需要密碼卡才能打開的電梯，但電梯並不是往上走，而是往下。

直到樓層的紅色數字顯示為S，門才緩緩打開。一個打扮得非常得體、穿著套裝的商務ＯＬ將我們引進了一扇將近五十公分厚的防盜鐵門裡。鐵門後面是一個很小的等候區。

「您好，請問您今天要辦理什麼業務呢？」商務ＯＬ貼心地給我們倒了兩杯水。

「我們要開保險櫃。開櫃人是徒鑫磊，開櫃年份是一九九五年。」

「好的，請等一下。」ＯＬ轉身刷卡進入了另一側的防盜門。

我和我媽坐在凳子上，過了好久也沒人叫我們。我媽的狀態似乎不太好，她從一進來就看起來很疲倦。

「媽，妳要不眯一會兒吧？」我說。

「我沒事。」她揉了揉眼睛。

「您好，請問誰是和徒鑫磊先生有血緣關係的直系親屬？」那位ＯＬ小姐探出頭來。「請跟我來一下。」

我跟著她又走進一個四周都是鋼板的狹小走廊，身後的金屬門立刻自動合上了。也許是沒有窗戶的原因，我莫名覺得很壓抑。

「請坐。」ＯＬ把我帶到了一個密閉的房間。

「您是第一次來吧？」她問我。

「是的。」

「我們UBSC的保險櫃是全球最專業的儲物保險系統，無論從安全性還是從服務上來說。」ＯＬ似乎被訓練成為只要看到客戶，就會機械地重複一遍企業廣告，就像背書一樣。「我們的業務截至二〇〇〇年已經遍布全球各個主要國家。目前我們這間分公司總共有一四五〇個保險箱，從中控系統到安保系統都引進了全球最頂尖的技術。為了配合客人的需要，我們有普通保險櫃和定製保險櫃，您現在要開啟的是定製保險櫃。」

「什麼叫定製保險櫃？」

「是這樣的，這個保險櫃的開櫃客戶，徒先生，他的要求有些特別，因此我們是根據他的需求量身定製的。」

「什麼需求？」

「請您先讓我核實一下您的資訊。」ＯＬ說完，指了指隔壁的一臺白色小機器。

「請先錄入指紋。」

ＯＬ先仔細地檢查了一遍我的手，然後在她的引導下，我在機器上按下了我左手的五個手指。

「指紋匹配。現在請說出您的名字。」

「徒……傲晴。」我說。

「請在電腦上輸入這三個字。」說著，她又推過來一個小電腦。

我輸入了我的名字，電腦的綠色燈亮了。

「謝謝您的配合。」ＯＬ朝我笑了一下。

「請問，妳剛才說這個保險櫃是根據我爸的需求定製的，我爸提出了什麼要求？」

「我可以在我的授權範圍內回答您的問題，徒先生的要求包括：第一是開櫃人——也就是他本人並不能打開這個保險櫃；第二是必須要您和另一位指定人員一起打開保險櫃，不過和誰一起已經超出我的授權範圍了；最後一條則是，當有人來提取保險櫃內的物品時，即使資訊核實，但一旦進入保險庫內部，無論是否選擇打開保險櫃，都必須輸入密碼。」ＯＬ笑著跟我說。「密碼只能輸入一次，無論棄權輸入還是輸入錯誤，保險櫃都會自動開啟銷毀裝置。」

開櫃人本人不能打開保險櫃？

密碼輸入一次錯誤，保險櫃裡的東西就再也拿不出來了？

這都是啥規定啊，自己開的保險櫃自己不能進去就算了，密碼還只能輸一次——我並不知道密碼呀……

「您的資訊已經核實無誤，這邊請。」ＯＬ把我引出房間。

再次通過金屬走廊，我看到我媽坐在凳子上半閉著眼睛，看起來很累。

「媽，到妳了。」我輕輕搖了搖她。

「哦，好。」我媽拿起書包從凳子上站起來，她往前走了幾步，突然轉回頭來問我。「舒月是不是說我和妳就能打開保險櫃？」

「是呀。」我很肯定地說。

「嗯，好的，那妳等一下媽媽。」媽媽像是很放心，跟著ＯＬ走進金屬走廊。金屬門在她們走進去之後關上了。

我一晚沒睡，眼皮也在打架，我無力地坐在外面的凳子上，想眯一會兒，突然看到凳子上好像有字。

等候區的凳子也是金屬的，而且是有點像鏡面鋼的金屬，這種材料簡直就是指紋收集機，如果用手指在上面寫字能留下淡淡的印子。

Ｂ９６。

《千字文》密碼。

「跑。」

我媽在不銹鋼金屬凳上給我留下的密碼，讓我跑。這行密碼寫得歪歪扭扭，能看出來應該是她拼盡全力寫出來的。

地下室密不透風，冷氣在我腦袋頂上呼呼地吹，吹得我打了個哆嗦。

我媽已經被控制了。我抬頭看了看牆上的掛鐘，她進去一分鐘了。

現在有兩個問題擺在我面前。

第一，如果控制她的人是四十三的話，他在哪裡。到目前為止，我知道只要被四十三控制過的人，都會出現不同程度的腦損傷，控制時間持續越久，傷害越大。

我媽可能已經出現了這種情況，我不敢往下想。

四十三每次控制別人大腦的時候，他都會在附近。無論是我爸、瑪麗亞或王叔叔，哪怕是樓下保安，四十三跟他們的物理距離都不會太遠。至於Polo衫，他的車廂我是沒查過的。

我媽自從進入了地下保險庫之後，精神就一直不好，有可能是因為這裡的銅牆鐵壁影響了他的腦波訊號。他必須要很接近我媽，才能保證對她的控制，所以他有可能就在附近。

第二，我能不能跑出去，往哪裡跑。

按照舒月說的，必須要我和我媽同時在場才能進入保險庫，那麼我現在跑掉，他應該暫時不會傷害我媽。我把我媽單獨留下，至少不會發生更壞的情況。

但問題的關鍵是，我能不能跑出去？

如果他發現我跑了，會不會立刻控制我的腦波，取而代之？

應該不會。

如果他只是需要我的身體，我的大腦早就被控制了，根本不需要用我媽把我騙到這裡來。根據舒月所說，我是唯一知道密碼的人。如果我因為腦損傷無法輸入正確的保險櫃密碼，對他而言得不償失，畢竟輸入密碼的機會只有一次。所以就算他發現我跑了，短時間之內也拿我沒辦法。

時間一分一秒地過去，我媽進去已經有四、五分鐘了。

現在我要計畫逃跑的路線——確切來說，往哪裡跑才能有效地避開追蹤。

四十三就算有天大的能耐，畢竟只是個八、九歲的孩子，跑步肯定是我更快一點。

我的腦海裡閃現出各種港產警匪片和諜戰片的橋段，沒想到能在關鍵時刻救我一命的東西竟然不是數理化文史英，而是電影《英雄本色》和《縱橫四海》。

逃跑首先應該往人多的地方跑，比如說菜市場和商業街。

我和我媽是在馬路對面下的車，馬路的兩邊都是寫字樓。現在還是大清早，寫字樓裡肯定沒人上班，即使往裡面跑也沒用，目標單一很容易被鎖定。

但所幸新城區的開發還沒有飽和，如無意外，應該隱藏著很多城中村，有利於逃跑脫身。這時候老人家都起來了，菜市場肯定也開門了。我一定要往城中村裡面鑽才行。

其次是逃跑的時候，應該引起恐慌牽制住對方，再趁亂摸走，逃脫概率更大。

我咬了咬嘴唇。

總之要先回到地面再說。

左望望右望望，除了我之外，剩下的就只有站在電梯旁邊的安保大哥。沒記錯的話，必須要安保大哥刷他的卡，電梯才能啟動。

「大哥哥您好！」我馬上從凳子上蹦躂起來，跑到安保大哥身邊。「我尿急，您能不能帶我上樓呀？」

這種銅牆鐵壁的地下保險庫裡面肯定不可能有廁所。

「廁所在那邊。」安保大哥向前一指，竟然在我剛才坐的凳子隔壁就有一個門，上面印著巨大的「W.C」。

誰能告訴我，為啥保險庫裡還有衛生間？

我趕緊改變攻勢：「哥哥，這個電梯好酷呀，我能不能再坐一次？」

「妳不是要上廁所嗎？」安保大哥竟然完全不領我的情，竟然固執地記住了我想上廁所這件事。妳不知道女人心海底針瞬息萬變嘛！

「哥哥，你幫我按一下電梯嘛。我爹地在一樓，我要去接他。」我隨即發動小姑娘的唯一優勢——惡意賣萌。

「一樓會有我們公司其他的安保人員接他下來的。」安保大哥毫不領情。

「……我爸他就是給我送點東西就走了……」我已經說不下去，越來越沒底氣。

「我們前臺現在已經上班了，會給您拿下來的。」安保大哥在「我爸送東西」這個藉口的路上越走越遠。

來不及了，我突然聽到了走廊外金屬門開啟的聲音。

「老子不管！老子就要上樓！」我大叫道，也不顧什麼形象了。

「哦。」安保大哥往前邁了一步，給我刷了卡。

電梯緩緩打開。

對面走廊的金屬門緩緩打開，ＯＬ的聲音由小變大：「……對不起，您的資訊與我們的記錄不符，無法進入保險庫……」

信息有誤？我媽不是我爸指定的那個和我一起打開保險櫃的人？

我遲疑了半秒，但還是果斷地踏進電梯，使勁按上了關門鍵。電梯關上的那一瞬間，我看見了金屬門後我媽的臉，面無表情。

一秒，兩秒，三秒……我在電梯裡面就像待了十年。

電梯打開的瞬間我就百米衝刺衝進大堂，在衝出玻璃門的下一秒，我用手肘使勁朝牆上的防火警鐘撞過去。

「鈴鈴鈴……」空曠的大廳頓時充斥著刺耳的火警鈴聲。

我一刻都沒停，狂奔到大街上，穿過馬路往巷子裡鑽進城中村的菜市場，穿過商業街和社區公園。

恐懼果然能夠激發出身體的極限，平常連八百公尺都不合格的我，一口氣跑了五千公尺。

不敢回頭，怕再看到任何一張面無表情的臉。

這將成為我一生的噩夢。

跑不動了，就改成了走，又跌跌撞撞地走了快兩個小時，我被迎面而來的一個校服小哥撞了一下，才回過神來。

面前是一座普通中學，隨著熟悉的下課鈴聲，三五成群、穿著綠色波浪校服的中學生打打鬧鬧地走出校門，他們像潮水一樣從我身邊穿梭而過。

就在一天前，我也是他們其中的一個——早上盼著午休，下午盼著放學，課本底下永遠壓著漫畫書，筆記本後面抄的是工整的流行歌詞，抽屜裡是不及格的試卷和說不出口的少女心事。

才過了一天，這種生活突然就離我好遠好遠。

走進學校的傳達室，也許是因為穿著其他學校的校服，裡面的老大爺狐疑地看著我。

「同學，妳哪個學校的，有什麼事嗎？」

「爺爺，能不能讓我打一個電話？」

聽到舒月聲音的那一刻，我眼淚忍不住地往外流，連話都說不出來了。

半小時之後，舒月在學校門口的馬路上找到了哭得鼻青臉腫的我。

「餓不餓？」她輕聲問我。

我沒說話，她拉了我一把，我把她的手甩開了。

「妳別碰我。」我站起來往前走。

肯德基二樓。

我倆坐在窗戶旁邊，外面是蔥蔥郁鬱的榕樹和車水馬龍。全家桶和漢堡快涼了，可誰都沒有動。

舒月拿起一個漢堡，把包裝紙撥開遞給我，我一巴掌打開她的手，漢堡掉在了地上。

「我房間照片上那個女孩子是誰？」

「我不……」

「妳是不是覺得我還是小孩子，很好騙？」

「……」舒月沒說話。

「我媽根本進不去保險庫。我爸指定的那個人其實是妳吧？」我幾乎是吼出來，周圍的人都朝我們這一桌看過來。

「妳從一開始就騙我，因為妳怕四十三知道能進去的那個人是妳。妳怕他控制妳所以就拿我媽做擋箭牌，讓四十三以為我媽和我能進保險庫，所以他在醫院的時候帶走的是我媽，不是妳！枉我還一直把妳當成家人，我媽她可能快死了！妳為什麼要害她？是不是就因為妳沒嫁給我爸？我爸根本就不愛妳！妳把我媽還給我！我恨死妳了！」我說不下去就放聲大哭，我的哭聲在肯德基上方回蕩著，周圍的人全都看向舒月，竊竊私語。

「嘖嘖，我說什麼了，狐狸精就是害人……」

「看她那狐媚樣兒，把一個家庭都拆散了……」

舒月的身體微微發抖，沒有說話。又過了一會兒，她彎下身把漢堡撿起來，拍了拍上面的灰，咬了一口：「妳爸爸去了美國之後給我寫過一封信。他說美國有一種又便宜又管飽、還特別香的食物，叫作漢堡——那時候我還覺得這個名字很可笑，兩塊麵包夾一片肉，不就是肉夾饃嗎，有什麼稀奇的。

我記得是一九八五年，我第一次坐飛機，本來應該飛去麻省學校報到，但我偷偷換成了飛去費城的機票。我拿著一個行李箱和妳爸寄給我的信，穿過了半個城市找到他住的地方。

妳爸住的公寓對面就有一間速食店，那是我第一次見到美國的速食店，裡面賣的漢堡真的好香。我買了兩個坐在樓下等妳爸爸回來，那天真的好冷，我坐了幾個小時，手腳都麻了。我把漢堡塞在衣服下面捂著，怕要是涼了就不好吃了。」

舒月吞了一口漢堡，自嘲地笑了笑：「後來我看見妳爸爸了，他從公車上下來，不停地哈著氣。但他並沒有看見我，而是跑過了馬路——妳媽媽在速食店前面等他。」

舒月又咬了一口，眼淚流進了嘴裡：「我有時候在想，會不會那天我衝上去喊一聲妳爸爸的名字，徒鑫磊！就像小時候一樣，他就會回頭呢？

「是不是他會笑著說，『小妹妹，怎麼是妳呀？』

也許我能把我想說的話說完，也許會有別的結局。

可是生命就像七路迷宮一樣，是一場有去無回的單行道。他看著妳媽媽的表情，是我從來沒見過的。他已經不是那個帶著我放風箏的小哥哥了，不再是那個籠子裡的小鳥。他張開了自己的翅膀，找到了那個讓他飛翔的人。

我在去機場的路上，吃完了兩個漢堡，好撐好撐。」

舒月手上的漢堡已經吃完了，她小心翼翼地把包裝紙折了折，然後緩緩站起來，掀開了衣服的一角。她的肚臍下方有一塊很小很小的疤。

「那一年參加完妳爸爸媽媽的婚禮，我做了卵巢切除手術。」

我不可置信地看著她。

「我們的家族，尤其是妳爸爸的家族，族內通婚已經持續了幾百年。他們會為了繁衍下一代而不擇手段——妳奶奶就是一個例子。即使妳爸爸和別人結了婚，只要我能生育，他都有可能重新被他的家族控制——因為我是完顏家這一代最後一個女人。

如果我想傷害妳媽媽，我不會走這一步。不是我的，即使我強求也永遠得不到，我不想有一天讓妳爸爸恨我，就像妳奶奶恨妳爺爺一樣。

可我後來再也不吃漢堡了，我怕那個味道，讓我回想起很多年前站在費城街頭的我，在大學校園樹下攥著他的信的我，那個一直在追逐他的自己。」

舒月說得很小聲，就像在自言自語一樣，周圍的人還是有意無意地盯著她看。她抹了抹眼角的淚，自嘲地咂巴了下嘴。

「切，反正習慣了，看就看唄，姊這麼好看還怕被人看嗎？」舒月轉過來對我說。「不管妳相不相信我，我都要告訴妳，我不是貪生怕死的人，我這麼做恰恰就是為了保護妳媽媽，至少她現在還有救，如果我不這麼做她現在很可能已經死了。

妳記得妳爸爸寫給我的信嗎？他在費城讀亞洲史的時候，就發現圖爾古並不是來自納木托或是地球上任何一個已知的地方。就算是全美最權威的國會圖書館亞洲部藏，都沒有一絲一毫關於圖爾古部族在納木托的生活記錄，他們就像是在金代末期憑空出現的一樣。」

查閱這些資料的過程中，我爸無意中發現，完顏家族表面上是土生土長的草原民族，但其在歷史上最早出現並不是在漠北草原，而是西元七世紀也就是隋唐時候的納木托。不但如此，他們在納木托的淵源比想像中更深。

我爸當時寫信給舒月，推斷圖爾古選擇完顏部族作為結盟和通婚人選也並不是偶然，而是由於幾千年前他們來自同一個地方。如果說圖爾古是神的子孫，那麼完顏家族會不會也有相似的血統？

一九九四年。舒月再見到我爸，是在醫院裡。

那年我爸第一次入藏，回來後寫信給舒月，希望她能做一個全身掃描。

「為什麼？」舒月自認她身體一點毛病也沒有，不知道我爸到底想要怎麼樣。

「我在納木托發現了一些東西，想在妳身上證明一下。」我爸當時並沒有跟舒月說得很詳細。

二十世紀九〇年代國內的醫療體系還相對落後，雖然他們跑了四、五個醫院，但基本上無論是血液化驗還是身體機能，都跟正常人沒什麼兩樣。

「現在的技術，還不足以驗出細微的差別。」我爸歎了口氣。

但在最後一間醫院，出現了轉機。

# 第十八章　每個人都是迷宮的一部分

那是一間私人醫院——私人醫院嘛，為了多賺點錢，想方設法地給體檢增加了各種項目——皮試、顱腦CT、核磁共振、胃腸鏡……反正天上掉下來的錢，不掙白不掙。

在給舒月做腦電圖的時候，腦電波掃描器失靈了。

我爸和舒月又立刻換了一間醫院，檢查結果相同——腦電波掃描器失靈了。

幸好舒月本身就是留洋歸來的生物學碩士，當年也一度是麻省宅男科學家的女神之一。沒費多少波折，就聯繫到了一個在北京做腦神經學研究的校友，他所在的研究機構代表了當時中國腦神經的頂尖水準。

「太奇怪了，妳的腦電波頻率和正常人不一樣。」校友在給舒月做了詳細的檢查後，大驚失色。

我們所說的人腦電波按照頻率可以分成Alpha 波、Beta 波和Delta 波等數種，機器畫出來的時候看起來就像心電圖一樣。

Alpha 波和Beta 波都屬於我們在有意識的時候，大腦發出的頻率，其他頻率的波形則是在無意識的情況下（比如說睡覺），發散出來的。

和用收音機收聽電臺同樣道理，放鬆的時候我們的Beta 波頻率在十二點五赫茲到十六赫茲左右，就好像有一個電臺總在播抒情的純音樂；高度警覺的時候Beta 波則在二十赫茲到二十八赫茲，就好像另一個電臺總在播驚悚故事一樣。

另外還有一些潛意識腦波，就像一些聽不太清楚、有雜聲的電臺，信號斷斷續續，除了每天「念經」也沒啥情緒。

我們的大腦每天隨意地切換著這些電臺，它們的赫茲就是我們的腦波。但無論我們的大腦怎麼切換，電臺的波段就在 FM87.5 到 FM108.0 之間。我們擰來擰去，也就是在這個波段裡面調，每個臺都是單一的。

可是舒月每個頻率的腦波都有兩個波形。換句話說，她的大腦除了能收到ＦＭ電臺，還能收到ＡＭ電臺，並且兩個電臺一直在同時播放。

「妳竟然沒瘋？」舒月的校友簡直是不可置信。

試想一下，如果我拿著兩個收音機，ＦＭ的新聞聯播和ＡＭ的阿拉伯語音樂同時調到最大聲一起播，任何一個正常人，別說聽一輩子，即使聽幾天也都會瘋。

但舒月竟然一點事也沒有。

「我的推論沒錯，妳是唯一能夠保護她的人了。」我爸激動地說。

「所以四十三讀不了妳的腦波？」我差點把桌上的可樂掀翻。

「對。妳爸死後，誰能進去保險庫，只有我知道。保險庫必須要兩人同時進去，有一個人一定是旺旺妳——他控制妳媽，也是為了要讓妳心甘情願地跟他走。和妳房間的七路迷宮一樣，保險櫃的密碼也只能輸入一次，如果強迫妳輸入，妳有可能會故意輸錯——保險櫃裡面的東西就會自動銷毀。所以我故意說謊，讓他覺得他只要再騙過妳就行了。這樣我才有機會救你們倆。」

舒月沉聲說道：「其實妳媽從醫院莫名其妙失蹤的時候，我就想到一定是四十三，也有了妳媽已經被他操縱的準備——如果我昨晚說了實話，保險庫只能我們倆打開，那妳覺得他會對妳媽做什麼呢？對四十三而言，她剩下唯一的價值就是逼我們倆就範——妳還記得為了逼妳爸就範，他隨便就讓妳媽掰斷了兩根手指嗎？」

如果四十三發現我媽已經毫無利用價值，他會對我媽幹什麼？

我突然想起來，我媽在帶著我從舒月家跑出來的時候，曾經問過我：「妳知道怎麼開保險櫃嗎？」

「我……」舒月說，必須要我和妳才能打開保險櫃。」

「那就好。」那時我媽聽到我的答案之後長出了一口氣，似乎露出一個滿意的微笑。

如果當時的回答是「必須要和舒月兩個人開保險櫃」，那四十三肯定會立刻用我媽來脅迫我，再讓我把舒月帶來。

至於他會用什麼方式脅迫我，我連想都不敢想下去，我似乎聽到了兩根手指齊根斷裂的劈嚓聲，一時間毛骨悚然。

「如果他用妳媽脅迫我倆，我們一點勝算都沒有。所以我將計就計，讓妳相信能進入保險庫的人是妳和妳媽——妳必須說『真話』才能騙過他。當你們去了保險庫之後我再想辦法把妳弄出來，我們倆只有拿到『神的血液』，才有跟他談判的餘地，把妳媽換回來。」

「妳哪有想辦法把我弄出來啊！是我靠自己的機智跑出來的好不好？妳根本沒來救過我，要不是我發現我媽有問題，自己跑出來，現在我也就成了跟饅頭一起蒸的小籠包了！」

「什麼小籠包？」舒月愣了一下。

「妳見過小籠包靠自己從蒸鍋裡爬出來沒有？大家都是白麵發的，逃不出來就會被大饅頭擠癟了！」好吧我承認，我也不知道我在說什麼，剛才一直繃著，但我現在真的餓了。

「妳沒發現妳媽自從進了地下保險庫之後精神不好？是我把四十三引開的，他跟妳媽的距離越遠，控制力就會越弱，妳就越有可能發現問題……」

「妳知不知道這樣很危險，萬一我今天智商沒上線呢？那我還是會變成小籠包！」

「我承認這樣很冒險，但妳有王叔叔的經驗了，又看過妳爸爸的日記——有一點異樣妳都應該會感覺到有問題。另外，UBSC 是全球最嚴密的保險櫃公司，就算四十三發現妳媽不是能進金庫的人，但在幾百個監視器和最先進的安保系統面前，他也不敢做太出格的事。何況，鬧大對他沒好處。他更不敢傷了妳，只要妳有三長兩短，東西就拿不出來了。」

「那我們接下來怎麼辦？」

「我們下午就去把東西取出來，他一定會找到我們的——『神的血液』現在是我們唯一的籌碼。」舒月說。

「給我錢。」我攤開手。「我要再買兩個漢堡。」

「既然四十三讀不了妳的腦波，那為啥我爸不直接把保險庫的密碼交給妳呢？為什麼要設計得這麼複雜？」我一邊吃漢堡一邊問。

「因為妳爸爸想保護的人是妳，不是我。」舒月歎了口氣。「如果我就能把這個東西拿出來，妳和妳媽媽，對他而言就沒有利用價值了，他隨時隨地都能控制你們倆，再用你們威脅我……妳爸為了保護妳，犧牲了很多……」

時間回到一九八八年末。我出生的那一年。

亞特蘭大機場。

「各位旅客請注意，從亞特蘭大起飛，飛往中國的航班已經開始登機了……」候機室的喇叭裡，傳出了一個優雅的女聲。

在候機室的長凳上，有一對中國夫妻，妻子把手上一個看起來還沒足月的娃娃交到丈夫手上，從書包裡拿出一個證件包遞給他。

「歐琳娜，我之前讓妳用《千字文》重新編的那套密碼，編好了嗎？」我爸接過證件問道。

「編好了，已經封在這個信封裡了。」我媽從包裡抽出一個黃色的信封，交給我爸。

「嗯，這些證件以後就交給我保管吧。」我爸把信封小心翼翼地收起來。「那我拿著孩子的出生證，先登機？」

「我不會偷聽的……磊，我們真的要做到這一步嗎？」我媽問道。

我爸沒說話，輕輕地握了握媽媽的手。

「……咱們孩子的名字，好聽嗎？」我媽問。

「好聽，像妳的名字一樣好聽。」我爸爸笑了笑，隨即抱著我站起來排在了登機隊伍的後面。

「您好，請出示您的證件和孩子的證件。」一個白人地勤大媽禮貌地說。

我爸從證件包裡抽出我的出生證明和護照。回頭看了看我媽，她坐在離登機隊伍很遠的地方。

「傲晴徒，是這孩子嗎？」

我爸點點頭。

「很好，你們可以進去了。」

我爸登機後又過了一會兒，我媽才緩緩起身登機。

一九九〇年。我上學前班那一年。

「媽媽，我的名字叫什麼呀？」

「妳的名字叫妞妞。」

我媽拿著筆，在紙上給我寫下兩個字：「妞——妞——」

「不對不對，隔壁劉阿姨的孩子也叫妞妞，但妞妞說她不姓妞，她姓黃……」我看著我媽不依不饒。

「鈴鈴鈴……」電話響了，坐在客廳看電視的爸爸接起來。

「是，是，是我，對，有人願意嗎？好的，我現在過來。」爸爸看起來挺高興的，掛了電話興沖沖地穿上外套準備出門。

「爸爸你要去哪裡呀，是不是去玩呀，帶上妞妞嘛，妞妞也要去。」我抱著爸爸的大腿不讓他走。

「妞妞，媽媽帶妳去吃雪糕好嗎？」媽媽把我拉了回來。「爸爸忙完就會來找我們的。」

「噢！」我聽到有雪糕吃，立刻放開我爸，轉頭就忘記了這件事。

我爸出了門，騎著摩托車到了市腫瘤醫院。一個看起來三十多歲，比我爸稍微年長一點的胖子站在住院部大樓下面，穿著一件有點髒的T恤在大太陽底下拚命擦著汗。

「大哥。」胖子見到我爸高興地迎了上來。「您要找的人給您找著了，不算難找，這樓裡住的都是得癌症的，趙老師原來是高中老師，半年前上著課就昏過去啦，後來學校給送進醫院，沒想到一檢查出來，鼻咽癌呀，都擴散啦，是公家出錢才能在這兒住著。治療得好還能有個小半年，不好呢，就難說了……」

胖子一邊喋喋不休地說著，一邊把我爸往樓梯上帶。

「唉，這教師吧，雖然是鐵飯碗，但是掙的錢也不多——這不，幾次化療下來，家裡的錢也沒少折騰進去，趙老師說他沒啥要求，只要不是殺人放火，臨死前還能為家裡幾個孩子做點事，留下一點錢，就滿足了——您說的條件他也都符合，雖然是個末期，但走兩步路還是沒問題的，思路也清晰——只是您到底要他幹什麼呢？」胖子沒完沒了地一直說到五樓，最後還是忍不住問了一句。

我爸從公事包裡拿出一遝錢，胖子蘸了蘸口水數了數，五百。倒是有些驚奇：「喲，您這是——」一九九〇年那會兒，五百塊就算放到一線城市，那也是一個月的收入了，胖子在腫瘤醫院做了這麼久護工，還沒見過誰這麼慷慨。

「辛苦你了，多給了兩百。」我爸笑了笑。「你就別問了。」

一天后，我爸和一個面容蒼白憔悴的老人打車到了新城區。那時候還不叫新城區，只能叫開發區，因為摩天大樓還沒蓋起來，工地和農村交織在一起，這邊的鋼筋水泥正在搭呢，那邊的村民有的還在種田。

「咳咳，這……這不是一個工地嗎？你不是說要帶我去銀行？」老人一說話，就劇烈地咳嗽，像是隨便一陣風都能吹倒似的。

「趙老師，這銀行樓地面上雖然沒建好，但地底下的保險庫已經建好了。」我爸攙扶著老人，繞過了施工的正門，從側門進了一個裡面木板還沒拆的電梯。

「我就不跟您進去了。」我爸在保險庫的門外停了下來。

聽到我爸不進去，安保人員也是一臉驚訝，畢竟這個保險櫃是我爸開的。

我爸從包裡取出了一隻盒子和兩個信封。一個是看起來有點舊的黃信封，另一個是嶄新的藍色信封。

「趙叔，請把這個盒子放進保險箱裡。」我爸說。「至於保險箱密碼的設定要求，在這兩個信封裡——您先打開藍色的信封，裡面有我閨女的名字，然後您根據這個名字在黃色的信封裡找到相對應的號碼，按照順序設成密碼。」

我爸在外面等了大約十五分鐘，趙叔在安保人員的陪同下出來了。

接過兩隻信封，我爸掏出火機，把裝著我名字的信封迅速銷毀，再把裝著千字文的信封重新封好。隨即交給安保經理一張紙，上面是進入保險庫人員的要求：「只能這兩個人同時進去，密碼只能輸入一次，還有——」

我爸想了一下：「我，開戶人本人，也永遠不能進來。」

和趙老師一路無話，回到醫院後，我爸一直把他扶上樓：「趙叔，承諾您的錢，我已經給了您的家人。謝謝您什麼都沒有問我。」

趙老師笑了笑，臉上擠出了兩道很深的褶子。他的身體已經瘦得一點肉都沒有了：「將死之人，總會想還能為自己在乎的人做點什麼，親人也好愛人也罷，留下些什麼——」趙老師側了側頭，看著我爸。「——你也是吧。」

「我只想保護我愛的人。」我爸低下了頭。

一個月後，趙老師因為癌細胞擴散離開了人世。

就在這一年，迷宮的大門打開了，從此沒有一個人知道完整的答案。

我媽，編了一套新的《千字文》密碼，卻從我出生就不知道我的真名。

我爸在《千字文》上選了兩個字，給我取了名字，但他卻不知道《千字文》對應的密碼——

然後，我爸寫信給了舒月。

「只有二十塊的拼圖，哪怕是個孩子幾秒鐘也能拼好。但如果有兩千塊的拼圖呢？兩萬塊呢？

「為了防止有一天四十三突然出現，妳爸設計了這個真正的『迷宮』，並把謎底拆分成碎片，即使四十三找到了保險庫，綁架了妳父母，用讀心術審問他們，他們都無法知道答案。不但如此，妳爸還上了雙保險，就是把妳送到我這兒來，然後在家裡養了一個妳的替身。」

舒月說完，看著我的眼睛。

時間又回到一九九四年。北京某科學院的腦神經研究中心。

「我的推論沒錯，妳是唯一能夠保護我女兒的人了。」我爸拿到舒月腦波的結論之後激動地說。

「保護誰？」舒月一頭霧水。

我爸把在美國發生的事情簡單也告訴了舒月。

「我怕他找到我們，我希望如果出現了什麼情況，妳能夠照顧我的女兒。」我爸突然跪下來。

「我？」舒月下意識地搖頭。「我真的做不到，我從來沒養過小孩，我帶不了小孩！四十三也無法控制你的大腦，你是旺旺的爸爸，應該親自保護她呀。」

舒月一邊說，一邊從口袋裡摸出菸點上，在美國讀研的時候她的菸癮就沒斷過。

「我怕女兒留在我身邊不安全。她媽媽是個普通人，知道的越少對她越好，至於我……」

我爸突然從口袋裡掏出一把小刀，在手心上劃了一道。

沒有血。

取而代之的是一些墨綠色的黏液，從傷口裡湧出來。

「怎麼會這樣！」舒月瞪大了眼睛。「你怎麼現在才告訴我？肯定……肯定有辦法的！我聯繫美國……」舒月一下急了。

我爸搖搖頭，打斷了舒月：「沒用的，某種程度上來講，我已經不是人類了……」

「為了我女兒，我必須弄明白我們家族的歷史，要找到真相就必須去納木托。如果她跟著我，她會更危險，我希望她能有和正常小孩一樣的童年。」我爸低聲說。

「可我……」舒月咬著嘴脣，她知道這是一個多沉重的承諾。

從科學院走出來，已經是下午了，兩人漫無目的地往北走了很長的路，一路無話。

那時候的北京城還不像今天這樣繁華，下班的老百姓騎著一水兒自行車從馬路邊溜過，滿大街跑的都是「黃色面的」和公車。改革開放的春風已經在北京吹了十幾年，不過老人們改不了老北京的習慣，黃昏就要搬著凳子出來磕嗑瓜子晒晒太陽。只是四合院早拆了，取而代之的是大院兒和一棟棟居民樓。馬路旁的小商鋪從書店、髮廊到照相館應有盡有，兩人不知不覺就走到了月壇。

月壇不算北京著名的旅遊景點，二十世紀八〇年代起就不收門票了。公園外有一塊大空地，很多孩子在空地上放風箏。

舒月停下腳步，看著一隻風箏在紅牆綠瓦中升起來，還沒往天上衝了兩秒，就重重地摔在地上。

「你的風箏破成那樣了，打旋兒，飛不起來，得了吧！」一個小男孩撿起了掉下來的風箏，旁邊另一個小胖子不客氣地奚落了他一句。

舒月看了一眼小男孩手裡拿著的風箏，確實有一些年頭了，龍骨架子有點兒歪了，風箏受風不平衡，自然飛不起來。

「大勇淨瞎說，我們別搭理他們。」小男孩撿起風箏，轉過頭對另一個小女孩說。

小女孩手裡牽著線，點了點頭：「小哥哥，你累不累？」

「不累，咱再來一遍。」小男孩說著，擦了擦頭上的汗，拿著風箏往遠處走去。

就在這時，風力突然轉強，小男孩立刻回頭朝著小女孩說：「快！就是現在，放線！」

小女孩使勁舉起線軸，小男孩迎風一陣狂奔，眼看風箏就要飛起來了，小男孩不知道被什麼東西絆了一下，摔了一跤。風箏再次掉在地上。

小女孩慌了，連忙往小男孩身邊跑，一跑才看出來，小姑娘是個跛子。

也許是感覺到了舒月的怪異目光，小男孩立刻往前幾步擋在小女孩前面，朝舒月很凶地吼道：「看什麼看！」

舒月倒是被他的凶樣逗樂了，一下子有點沒繃住。

「別管她。」小男孩拍拍手上的土，轉過頭對小女孩說。「以後哥哥帶妳去外國看醫生，肯定能治好！」

「得勒！又吹牛皮！就憑你爸一個修自行車的，還做白日夢！我媽說龍生龍，鳳生鳳，老鼠的兒子會打洞！」小胖子挑釁地哼了一聲，跟其他小孩跑遠了。

小男孩捏緊了拳頭，舒月突然覺得這個孩子不服氣的眼神，那麼熟悉。

「小朋友，你的風箏龍骨歪了，受風點不平衡，所以放不起來。」我爸走過去，從包裡拿出了兩張報紙。「我給你修一下好嗎？」

「我們的風箏沒事！」小男孩雖然嘴上這麼說，但還是猶豫著把風箏遞給我爸。

「修壞了，你給賠嗎？」

我爸笑了笑：「我比你小的時候，用報紙糊的風箏就能上天了。」

我爸很有耐心地用報紙卷成了一根細長的紙棍兒，換下了歪掉的龍骨：「你再試一下。」

小男孩將信將疑地拿過風箏，對小姑娘說：「咱再試一次，這次要是沒飛起來就讓他賠咱們。」

小姑娘倒是挺有禮貌，對我爸抱歉地笑笑。

「起風了！快跑！」舒月突然感到一陣風吹起她的頭髮。

小男孩立刻朝遠處飛奔過去，一邊跑一邊叫：「放線！放線！」

在夕陽還剩最後一絲餘光的時候，風箏歪歪扭扭地飛上了天。四個人，站在月壇公園門口，看著天上已經變成一個黑點的風箏。

「總有一天，我也要像它一樣，自由自在。我要做宇航員，坐火箭，到比天還高的地方去！」小男孩自言自語地說。

「哥哥飛到天上的時候一定要帶上我。」小女孩拉著越變越瘦的線軸。

「那當然啦！我們到時候就不住在胡同裡啦！我們飛去北極，和企鵝一起住！」

「傻姑娘，別相信毛頭小子的話，北極狗屁都沒有，企鵝是南極的。男孩子嘴上沒毛，搞不好妳就把一輩子給搭進去了。」舒月半笑半怒地說。

「小哥哥才不會騙我呢，我長大了也要做宇航員！我就要去『北極州』，『北極州』就有企鵝！」小女孩一聽見舒月說小男孩的壞話，頓時氣得滿臉通紅，看著舒月就像要吃了她。

舒月背過去身子，聳了聳肩：「幼稚！」她鼻子酸了，眼淚在眼眶裡打轉，怕我爸看到。

天漸漸黑了，兩個小孩子收了風箏，回家吃飯了。舒月和我爸坐在月壇公園門口，看著路上的街燈亮起來。

「沒想到你還記得小時候做風箏的手藝。」舒月笑了笑。

「小時候不開心的時候特別多。」我爸說。「所以開心的事，記得很清楚。」

「你小時候，是個特別不服輸的人，可你想打破的命運，又再次把你帶回原點。」沉默了一會兒。

「你知道我有一千個理由拒絕的。」舒月點了根菸。

「嗯，我知道，妳就算不願意，我也不怪妳，我欠妳的已經很多了。」

「但我答應你了。」舒月吸完最後一口，把書包裡的菸掏出來，連打火機一起往垃圾桶一扔。「雖然你是個混蛋，可如果不是你，我想我不會成為這麼好的自己。」

「如果真有這麼一天，我會把她當成我自己的女兒。」舒月吸了吸鼻子。「但我希望那一天永遠別來。」

「我希望她長大後，性格能像妳，堅強，從來不放棄。」

「你放屁吧你！」舒月拿書包打了我爸一下。

這個世界上，每天都有很多人，在反抗著自己的命運。

在洪流中堅守著自己的信仰，在黑夜裡找尋希望。

但有更多的遺憾。

可我依然感恩，我們的付出不是沒有價值，我們的對抗成為回憶中的光，我們在和命運的徒手搏鬥中，成了更好的自己。

還有，遇到了你。

# 第十九章　回家，回家，回家

我爸說的這一天，來得比預想中的快。和舒月見完面之後，他馬不停蹄地又去了羅布泊。這次一去就去了好幾個月。

年底的某一天，舒月接到了我爸的電話。

「舒月，妳在哪兒，妳能不能來我家一趟？我剛回來——我在羅布泊看到他了。」

舒月匆匆趕到我家，我爸瘦了一圈，滿身是傷，我媽坐在桌子邊，兩隻眼睛哭得通紅。

「我在羅布泊看到他了，他的外貌一點都沒變……他也看到了我，想必要不了多久就能找到這裡。」我爸眉頭緊鎖。「今天妳就把旺旺帶走……」

「那你們倆怎麼辦？它要是真找上門了，看到你家姑娘不見了，也會起疑心的。」

「這件事妳不要管了，我會找一個替身，而且那個女孩子，也流著我們兩家的血，他分辨不出來。」我爸突然抬起頭，堅定地說。「我明天會去一趟涇川。」

「我們兩家的孩子？不可能啊！我家這一代只剩下我……難道你是說？」舒月瞪大了眼睛。

「嗯，」我爸點點頭。「之前我送去妳那兒檢驗的精子樣本失竊了，妳還記得嗎？」

「你說的這小姑娘難道是……」舒月還沒說完，我推門進來。

「姊……阿姨……好。」那時的我看見有陌生人，猶豫了一下，叫了一句阿姨好。

「咦，這個就是旺旺嗎？過來，讓阿姨抱一下。」舒月沒有再說下去，而是走過來把我抱在懷裡。

「今晚媽媽和妳收拾一下衣服行李，明天放學舒月就會把妳接過去住。」我媽說。

媽媽把一臉迷茫的我領回房間之後，我爸從書包裡摸出了那個裝著《千字文》的黃色信封：「請妳在適當的時機把這個信封交給我女兒，裡面是她媽媽編的一份加密密碼。讓她把這個裡面的密碼背熟，妳最好也背下來，以後這套密碼只有你們倆知道。若是真的遇到了四十三，你們可以通過這個密碼交流。他截取到的也只能是加密後的資訊。」

「雖然我也背了密碼，但妳爸為了保險起見，還是沒有告訴我妳的名字。」舒月和我已經來到了銀行大樓的外面。「他雖然讀不了我的腦子，但審訊可不只包括讀心術，還包括清朝十大酷刑，別說嚴刑拷打了，就是刮花我的臉，我也什麼都招了。」

舒月說完，又忍不住對著大堂的反光玻璃照了照：「別說刮花我的臉了，就是夏天不給我吹空調，搞不好我也什麼都招了。」

我翻了個白眼。為啥她的人設明明很正義，但總能在最後演得很婊氣。

「謝謝，資訊正確，但只有徒小姐能進去，汪小姐請在等候區等待片刻。」商務O

Ｌ仔細地核實了我們倆的資訊後說。

我從包裡遞給舒月一瓶在肯德基樓下買的礦泉水：「妳在這兒等我一下。」

商務ＯＬ帶著我進入了保險庫。

走進去後保險庫門緩緩關上，我們頓時置於一個密封空間之中，三面牆上都是一格格的保險櫃，中間有一個不銹鋼金屬桌子。

「徒女士，您的保險櫃是二十二行４５０，密碼是九位元數，您的密碼只能輸入一次。」商務ＯＬ深深鞠了一躬，出去了。

密碼是，我的名字。

徒傲晴。《千字文》對應的是A86J01W31。

我顫抖地把密碼輸了進去。一秒鐘之後。「噠」的一聲，保險箱彈開了。

裡面有一個銀色的長方形小盒子，大小和一個便當盒差不多，但比便當盒稍厚一點。盒子的海綿中間躺著一支金屬注射器，透過刻度尺上的玻璃槽口，我看到一種淺藍色的液體發著幽幽的螢光。

我小心地把盒子用外套包好，放進書包，又在不銹鋼桌子上坐了十五分鐘才出去。走出走廊，看到舒月閉著眼睛靠在等候區的凳子上，已經睡著了。應該是我放在礦泉水裡的安眠藥起作用了。

我在肯德基跟舒月拿的錢，並不是只買了漢堡。

趁著上廁所，我跑去樓下買了兩瓶水和一瓶安眠藥。千禧年年初，處方藥還不需要憑醫囑購買，只要有錢藥房就會賣給顧客。穿著白大褂的大媽還熱心地告訴我，艾司唑侖只要一片兒就夠睡一天了。

從藥房出來，我把兩片藥片兒放在塑膠袋裡用筆盒砸爛，為了避免喝出味兒，我分別放進了兩瓶水裡。舒月在來的路上已經喝了一瓶了。這第二瓶下去，怎麼樣都該有反應了。

我拜託保險庫的ＯＬ姊姊不要叫醒舒月，讓她休息一下，我出去一下就回來。其實我也不知道我能不能回來了。

外企銀行的服務人員都很有素質，她笑了笑給我比了個ＯＫ的手勢。我上電梯前，最後看了一眼舒月。

她的頭枕著手肘，眼睛底下有兩片烏青，眼角不知道從什麼時候開始有了皺紋。我記得以前看過一篇文章，說女人是什麼時候開始老的，答案是當媽之後。我第一次見舒月的時候，她美極了，雖然比我媽沒小幾歲，但看起來卻有一種少女的感覺。

她愛化妝愛買衣服愛追求一切高品質的生活，可自從我住到她家後，她的日常就變成了穿著防化服衝進廚房宰魚殺雞，蓬頭垢面送我去上學，脫下高跟鞋陪我參加親子校運會，放棄去美容院幫我補習功課……

她把我當成自己的親生閨女一樣養大，只是因為對我爸的一句承諾。明知道是有去無回的凶險，還要陪我一起走。

舒月，妳做得已經夠多了。

我背著書包從銀行走出來，下午的太陽晃得我睜不開眼睛。

「怎麼回事？報警沒有？」幾個保安一邊大聲議論著一邊從我身邊經過。

「中午就報警啦，沒用！不是因為拖欠工資鬧事的！是神經病！」其中一個保安一邊說，一邊指了指自己的腦子。「說是昨天還好好的，今天突然就瘋啦！嘖嘖，這都什麼事啊！」

「四個員警都按不住，手都脫臼了還在寫，老婆是工地上做飯的，正在警車上哭呢，說她老公連她都不認識了——你說這不會是光天化日之下撞邪吧？」另一個保安狐疑地說道。

我順著保安們跑來的方嚮往馬路對面看，對面寫字樓下，四個穿白大褂的醫生和員警擺出一個半圓形，圍住了一個站在大堂幕牆外的人。

那是一個戴著安全帽的工人，衣服都被撕破了，其中一隻手臂呈現著詭異的彎曲，拿著一桶油漆，大堂外的玻璃門已經被他刷滿了大大小小重複的字：

回家。回家。回家。回家。回家。回家。回家。回家。回家。回家。回家。回家。回家。回家。回家。回家。回家。回家。

是四十三給我的留言。

我伸手截了一輛計程車。

「師傅去東浦X園社區。」

「好勒。」計程車司機一腳油門上了環城高速。

……X市新聞快報，昨日在東浦X園某社區發生一起命案。一王姓男子在上午十一點下班回家後，將其八歲兒子掐死，作案動機不明……警方趕至凶案現場時王某仍在社區樓下閒逛……王某在被制伏後出現了精神異常，堅稱自己午飯後一直陪兒子在社區綠化帶玩耍，不可能殺害自己的兒子。王某堅持其下午一點仍帶孩子去社區外便利店購買雪糕，但便利店店主馮XX說從未見過王某。

……王某被捕後一直強調自己頭痛異常，並出現自殘傾向。現已被送往東浦區看守所……

計程車的收音機裡播著本地新聞，司機聽到案發地點正是我去的社區，不安地回頭看了我一眼。

「……姑娘，這是妳家社區嗎？」

「嗯。」我點了點頭。

「哎呀，現在世風日下，自己的親生骨肉都不放過，這世界亂啦……」司機咽了咽口水說道。

是四十三控制了王叔叔再假扮成大寶。因為我，他們父子倆間接成了犧牲品。

「妳認識這個殺人犯嗎？」司機繼續八卦。

「認識。王叔叔是個好人……」

「哎呀，小姑娘啊，妳可不要被外表騙啦，知人知面不知心……」司機還在絮絮叨叨地說著。

「王叔叔不是殺人犯，他很疼大寶。」

……昨日下午五點左右，東浦區米市老街一輛黑色奧迪發生車禍，街坊報警後救護車趕到現場……事故車主為X市某司機，目前因受驚過度而導致精神失常，車輛撞毀較為嚴重，車主小腿被卡在駕駛座後極力想從副駕爬出導致小腿撕裂性骨折，目前已送往X市醫院診治……

是**Polo**衫叔叔。我閉上眼睛。

這一切，就由我來畫上終點吧。

計程車司機是個很迷信的人，在還差一條街就到我家的地方停了下來。

「小姑娘，妳少給幾塊錢吧，我就不往裡面開了，晦氣呀。」司機抱歉地對我說。

「我上有老下有小，今年又是本命年……」

我沒說什麼，給了錢就下車了。

冷風吹得我打了個哆嗦，我下意識地抱緊了書包。

書包裡裝著的是一支冰冷的毫無生命的注射器，它害死了一堆在生命之泉農場的小孩子，害死了阿爾法，害死了我爸，害死了這麼多無辜的人。

「神的血液」就像包裹著糖衣的毒藥，披著永生的皮囊讓所有人為之癲狂。

神給我們的饋贈，究竟是普羅米修斯的火種，還是潘朵拉的災難之盒？

走到社區樓下的時候，天已經快黑了。我聞到了不知道誰家廚房飄出來的油煙味兒，耳朵裡傳來了鍋鏟碗碟叮叮噹當的響聲。

「哧啦——」是菜下油鍋的聲音，隨即一股濃濃的蒜香衝進了鼻子裡。

從小到大無數個放學回家的傍晚，我都會聞到這種味道，看著其他同學興沖沖地敲開家門，迎接他們的是穿著圍裙的媽媽或者剛下班的爸爸，我都會感到莫名的失落。

無數次，我都在心裡問自己，我的家在哪兒？

我貪婪地吸了吸鼻子，迷迷糊糊就走到了家樓下，看到一樓防盜門裡走出來一個熟悉的人影。

咦？那不是王叔叔嗎？

他不是被員警帶走了嗎？

王叔叔也發現了一臉訝異的我，他親切地上來跟我打了個招呼：「旺旺放學啦？」

「呃……哦。」我僵硬地點了點頭。「王叔叔……你……大寶的事，是我對不起，我害了你們，對不起……」說到這裡我再也憋不住了，眼淚嘩嘩地往外流。

「妳這孩子，怎麼了啊？」王叔叔好像被我嚇到了。「別哭，沒事，妳不是故意的，今天我帶妳阿姨去找醫生看過了，大寶一點事都沒有，別哭別哭……」

「大寶沒事！」我一臉驚訝。「可是新聞……」

「哎呀！我們怎麼會騙妳呢，醫生都說了，我已經五個月的肚子了，被足球踢到都未必有事，何況是妳的小皮球？」我轉過頭，看見大寶的媽媽正笑著走過來。

她穿著一件肥大的孕婦裝，一邊摸了摸我的頭，一邊抓起我的手放在她肚子上：「妳摸摸，大寶會動了。」

大寶在王阿姨的肚子裡？

那我下午遇到的大寶是怎麼回事？

「快上去吧，妳爸媽在等妳呢！」王叔叔催促我。

三樓的樓道裡彌漫著一股飯香，莫名的我覺得這個味道很熟悉，這不會是我媽媽做的糖醋排骨吧？

我推開家門，爸爸坐在客廳的沙發上抬起頭：

「孩子他媽！螃蟹可以下鍋蒸啦，女兒回來啦。」

爸爸！是爸爸！

爸爸沒有死！

我什麼也顧不上了，一下撲到爸爸懷裡：「爸爸！你沒事！嗚嗚嗚……」熟悉的溫度，熟悉的味道，真的是我的爸爸。

「妳這孩子……到底怎麼啦這是，一見面就撒嬌，是不是今天數學又沒考好？」我爸被我撲得眼鏡都掉了，看著我哭又心疼又莫名其妙。

「吃飯了吃飯了……」我媽端著一大盤糖醋排骨從廚房裡走出來。

「媽——」我媽也沒事！

「媽媽！妳沒事！妳沒有被他控制……」

「說啥呢這孩子，看漫畫看多了吧？」我媽被我抱得一愣。「讓妳別老看漫畫，多看點經典名著就是不聽，被誰控制了？淨胡說八道，小腦瓜子也不知道每天在想啥……」我媽戳了戳我的腦袋，塞了一塊排骨到我嘴裡。

酸酸的醬汁，在嘴裡化開，廚房的油煙嗆得我睜不開眼睛。

被他控制……他是誰？

我想不起來。

不重要了，我已經回家了，只要和爸爸媽媽在一起就好了。

我看到廚房外面的玻璃門上有一本掛曆，上寫著一九九四年二月二十三日。

玻璃上映出來的，是那個還穿著小學生校服，戴著紅領巾的我。

春來秋去，我升上了初中，作業比小學那會兒可難多了，每天都要做作業到很晚。

「咚咚咚。」半夜了，我還在趕模擬卷呢，我媽在外面輕輕敲我的門。

「媽這次去出差，給妳買了條裙子。」我媽溜進來，輕輕關上門。「可別告訴妳爸，妳爸說小娃娃這麼小就知道打扮不好，這是咱們娘倆的祕密。」

我媽從一個紙兜子裡掏出一條白色的長裙，細細的肩帶上面有幾個蕾絲蝴蝶結。樣子和我在少女漫畫裡面看到的款式一模一樣。

「試試。」

我穿上長裙，在鏡子裡看著自己，竟然有了幾分少女的模樣。

「我女兒長得比我年輕的時候漂亮呀。」我媽一邊給我系肩帶一邊說。

借著桌上昏黃的燈光，我看見了媽媽頭頂上隱隱約約的白髮。一瞬間，我莫名鼻子有點酸。那條雪白的裙子，不但是我的少女心，也同樣是媽媽的少女心。

「媽媽，謝謝妳把我帶到這個世界上來。」

我媽一愣，隨即慈祥地幫我捋了捋耳朵後面的頭髮：「媽媽也謝謝妳，讓我完成了做母親的心願。」

不知不覺，我上高中了，每天晚自習之後老爸都會開著他的破尼桑來接我。

一走出學校就看到老爸蹲在外面，手裡拿著的不是手抓餅就是豆沙包，都是我愛吃的。

「趕緊吃了在爸爸車上睡一覺，一回到家就洗澡，作業別寫這麼晚。」

「爸，我英文作業寫不完了……還有兩篇作文你幫幫我唄？」我滴溜溜地轉著眼珠。

我爸歎了口氣，閨女一撒嬌他就沒脾氣了。

大年初一，清早我就起床給爸媽做了一大桌子菜，我媽在廚房外面，隔五分鐘就來偷看一次，又怕影響我發揮不敢進來。

雖然米飯蒸糊了，鱸魚烤焦了，但其他的菜看起來還挺像那麼一回事兒。

老爸夾了一筷子塞進嘴裡，來不及說好吃，眼淚就往外冒。

「咱們姑娘長大了，會照顧人了。」

高考全家人陪我一起瘦了一圈，可成績還是不太理想，我媽倒是每天嘻嘻哈哈的沒事人一樣。

「媽，女兒考砸了，真對不起妳和老爸遺傳給我的智商。」

「傻孩子，考砸了就不用去外地了。」我媽笑著牽著我的手。「我和妳爸都捨不得妳，妳是爸爸媽媽這輩子的驕傲。」

大學畢業了，我第一次把侯英俊帶回家。

老爸的臉一直陰沉沉的，嚇得侯英俊聯手都不知道往哪放。一頓飯下來，老爸從來不喝酒的人，竟然把侯英俊帶來的一大瓶白酒全乾了。

喝醉的老爸非要跟侯英俊出去「聊聊」，我和我媽在樓上等了他兩個小時也不上來，快急成了熱鍋上的螞蟻。

第二天，侯英俊告訴我，我爸拉著他跑去了我的小學門口。

「我女兒從小就跟你一間學校，她那時候就喜歡你喜歡得不行。我女兒是我的寶貝，是聽話懂事的好孩子，十七年前的每一天我就是站在這裡接她放學。以後你也要每天都接她，不能讓她一個人走夜路，你要是讓她吃苦了受氣了我就……」還沒說完呢，我爸就哭了，像個小孩子一樣傷心。

終於，我要跟侯英俊結婚了，婚禮在一個大教堂裡。我穿著雪白的婚紗，肩帶上繡滿了蕾絲蝴蝶。

教堂裡坐滿了人，我挽著老爸的手臂，走過長長的紅地毯，來到牧師的面前。爸爸把我的手交給了侯英俊。

大家都看著我笑了，這是我一生中最幸福的時刻，如果時間在這一刻凝結那該有多好。

我環顧四周，爸爸，媽媽……這些我生命中最重要的人都祝福著我……

咦？

突然，我的心裡有一絲空落落的。

那是一張空了的凳子，在擁擠的來賓席中間。

那是誰的位置？

我想不起來。

「侯英俊先生，你是否願意娶你面前的這個女人為妻，在神的面前與她結為一體，愛她、安慰她、尊重她、保護她，無論她生病或者健康，富有或者貧窮，始終忠於她，直到死亡將你們分開……」

死亡？我的心裡莫名一顫。

「我願意！」侯英俊擲地有聲。

「汪旺旺女士，妳是否願意嫁給面前這個男人，無論貧窮、死亡……」牧師莊嚴的聲音在教堂裡迴響。

「等等……」我叫停了牧師。「你說我叫什麼名字？」

「汪旺旺女士……」

「不對，我不姓汪，我爸爸也不姓汪……」

我轉過頭問爸爸：「爸爸，我叫什麼名字？」

「傻姑娘，是不是開心傻了？」我爸拍了拍我的手。「妳連自己的名字都忘了？」

「不對，爸爸，我不叫汪旺旺，這個世界上曾經只有你知道我的名字，你忘了嗎？」

「孩子，妳怎麼了……」爸爸搖頭。

「爸爸，我叫徒傲晴。」

我的眼淚奪眶而出。

一瞬間，我什麼都想起來了，七路迷宮，爸爸的日記，我的家族，還有舒月。

真正的爸爸是不會忘記他為了讓我有一個正常的童年，把我的名字小心地藏了起來，並且留下了只有我能找到的線索。

真正的爸爸已經死了。眼前的，是我心裡的幻影。

「對不起，這個夢很美。但我知道這不是真的。」我哽咽著說。「我要醒來了。」

教堂，新郎，賓客逐漸變成了煙塵，隨風散去。

「爸爸，我捨不得你，但我還要去救媽媽，去救我們倆最愛的女人。」

燈光昏暗，爸爸也漸漸變成透明。

「孩子……妳長大了……」

爸爸摸了摸我的頭，在他消失之前，用手指著一個方向。

黑暗中，那裡有一扇門。

爸爸，謝謝你，哪怕是在夢裡，在我虛幻的記憶裡，你仍舊守護著我。

成為你和媽媽的女兒，是我這輩子最驕傲的事情。

爸爸，我愛你。

我睜開了眼睛。

# 第二十章　阿爾法會提醒你

天已經黑了，撲面而來的是嗖嗖的冷風，我站在單元樓頂樓的天臺上，手上捧著的是那個銀色的盒子，裡面裝著「神的血液」。

我終於見到他了。

他坐在天臺的水箱上面，背後是城市的夜景。我媽媽像個提線木偶一樣呆滯地坐在他旁邊。

他長得真的很好看，就好像美國電影裡走出來的童星一樣。捲曲的頭髮染成了黑色，皮膚白皙透著紅潤，即使在黑暗中，眼睛依舊明亮，笑起來嘴角微微上翹，稚嫩的聲音聽起來宛如銀鈴一樣，天真無邪。

如果不瞭解他，無論是誰也不會把他和魔鬼聯想在一起。

四十三歪著頭看了我一會兒，微笑著說：「那不是妳想要的嗎？為什麼要醒來呢？」

「把我媽媽還給我。」我緊緊握住手上的盒子。

「如果繼續睡的話，我就能讓妳在死之前過完妳想要的一生。」

四十三從水箱上站起來，朝我笑了笑。

「妳知道我為什麼要在妳出生那天，給妳爸寄那張照片嗎？

我還是人類的時候，很喜歡和螞蟻玩遊戲，我喜歡把它放在一個水杯裡，讓它往外爬。每當它快爬到水杯壁旁邊的時候，我就會加一點水把它沖下來。當它又游到水杯壁上時，我再加水把它沖下來——就這樣一直加水，直到它筋疲力盡。水滿了之後螞蟻終於爬出來了，它以為自己的努力有回報了，以為自己得救了，它會拼盡最後一點力氣往蟻窩爬。

當它快爬到蟻窩的時候，我會把它捏起來，一條腿一條腿地拔掉，再拔掉它的觸角——這時候要特別小心哦，因為如果拔得太用力，就會把它的內臟扯出來了，螞蟻死了就不好玩了——小心地拔掉它的四肢，它還會活一會兒，這時候再把它放在蟻窩外面。它就只能看著，再也爬不回去了。

後來我發現人類比螞蟻更好玩。我啊，看著約瑟夫•門格勒一次次拚了命地往游泳池岸邊靠，但身體卻在他每次快靠岸的時候把他往泳池中央拖——他央求我給他一次機會，哭喊著讓我饒恕他。他臉上的絕望讓他看起來像個可憐的普通人。遺憾的是他比螞蟻脆弱多了，才撲騰了兩下就死了。他的老婆，孩子，孫子，都沒有妳爸爸好玩。」

他說這些話的時候，口氣就像一個孩子在說他平常玩的任何一個沒有生命的塑膠玩具一樣。

「我專門等到妳出生的那天才把照片送給Shin，就是要讓他在得到妳的那一瞬間就失去妳。人真的太好玩了，他們越有想保護的東西，就越恐懼。如果我不給Shin

希望，又怎麼能收穫他的絕望呢？其實只要我願意，當時就能拿回我的東西。之所以這麼久才來，是因為我想讓螞蟻再爬一陣。」

四十三聳了聳肩：「所以我給了Shin時間，十五年。我從來都沒試過這麼有耐心，十五年對你們來說夠長了，你們的一生也就是幾十年，我的生命卻是永恆的。可結論是——」

說到這兒，四十三張開手臂，露出了一臉倦怠：「什麼嘛，太無聊了，一點都不好玩。」

「所以我們還是結束吧。」他朝我笑了笑。

「約瑟夫・門格勒……你殺了你爸爸全家……」我脫口而出。雖然對四十三的人性已經有了最壞的打算，而且老實說這個納粹醫生死不足惜，但是我還是沒想到他是被四十三折磨致死的。

「哈哈哈，妳說他是我爸爸？」四十三好像聽到了一個很好笑的笑話。「妳的爸爸會把妳當成試驗品嗎？妳的爸爸會送妳去死嗎？」

「這麼多人，都不好玩。妳好玩嗎？」四十三笑嘻嘻地問我。

「……你憑什麼把人的生命玩弄於股掌？」我不知道哪來的勇氣，咬著牙說了一句。

「我是人類製造出來的『神』呀。戰爭、貪婪和殺戮，你們人性中的『惡』創造了我呀。」

四十三沒有再說下去，他揮了揮手讓我過來：「給我吧，小姊姊。」

「把我媽媽還給我。」

「好呀。」出乎意料地，四十三想都不想就同意了。

我慢慢地把盒子放在地上，然後站起來。

「盒子在這裡，你先放了我媽媽。」我說。

我才說完，下一秒就看到我媽媽像突然沒了骨頭一樣，從水箱一側跌了下來，倒在了天臺的邊緣。

「媽媽！」我想都沒想拔腿就衝過去，把我媽媽扶起來。可無論我怎麼搖，我媽都昏昏沉沉的就像沒睡醒一樣，眼睛半睜半閉著，雖然還有呼吸，但我怎麼叫她都沒反應。

「別叫了。」四十三有點不耐煩地皺了皺眉頭。「沒用的，她的大腦被我的意識侵入得太久了，現在神經中樞已經受損很嚴重了，現在的她，和植物人差不多哦。」

「你為什麼要這樣對我媽媽！她是無辜的！把我媽媽還給我！」我看著媽媽這個樣子，眼淚立刻就下來了。

我以為我能跟電視劇裡面的英雄一樣，在危急關頭還大義凜然，和敵人鬥智鬥勇。

原來我一點都不堅強。

「媽媽……嗚嗚……媽媽妳醒醒……」無論我怎麼哭喊，我媽的眼神還是那麼呆滯。

「妳媽媽我還給妳了，現在能把東西給我了吧？」四十三慢慢走過來，他甚至還保持著禮貌的微笑。

四十三不緊不慢地向盒子走去。

我拉著媽媽慢慢向天臺邊緣靠過去：「你會放過我和我媽媽嗎？」

四十三撿起盒子：「當然——」

他把盒子打開：「不會啦……」他剛笑出來，瞳孔突然一縮。

盒子裡面什麼也沒有。本來應該放著注射器的海綿槽裡面空空如也。就在他愣神的這一刻，我從口袋裡摸出一個黑色的袋子，把手伸出了天臺外面。袋子上有一根細繩，我用我的小拇指微微鉤住那根細繩，袋子在風中搖搖欲墜。

四十三轉過頭來，我朝他大吼：「你要的東西在這個袋子裡！只要我稍微一晃！這袋子就能掉下去！你不想冒險吧！我倒是想看看你快還是我快！」

我清楚地記得，我爸在日記裡描述我媽被他控制的樣子，大腦最開始在遭遇強行入侵的時候，因為神經中樞的排異性，全身會出現類似休克的抖動。如果他現在入侵我的大腦，我的小拇指哪怕抖一下這個袋子就會掉下去。

「沒想到小姊姊還會騙人。」四十三冰冷的眼神一閃而過，隨即又是模式化的微笑。「可我怎麼知道妳有沒有騙我呢？袋子裡的是別的東西吧？」

我不吭聲，立刻轉移注意力去想其他事——不能著了他的道，他問什麼我都不回答，這些問題是對我的引導，一旦我按照他的思路去想，他就能讀到我的腦波。
四十三歪著頭看了我一會兒：「我要是過來了妳不給我怎麼辦呢？」
我還是不吭聲。
一不留神，本來被我悄悄拖到天臺邊的媽媽突然直愣愣地站了起來，一腳踏上了天臺邊緣。
「不要！」我大叫起來！我忘了他還能控制我媽媽！「你不要傷害我媽媽！」我大吼道。
「很好，那妳這次不要再耍花招了哦。」四十三笑嘻嘻地走過來。
我的手因為伸出去太久已經又酸又麻，但我還需要一點時間，不能讓四十三控制我。
「你怎麼找到他的？」我深吸了一口氣問道。
「什麼？」四十三沒明白我的問題，露出了一個疑惑的表情。
「我是說，你怎麼找到門格勒的？」
「不重要了。」
「不，以你的能力，早該找到他了——他在一九四五年戰敗之前就逃走了——」
「所以呢？妳想說什麼？」四十三對我的問題嗤之以鼻。
「你沒有去找他。直到『阿爾法』死後你才去了巴西，為什麼？」樓頂風很大，我的手抖得越來越厲害，快堅持不住了。

四十三的笑容突然沒有了，眼睛裡閃過一股濃濃的殺意。

「……因為你不能跟阿爾法去找他，在你沒丟棄『良知』之前……你下不了手……門格勒……是唯一一個你和阿爾法在一起的時候沒辦法殺的人，無論他做了多少壞事，你都殺不了他……」

還有三步。

「你恨他，不是因為他把你送去生命之泉農場……不是把你培養成戰爭機器……而是恨他從來沒有愛過你……」

還有兩步。

「……因為阿爾法會提醒你……你愛過他……」

還有一步。

「所以你不是『神』！你只是一個從來沒得到過愛的人而已！——你就是個被拋棄的怪物！」

四十三的瞳孔一下收縮，我突然感覺到一股無形的壓力向我湧來，他生氣了！就是要你生氣！

四十三心機很深，正常情況下在我三步之外就會停下來，絕對不會接近天臺邊緣，而是會用我媽逼我就範；除非我激怒他，讓他失去理智，他才會無限靠近我。

這時候四十三已經走到我面前，幾乎和我只有不到一公尺的距離。

我把小拇指一鬆——那個黑色的袋子就被我甩了出去，變成了垂直落體。

四十三頭一側，就在他分神的一瞬間，我藏在口袋裡的另一隻手迅速拔了出來。打開保險櫃的時候，我發現這個金屬盒子比便當盒還厚，就在想會不會有夾層。從計程車上下來之前，我把注射器拿出來，拆掉了塑化海綿，發現海綿下面有一把虎牙匕首，還有一張我爸寫的紙條，上面寫著：「瞄準頭。」

我從沒殺過人。但事實證明，當你的生命真的受到威脅的時候，殺人的時候根本不用想，人的求生意志被激發的時候是很可怕的。

我想都沒想就照著阿爾法的眉心中間捅了下去。

只是，我完全沒想到，替四十三擋了一刀的，竟然是我媽。

這一刀紮在我媽的肩膀上。

「媽！」

我媽倒了下去。

「媽！媽！」我撲過去一把抱住我媽。「媽！妳沒事吧？」

我媽身上的血從肩膀上蔓延開來，裙子漸漸被染成了紅色，天臺很黑我什麼也看不到，只感覺到一股止不住的溫熱液體。

「媽……媽妳醒醒啊……嗚嗚嗚……」

「別……」我媽突然從嘴裡吐出一句模模糊糊的話。「別……殺我的孩子……」

我一下愣住了。

我媽是用僅有的一點自主意識，替四十三擋這一刀的。

可是為什麼媽媽保護的是四十三？

兩種可能，其一是媽媽雖然大腦受損非常嚴重，但她感覺到了她的孩子有危險。出於母性的本能，她拼盡了全力想去保護她的孩子。但媽媽的意識已經非常模糊，她沒有分清楚我和四十三，只是下意識去保護被攻擊的人。

另一種可能，她想保護的是阿爾法，也許她在意識錯亂的情況下忘記了阿爾法在很多年前就死了。

但我媽確實是自主地幫四十三擋了一刀。

「……她不可能還有意識……」四十三喃喃地說。

「媽媽……妳醒一醒……」我摟著我媽的身體，使勁按著她的傷口。她的血被天臺的風吹得冰涼。

「……為什麼……」四十三還沒說完，我聽到兩聲槍響。

「砰！砰！」一槍打中四十三的小腹，另一槍打中他的肺部。

我愣住了，看到天臺上的人，是舒月和幾個我沒見過的外國人。

四十三中了兩槍，卻沒有倒下去。他沒有露出一絲痛苦的表情，甚至連一絲害怕都沒有。他的臉上沒有驚訝，也沒有憤怒。

「你們別過來，否則她們兩個都要死。」四十三用英文緩緩地說道。

兩個穿黑色西裝的老外還想往前走，舒月立刻攔住他們。

「媽媽……媽媽……」我使勁摟住我媽，想幫她焐熱身體，但我能感覺到她的手越來越冷。
無論我怎麼哭，我媽一點反應都沒有。
猶豫了一下，我把媽媽放在地上，轉身爬上天臺邊緣，天臺上的風很大，我看到下面似乎橫七豎八地停著幾輛黑色奧迪，裡面跳出來幾個老外正在往樓上衝。其中一個抬頭發現了我。
我再往前一步就會掉下去。
「妳幹麼！妳下來啊！旺——」舒月在風裡大喊。
「舒月！妳不要過來！」我大聲打斷她。
我沒回頭，看不見舒月什麼表情。
「注射器我已經扔了，如果你為了給你弟弟報仇的話，我爸已經被你殺了，我也可以立刻死。」我深吸了一口氣。「但求求你放過我媽媽，如果她現在還不去醫院就會死的……」
「求求你……」閉上眼睛，我一隻腳往外跨……
爸爸，對不起，我沒有能保護好媽媽。我們馬上就要見面了。
頭好痛！
我感覺到有一股很強大的意識湧進我的腦海。
然後我的身體失去了控制。
等我反應過來的時候，我已經咕咚一聲跌回了地上。

四十三站在我前面，低下頭朝我看了一眼。

他的眼神很複雜，我沒辦法解釋，似乎有不解，有厭惡，也有失落。還有一些我讀不懂的東西。

我不知道他要幹什麼，所以我本能地擋在我媽面前。

他卻沒再看我，而是迅速抬起頭，越過我向更高的地方看去，不到一秒，他身側的水泥地上迸射出一束奪目的火花。

子彈打偏了。

地上多出了一個彈孔，隨即一聲慘叫從四十三看著的方向傳來，一個人影從不遠處另一棟大廈頂樓墜下來。

「你們聽不懂我的話嗎？」四十三的聲音突然變得很冷酷。

「你逃不掉了。」站在舒月旁邊的一個老外說。

「除了剛才掉下來的那個，附近還有兩個狙擊手，樓下有六個人，算上你們總共十二個。」四十三的聲音沒有絲毫情緒。「我至少能在被你們爆頭之前幹掉七個——幸運的話，還有你們車上的那位。要不要碰碰運氣？」

那個說話的老外表情明顯變了。

「讓我把話說完。」四十三轉身看著我，一臉不屑。「妳以為帶著那支注射器跳下去，就能把一切都畫上句號？」

我愣了一下。

四十三問我的時候，我明明什麼都沒有回答，他是怎麼知道注射器在我口袋裡的？

「你怎麼知道的？」

「經常會有人太重視我的特殊能力，而忘記我還是生命之泉訓練出來的軍事機器這件事。」他哼了一聲。「妳沒有膽量拿唯一的籌碼冒險，如果妳拿的是真的注射器，又怎麼會不敢回答我呢？」

四十三一語中的，我從計程車上下來的時候，就掙扎過到底要不要把真的注射器放進袋子裡。

我從來沒經歷過這種事，辦法也是臨時想出來的，根本不知道會不會成功。如果我把手伸出去的時候風太大吹掉了呢？也許四十三走過來的時候我自己嚇得抖掉了呢？那我連唯一談判的餘地都沒有了。

猶豫再三，我還是從書包裡拿了兩隻塗改液捆在一起，轉而把真的注射器藏在校服口袋裡。

我果然還是個智商欠費的中學生。

「你明明猜到了，為什麼……」我想問他為什麼不直接控制我，卻被他打斷了。

「不重要了。」

不重要了，是四十三的口頭禪。也許在他從漫天硝煙中走出生命之泉農場的那一天，一切對他都不重要了。

「其實，那支注射器對我來說一點作用都沒有了。」四十三突然歎了口氣。「妳不是問我為什麼不放過妳和妳父母嗎？」

我屏住呼吸，阿爾法是因為我爸媽才死的，四十三今天就是來報仇的。看來說完這句話，就要對我和我媽下手了。

我下意識地摟緊我媽，從兜裡摸出那支真的注射器，小心翼翼地把手伸向天臺外面。雖然現在救不了我媽，但這玩意兒已經害死了這麼多人，不能再讓任何人得到它。

「也許永恆的生命對我來說太無聊了。」四十三忽然自嘲地笑了笑，突然看著我。「又或者是因為嫉妒妳吧。」

我愣了一下。

嫉妒？他會嫉妒？嫉妒什麼？

四十三突然向前走了一步，跨上天臺邊緣，側頭俯視著停在樓下的其中一輛奧迪。他的眼神驟然聚焦，就像子彈一樣穿透了汽車外殼，盯著裡面的人。

下一秒，緊密的三聲槍響。

事情發生得太快，我還沒想明白，就看到四十三的肩部、喉嚨和大腿各中一槍，直挺挺地從我身邊往樓下墜去。

有很多時候，一個人會不知道自己為什麼去做一件事。比如說，我不知道為什麼會企圖伸手去抓四十三。

他的手很細，我竟然一把抓住了他的手臂。但我終究還是力氣太小了，抓不穩又向下脫手了幾寸。最後，我拉住了他的手。幸好他的外形也就是個小孩子，不算重。可堅持不了太久。過幾分鐘我差不多也該脫臼了。

有很多時候人類會沒有理由的在一念之間決定去做一件事。就像四十三這種「自殺」行為，他明明可以殺了我的，但他沒有。就像我從小到大都不是「白蓮花」，卻在他明明是凶手的情況下，拉住了他。

有時候人性遠遠比電視劇裡那些直白的善惡分明複雜得多，根本就沒有什麼從一而終的善良，也沒有一錘定音的狠毒。

很多時候，好和壞、善和惡，都只是看待事情的角度，不是定論。我們只是被多元的命運慫恿著、推搡著，去做一個二元的選擇。

我拉住四十三的時候，他的喉嚨已經被射穿了，說不了話。

他看著我，眼神平靜。

我聽到了他的聲音，在我腦海裡迴響。

「放手吧，我死不了的，就當是睡了一覺。

坐在車裡那個老頭快死了。我能感覺到，他今天冒險到這裡來，無非是等不及想得到我的能力而已。

諷刺吧，這個世界很多人都在追求永生，但他們無論如何也擺脫不了死亡。我一心想死，卻偏偏活了下來。我遇到過懷揣無數目的的人，為了永生，為了戰爭，為了力量不顧一切地要得到我。人總是貪得無厭。

永生不是我自願的，我沒有選擇。

我不想活了，過了今天，我連怨恨的物件都沒有了。善良於我根本沒有意義，我放過妳了，卻沒有人放過我。這個世界上只要有欲望，我就沒有安寧之日。」

四十三又露出了他那個完美的，卻模式化的微笑。只是這一次，他的微笑裡似乎有點悲涼。

「我沒殺死妳爸爸。」

我瞪大了眼睛：「你說什麼？」

「不重要了。」四十三鬆開了手。

他墜落的那一瞬間，我的眼前突然一黑。

什麼也看不見，什麼也聽不見。

沒有一點聲音。

沒有光。

我看到了一扇很高很大的門。

在最後一刻，他把關於「門」的記憶，送給了我。

# 第二十一章　羅德先生

眼前這扇門，是四十三記憶裡，他在和「神的血液」融合後看到的門。

它沉默而高傲地屹立在我面前，從地面延伸向高處的黑暗之中。就像埋藏了上億年的化石一樣，風化的表面早已看不出最初的紋理。似乎無論是誰，站在它的面前都如白駒過隙、韶光似箭般微不足道又短暫。

四十三的手在接觸到門的時候，門悄無聲息地開了。

我被門後的光芒刺得睜不開眼睛。

在海上。

頭頂上的天是血紅色的。烏雲從四面八方像潮水一樣集中過來，雲層的邊沿透著金色的光芒，裡面雷光閃閃，似乎有什麼東西在這之上。

有一個男人站在船頭。

他穿著麻織的鞋，赤身裸體地跪下，向著雲的方向不停磕頭作揖，重複說著一種我沒聽過的語言，似乎在祈求什麼。

雲層裡傳出了一個我從來沒聽過的語言。

與其說那是一種語言，倒不如說那是一種類似海豚音的回聲。聲音十分尖銳，像是在拒絕著什麼，又像是警告。

船頭那個人再次磕頭作揖，轉過身指了指不遠的岸邊。岸上有一個全身赤裸的女人，她灰頭土臉，身上腿上都被割破了，傷口還在淌著血，手裡拿著一把莫名其妙的武器，旁邊橫七豎八地倒著焦糊的屍體。

這個船上的男人似乎想帶那個女人走。

女人所在的淺灘上堆滿了殘缺的屍體，她的背後還不斷有人從山坡上衝下來。而女人殺紅了的眼睛裡噴出暴怒和絕望的火焰，似乎是在咒罵和怨恨男人沒帶走她。

岸上的人赤身裸體，我覺得他們似乎和普通人有點不一樣。他們好像……沒有肚臍眼。

天上的烏雲裡又透出光芒，刺破耳膜的脈衝式音波在警告著船上的男人，是時候離開了。

船緩緩地向大海中心駛去，岸上的廝殺和咒罵聲越來越小，不斷有人從山上衝下來跑到岸邊，起先面無表情地歪著頭看著船的方向，後來又變成了嘶吼和咒罵。

然後我看到了簡直顛覆三觀的一幕。

岸上的人陸陸續續發出癲狂的大笑，隨即又大哭起來。

他們開始交媾。

幾分鐘不到，岸上已經被鮮血染紅。

船身開始劇烈地晃動，我看到海水沸騰了，咕嘟咕嘟地冒著泡，幾十秒內陸陸續續浮上來了數以萬計的被燙熟的魚蝦和海洋生物。

遠去的陸地上傳來了雷鳴似的巨響。一道白色光柱像噴泉一樣從山的另一邊升起，爆發出灼眼的光芒。

遠遠地，我看到樹木被燒焦了。

山體坍塌了。

岩石融化了。

岸上霎時間變成一片火海。著火的人爭先恐後地往海裡跳，下一秒又被燙死，浮了上來。

那個全身赤裸的女人，瞬間在熱浪中化為灰燼。

日月無光。

不知道過了多久，男人將船駛回了陸地。他打開艙門，裡面竟然還藏著兩個年紀較小的女孩。

這次距離很近，我看得很清楚。她們真的沒有肚臍眼。

男人把兩個女孩帶上岸，躲進一個山洞裡。夜晚三個人睡在一起。

幾個月後，其中一個女人懷孕了，後來另一個也懷孕了。

我看到的最後一個畫面，是她們分娩的那一刻。

她們生下來的嬰兒跟我爸在日記裡描述的一樣。

兩個頭，一個身體。

「旺旺，妳沒事吧？」

「啊，哦，沒事。」我反應過來的時候，還保持著趴在天臺外的姿勢。

我手上還有四十三的溫度。

我在那段記憶裡似乎待了幾個月，但在現實世界卻不到一秒鐘。

「我媽媽呢？」我大呼道。

「失血很多，但受傷部位在肩胛骨，不會傷及器官。」舒月查看完媽媽的呼吸和傷口，捏了捏我的手，意思是讓我放心。

不知道為什麼，見到舒月，我心裡突然就安定了。我向下看去，阿爾法掉在了樓下的水泥地上，普通人怕是活不成了。

黑色奧迪車裡面下來的老外，無聲又迅速地在幾分鐘之內就移走了四十三的「屍體」，並將現場打掃得像什麼事都沒發生一樣。另一輛救護車已經停在樓下了，過了不到兩分鐘，醫護人員就到了天臺。

我正想跟著媽媽下樓，突然那個跟舒月一起上來的老外攔住了我：「妳不能走。」

「你想幹什麼？」舒月立刻擋在我前面。

「我們要帶她回去，例行詢問以及搜查。」老外說道。

「你剛剛沒看到嗎？她已經把東西扔到天臺外面去了。她現在什麼都沒有，按照我們的協定你們不能對她做任何事！」舒月說。

「我們的協定是，我們不但要帶走那個小子，還要拿到注射器。現在注射器沒了……」

「你們敢碰她一下，我不會跟你們走的。」舒月冷冷地說。

我疑惑地看著舒月，走？妳要去哪裡？

「舒月，這些人是誰？」我問。

「以後有機會我會告訴妳的，」舒月拍了拍我的手，又轉向那個老外。「你們的老闆很清楚，這件事必須要我自願才能成——如果你們要打破協議，我哪裡也不會去的。」

自願？什麼自願？我剛想問，就被舒月一個眼神喝止了。

老外看了舒月幾秒。

剛才四十三跟我的對話非常小聲，天颱風太大他們都沒聽到。注射器還在我口袋裡。我的內心狂跳起來。不能讓這群傢伙拿到。

一秒，兩秒……老外和舒月都沒有說話，他謹慎地盯著我，似乎在評估什麼。

然後他打了一個電話：「她可以走了，老闆同意了。」

舒月拉著我頭也不回地走進電梯。

「舒月，我媽媽……我剛才怎麼叫她她都不理我，四十三說她醒不來了……」電梯門一合上，我的眼淚就往外冒。

「妳不要太擔心。」舒月笑了笑。「這些美國人的老闆擁有世界頂級的製藥公司和腦科醫院，他們之前治癒過比妳媽媽更棘手的病例。她的大腦雖然嚴重受損，但如果能送到那裡去治療，假以時日會慢慢好起來的。」

「真的嗎？」我不安地問。

「這種事能瞎說嗎？好歹我也是嚴謹的科學家。」舒月嗔怪了一句。

「那……我媽媽要多久才會好？」

舒月的眼神暗淡了一瞬：「我不知道……但要完全康復，最少也要兩三年。」

「為了不耽誤治療，必須儘快把妳媽媽送到美國，我們隨後也要去美國。」

「啊？可是我要中考了……」

「不用擔心，明天我會跟妳回學校辦理退學手續的。」

電梯門開了。

「快去看看妳媽媽。」舒月說。

媽媽已經躺在急救床上，救護車上並沒有表明來自哪一家醫院，但比我之前見過的救護車都先進。

內部空間很大，設施非常完善，不但裝備了呼吸機，還有心電監護儀、紫外線消毒燈和一些我叫不出名字的設備。一個護士正在一個金屬清洗臺上整理止血繃帶。救護車另一側甚至配備了一個小型血液庫。

我記得去年在學校門口碰到小混混打群架，當時報警的同學叫了省醫院的救護車，看起來也就是一輛普通的金杯麵包車，裡面啥設備都沒有，只有一個孤零零的擔架床。

另一個護士在急救床旁邊給我媽輸血，她背上的傷已經做了簡單的清創縫合手術。

「媽媽……」我貼著床邊握著她的手，輕輕地喚著她。她的手似乎沒有那麼冷了。

「這是羅德先生私人的負壓式加護型急救車，在中國找不到比它運送這位女士更安全的救護車了。現在已經有兩位集團醫學院的腦科專家協同醫護人員在機場等候了，我們包下了國際VIP候機室。他們會在登機前為這位女士做緊急治療。凌晨五點，歐女士會由羅德先生的私人飛機送往亞特蘭大腦神經醫學院。」

一個身著黑色西裝，身高至少一七五的金髮美女站在我背後，用一口標準的中文和舒月介紹著。舒月沒理會她，而是朝不遠處的其中一輛黑車看了一眼。

「再給我一點時間。」舒月說。

金髮美女還是保持著職業的標準微笑，但她的語氣卻在無形中多了一分壓力：「我們的時間不多了。」

舒月看了我一眼：「只要你們不違背約定，我也會按照我的約定履行，但我需要一點時間處理好我的事情。」

金髮美女微微點頭：「還請您不要像上一次那樣，做出讓我們困擾的決定。」

「徒鑫磊已經死了。全世界沒有人再值得我那麼做。」舒月像是在回答，又像是在自言自語。

「很好，那麼——」金髮美女伸出一隻手。「See you in The US.」

舒月並沒有伸出手去握她，而是冷淡地轉過身朝我走來。

「歐琳娜，堅強點，妳會好起來的，我們都等著妳。」在醫護人員把我媽媽推上救護車之前，舒月突然彎下腰，對媽媽低聲說。

我倆目送著救護車開走，緊隨其後還有兩輛黑色奧迪。

剩下的兩三個人，還在附近搜索著我從天臺扔下來的東西。按照這些人的搜索速度，很快他們就會發現我扔下的那兩隻塗改液。

我的內心波濤洶湧，注射器可不能再落入壞人手裡，否則六十多年前的事還會重演。

「走吧，鎮定點。」舒月看了我一眼，就像看穿了我心裡的想法。「他們能讓妳走，就代表這支注射器對他們而言還不是很重要。」

快十一點了，路上幾乎沒幾個人，昏黃的路燈下我和舒月靜靜地走著，兩邊是打烊的小商鋪。

又走了一會兒，我還是忍不住問：「妳怎麼知道我扔下去的注射器是假的？」

「姑奶奶我跟妳生活了這麼多年，妳撅一下屁股我都知道妳拉什麼顏色的屎。」舒月翻了一個大白眼說。

「妳覺得他們傻嗎？要是注射器這麼重要，妳上天臺之前他們就能抓住妳——他們最想要的人是四十三，他們尋找他很多年了，這次好不容易找到，為了抓住他需要妳做誘餌，才沒有這麼快動手——當時他們給我開出的條件，注射器也只不過是附加項而已。」她似乎歎了口氣。

我摸了摸口袋，真沒想到，我爸爸看得比命都重要的「神的血液」，對他們而言竟然是一個可有可無的附加項。

「妳又為什麼要千方百計把這支注射器帶在身上？」舒月轉而問我。

「妳不問我我都忘了。」我向周圍看看，正巧路邊有一個建築工地，現在是夜裡，工人早下班了，瓦棚邊堆著一些石灰水泥。

我跑到工地邊上，從口袋裡摸出那支注射器放在地上，隨手抄起一塊板磚。

「嘿！妳想清楚沒有？這支注射器要是在黑市上，可是價格不菲哦。」舒月在旁邊說。「少說也有幾千萬，等妳媽治好了之後，我們仨衣食無憂地過一輩子沒問題了。

「不用考試了哦，不用再做《五年中考三年模擬》哦。

「喜歡什麼隨便買買買，早上累了就飛到巴黎街頭餵鴿子，晚上餓了就飛去阿拉斯加吃海鮮哦。

「可以把全世界的漫畫書都買回家哦。

「可以成為小公主哦。」

小公主？聽起來好像不錯。

畢竟是「神的血液」，要是真拿出去拍賣，八成有大把人搶著要。

我從小到大就是個平凡得不得了的小孩子，扔在人群裡五秒鐘就能消失，沒人能找得到。

如果真的靠實力，能被這個世界上至少一半以上的人碾壓吧。不多，也就四十幾億人口。

成績平平淡淡，外貌馬馬虎虎，衣著邋邋遢遢，生活乏善可陳。

可是再平凡也好，哪個小姑娘沒公主夢？

我也幻想過在仙女的幫助下，從灰姑娘搖身變成貴族公主，走上人生巔峰。可這些奇跡也就是在夢裡出現過罷了。

真正的公主，別說白馬王子了，莊園古堡也是標配。

也許錢真的能改變我平凡的生命。

……

拉倒吧。

我舉起板磚就往注射器上砸去。

什！麼！破！玩！意！兒！

害了這麼多小孩子！

害了我爸爸！

我寧願做一個平凡人，也不願意再讓生命之泉之類的事情重演！

「啪！」

城市中心的無人小街，回蕩著我手起磚落的敲擊聲。

如果我這輩子真的做過什麼不平凡的事，也許就是在一分鐘之內，敲掉了幾千萬吧。

才砸了幾下，注射器就已經碎得稀巴爛，藍色的液體流了一地，我又在上面撒了幾把石灰，又用腳蹭了幾下，才解氣地拍掉手上的灰。

「真沒想到我們家旺旺是個這麼有正義感的人。」舒月懶洋洋地拍了拍手，揶揄地說。

「可惜妳雖然把這一支注射器毀了，但『神的血液』一定不止這些。」舒月抬頭看著漆黑的夜空。「否則剛才那群人也不會這麼輕易地放過妳。他們必然是已經有了，才會這麼不在意。他們甚至是掌握了這東西的來源——那老頭現在最頭痛的是，東西怎麼使用才能達到四十三的效果。普通人如果被強制和『神的血液』結合，就會變成怪物，像生命之泉裡其他的小孩子一樣。所以他們才千方百計尋找四十三，就是因為他是當年唯一成功的試驗品……」

「怎麼會……」我愣住了。

我記得我媽在計程車上告訴過我。「這支注射器是生命之泉農場當年剩下的唯一一支，甚至有可能是僅存的了。」所以我一直都覺得只要我毀掉這支注射器，就能終止「神的血液」打開的罪惡之源。

這也是我寧願死都不願意把注射器交出來的原因。

但我忘了，我媽說的這句話是下半句，上半句還有一個前提條件——

「無論是門格勒也好，四十三也好，他們並沒有親眼見到希姆萊從納木托帶回來的是什麼，他們的級別都不夠高，無法接觸到核心祕密——」

雖然注射器有可能是一九四五年德國剩下的唯一一支，但這些物質的源頭出自希姆萊從納木托帶回來的「東西」——如果這個「東西」能夠迴圈使用，不就能再次製造「神的血液」了嗎？

這支小小的注射器，並不是一切的源頭，打開真正罪惡之門的，是希姆萊從納木托帶來的「東西」！

得到這件「東西」，無論是誰，都能夠再次獲得「神的血液」。

我怎麼這麼蠢！連這都想不到！

「是不是剛才那些美國人已經找到可以製造『神的血液』的東西了？」我向舒月說了自己的想法。

舒月歎了口氣：「我不知道。」

「剛才坐在車裡的是誰？」

「是整個西半球最有錢的隱形富翁。和他的財富比起來，什麼世界首富亞洲首富的，根本算不上有錢人。」

世界上真的存在這麼一種人，他的名字不會出現在富比士財富榜上，也很少出現在報紙新聞裡，絕大多數人或許都沒聽過他，但他會在陰影裡操縱著世界金融和政治的走向，翻雲覆雨。

例如最近才被媒體挖出來的查克・費尼，他是巴菲特和比爾・蓋茲的偶像，一生中累積的財富超過比爾・蓋茲的三倍，擁有全球性商業帝國，全世界的環球免稅店都是他的。

但相比他們，查克・費尼一生默默無聞，住在三藩市中產階級街區最普通的房子裡──至少表面上是。從他集團公司的高層職員到他家隔壁的鄰居，都不知道他是有錢人。直到人家老了決定把所有財產捐給慈善機構，媒體報導出來才震了大眾一個跟頭。像這種人，如果不想讓別人知道他的存在，那麼別人一輩子都不會知道。

「剛才在車裡坐著的，就是這麼一個人。」

「羅……羅德先生？」我依稀聽到金髮祕書提過。

「可是即使他的錢多得能夠左右世界上絕大多數人的命運，他也沒辦法改變自己的命運。」舒月緩緩地說。「他已經一百歲了。他的財富可以買下全世界，卻無法戰勝死亡。」

「那也不一定要靠『神的血液』呀！這玩意兒搞不好就把人變成異形了，風險大又邪乎，幾乎沒人成功過──他為啥要冒險呢？現在科學技術這麼發達，奈米技術啊複製人技術啊，器官培植什麼的，他又這麼有錢，怎麼樣也能活到兩百歲吧？」

「妳說的沒錯，現代醫學普遍認為人會死亡只是技術原因──心臟不跳了、動脈栓塞了、癌細胞擴散了、腎臟壞死了……

「……心臟不跳了可以通過電擊讓它重新跳動；動脈栓塞了可以通過奈米技術疏

通；癌細胞擴散了可以通過藥物抑制；腎臟壞死了能用克隆技術培植一個新的——

「可是，這一切的一切，都只是在延緩死亡，死亡就像擺脫不了的跟蹤狂，永遠如影隨形。醫生會告訴妳妳得了流感，得了癌症，但不會告訴妳妳得了死亡。通過現代科技延緩的生命必須小心翼翼地使用，每天吃藥打針和手術的痛苦則是延緩生命的代價。所以羅德他——他不想延緩死亡，他想拒絕死亡。」

冷風一吹，我的汗毛全豎起來了。

「他想要的，是像四十三一樣，可以奢侈地揮霍自己的生命，跳樓，中槍，無論受了多麼致命的傷，都會活過來。而不是拖著朽木一樣的身體苟延殘喘。所以他要得到四十三身體裡的祕密，把『死亡』這一組基因代碼改寫。」

我想起四十三在鬆開我的手的時候，留給我的悲涼的微笑。

「永生不是我自願的，我沒有選擇。」

「這個世界上只要有欲望，我就沒有安寧之日。」

好諷刺，一個願意付出一切代價獲得長生，一個隻想速死。

四十三說，他嫉妒我。

也許他嫉妒的是任何一個有期限的生命吧。

我看著舒月的臉，突然發現她的外貌和八年前並沒有太明顯的改變。

雖然也有了一點魚尾紋，但跟我媽比起來，她也就是二十多三十歲的樣子。時間在她身上流逝得特別慢。

「舒月，妳真的好像沒怎麼老……」

「那當然啊！我每個月花掉所有錢做保養可不是浪得虛名——妳姑奶奶我還沒結婚，別老拿已婚婦女跟我比。」舒月使勁翻了個大白眼兒。

「回家吧。」

她牽著我的手往家的方向走去。

## 第二十二章　基因記憶

夜深了，我在床上翻來覆去睡不著。

舒月剛才接了電話，媽媽已經到機場了。明天我回學校辦退學手續，過段時間去美國，我們很快就能相見。

可是我一閉上眼睛，就能看見「門」後看到的景象，尤其是岸上那片火海，就如我親身經歷過一般，太真實了。

舒月在隔壁房間打著電話，聲音斷斷續續，她一直在說英文，聽不太清楚。

舒月和那個叫羅德的富翁達成了什麼約定呢？

為什麼他要舒月跟他走？

一個一百歲的老人，讓一個年輕女人跟他走，而且還必須是自願的？

我越想心中越不安。

舒月似乎打完了電話，隔壁安靜了下來。我摸黑下了床，光著腳往外面走。

她的房門虛掩著，裡面開著一盞檯燈，舒月是一個會用所有錢去追求高品質生活的人，她的房間裡總是有淡淡的香水味，兩側牆面都隔成了壁櫃，裝滿各式各樣的衣服。

舒月穿著睡衣坐在床邊，手裡拿著一個相框。

「你一定覺得我很傻……最後還是找到了他……我沒辦法像你一樣堅強……如果不依靠他的力量我一個人沒辦法保護旺旺和歐琳娜……」

說著，舒月的眼淚滴到相框上面。

裡面是我在老宅見過的全家福照片。

「舒月……」我推開門進去。

她沒想到我來了，趕緊一把擦乾眼淚：「怎麼還沒睡？」

「……對不起……」

舒月放下那張全家福：「沒什麼對不起的。」

「……我欠妳太多了……」我的眼眶一下紅了。「我替妳去好不好……」

舒月愣了一下，隨即招手讓我過來，拉著我坐在床邊：「誰告訴妳的？」

「我自己猜到的……」我擦了一把眼淚。

「小丫頭想什麼呢？妳還年輕，人生還很長，等妳長大了……」

「嗚嗚嗚嗚……」我趴在舒月的大腿上哭起來，舒月輕輕地拍著我的背。

「哭什麼嗎？我又不是去死……」

「我覺得太委屈妳了嗚嗚嗚……」

舒月明顯愣了一下：「妳想多啦，還好吧……也不是什麼太委屈的事……」

「怎麼不委屈啊！雖然別人說，坐在寶馬車上哭，也比坐在自行車後座笑強，可是那個老頭都一百歲了，妳難道不瘮得慌嗎，妳才三十多，雖然說也老了，但嫁個離異的還是有點機會的……妳讓我替妳去……」

拍著我的背的手停了下來。

「妳他媽再說一遍？」

「妳不是要嫁給那個老頭嗎……我替妳嫁……雖然妳還風韻猶存……但老頭都喜歡年輕的……」

突然有一隻手狠狠掐著我的脖子，把我從大腿上提溜起來。

「誰他媽告訴妳我要嫁給他？」

「啊？難道妳是做二奶……」我咧開嘴鼻涕眼淚都流了下來。

話還沒說完，我就從床上俐落地滾到了地上。

舒月坐在床上一臉鄙夷地看著我：「我有點事！先睡了！」說完舒月戴上眼罩把燈一拉，翻身上床。

難道我說得不對？

「喂，喂？」我從床的一邊爬上去，晃她的胳膊。「他不是要妳做情婦，那要妳幹麼？難道是給他做閨女？除了這個，還有什麼是要妳自願的嘛！」

「以妳的智商，我很難跟妳解釋。」舒月拍掉我的手，翻到另一邊。

「難道他有個兒子特別醜，要逼妳嫁給他？像電視劇裡演的那種情節？難道他想讓妳做某些不可描述的事？喂……」

舒月一把把眼罩摘了轉過來，手指伸進耳朵裡：「妳到底有完沒完？要不妳長大去做居委會大媽得了，除了這個職業我也想不出妳能幹什麼。」
「……我能不能跟妳一起睡？」
今天發生好多事，現在想起來還心有餘悸，只有跟舒月待著才會覺得安心一點。
「嗯……別胡思亂想，快睡吧。」舒月的語氣緩和了下來，輕輕地拍了拍我的手臂。
也不知道為什麼，被她這麼一說，我就真的沒有再想了，迷迷糊糊地很快就睡著了。

我又看到了那個全身赤裸的男人跪在船頭。
他反復說著我聽不懂的語言，向雲層中若隱若現的閃光俯首跪拜，祈求著什麼。
他的身後，是轟鳴的巨響，一束耀眼的白光拔地而起，發光的火球在空中炸開，瞬間風雲劇變地動山搖。
我彷彿看到了末日。

「……醒醒！醒醒！」
朦朦朧朧地，我聽到舒月的聲音，於是睜開了眼睛。
舒月已經把檯燈打開了，她晃著我的胳膊：「妳怎麼了，做噩夢了嗎？」
「……嗯……」我揉了揉眼睛。

「夢見什麼了？」

「我不知道……」

「妳剛剛突然很大聲地說夢話，就像是瘋了一樣。」舒月皺著眉頭。「而且好像在說一種很奇怪的語言。妳到底夢見什麼了？」

夢好複雜，一時之間，我不知道怎麼解釋。

舒月沒看過我爸的筆記，如果她不知道，我還要從一九八八年講起。

想了半天我問：「……舒月，我爸爸有沒有跟妳說過，他在被四十三注射了『神的血液』之後，看到了一扇門？」

舒月皺著眉頭看了我很久，點了點頭。

根據我爸的描述，融合「神的血液」時。「祭獻」出某樣東西，就能到達「門」。「門」開啟的時間長度不明，但在現實世界裡好像就是幾秒鐘的樣子。

四十三「祭獻」的是「時間」，爸爸「祭獻」出的是「血液」。

爸爸在門後看到了無垠的宇宙和兩顆相連的星球。

「舒月，爸爸看到的門，到底是什麼？是幻象嗎？」

「我不覺得他看到的是幻象。」舒月搖搖頭。「我認為那扇門裡都是真實存在或曾經發生的事——遺傳學把它叫作『基因記憶』。」

我翻了個白眼：「妳？確？定？——我爸能把《中國古代史》倒背如流，為啥我考試的時候一毛錢印象也沒有？」

「……妳爸最愛吃啥？」

「花生豬蹄紅燒排骨栗子燜雞。」

「妳最愛吃啥？」

「花生豬蹄紅燒排……」

舒月暗戳戳地笑。

「妳又挖坑給我跳，我從小跟我爸一起吃飯，口味能不一樣嘛！」

「那為什麼妳跟我住了這麼多年，還是學不會吃辣椒？」舒月抿著嘴說。

我竟然無言以對——我從小不吃辣，但舒月嗜辣如命。從我住過來開始，為了統一伙食，她花了很長時間訓練我吃辣，最終以失敗收場——我既不能吃，也不愛吃。

如果跟一個人久了口味就能一樣，我跟舒月在一起的時間明顯就比跟我爸長。

「桑蠶到期就會結繭，候鳥秋天就要南飛，蜘蛛出生就會結網，妳還記得妳小學四年級打爛的那個標本嗎？」

我想起當時舒月一臉心疼的表情，後來輕易不讓我去她的資料室。

「那是北美帝王蝶，它們的遷徙路線很長，要幾代延續才能走完全程，沒有任何一隻蝴蝶能經歷完整的南北往返，它們的父母和孩子從未見面，更不可能有任何交流——如果這都不是基因記憶，那我也找不出別的解釋了。」舒月攤了攤手。

「所以妳覺得我爸因為獲得了『神的基因』，所以看到了神的記憶？」

「確切來說，是妳爸爸祖先的記憶。」

「四十三也曾到達過『門』。」我說。「可是他和我爸看到的東西卻完全不一樣。」

我把四十三如何在跳樓之前把關於『門』的記憶映在我腦中，和我看到的末日場景，事無巨細地講給了舒月聽。

「會不會是火山爆發？」我問。

舒月沉默了很久，才緩緩搖了搖頭。

「妳看到的不是普通的天災地震，是核爆炸。

「妳看到的白色光柱，是地面核爆炸產生的高壓衝擊波，核爆點會在周圍範圍形成極高的溫度和壓力，解熱並壓縮周圍的空氣使之急速膨脹。

「所以妳看到了岩石融化——無論是火山爆發還是雷火，都不可能讓岩石融化，這是只有核爆才能達到的溫度。

「地面核爆產生的熱量足以讓周圍幾百海裡的海水沸騰，所以魚蝦都浮了上來，人跳進海裡也被燙死了。

「向外輻射的強脈衝射線還會產生電磁脈衝和光輻射讓妳覺得眼睛快被灼瞎了——幸好妳是在夢裡，否則眼睛就真的瞎了。」

聽完舒月的分析，我嚇得張大了嘴巴，我看到的地方到底是哪兒？

我歷史學得不好，只知道「二戰」的時候，美國在廣島扔過核彈。但我夢裡那個男人看起來不是日本人啊！他說的也肯定不是日語。

「妳看他像哪裡人？」

「我說不上來……有點像歐洲人，但他不是白色的皮膚，又有點像印度人，但是他不是卷頭髮……又有點像非洲人，嘴唇挺厚的……」

「我把妳的夢話錄音了。」舒月邊說邊拿起枕頭邊的手機，那是一臺諾基亞8810，當時手機還沒有能夠拍照的高級功能，但可以錄音了。

舒月點了播放鍵，我聽到自己的聲音，我吼出來的就是夢裡那個男人所說的話。諾基亞的錄音系統真心不怎麼樣，我聽著自己的聲音就好像鬼哭狼嚎，不知道的人搞不好以為我在喊喪呢，頓時心裡面一陣白毛汗。

舒月看看錶，現在時間是淩晨三點。

「美國剛好是下午，我有個在美國讀語言學的師弟，發給他聽聽這是什麼。」

舒月一邊說一邊把電腦打開，再將錄音轉成電腦上的一段MP3檔，給對方發了過去。

我也睡不著了，索性到冰箱裡拿了點剩菜剩飯出來吃。

才過了幾分鐘，舒月師弟的MSN就上線了，二〇〇四年MSN剛推出語音和影像的功能，只聽到對面傳來一個低沉渾厚的男聲：「妳終於捨得找我了？」

舒月翻了翻白眼：「少來，你聽了我發過去的MP3沒有？」

對方並沒有回答，而是反問：「妳回美國了？」

「沒有。」舒月懶懶地說。「這段錄音是哪裡的語言？」

「妳叫我一聲老公我就告訴妳。」對方的聲音突然變得很猥瑣。

「噗。」我忍不住笑了出來。

舒月這個學弟，應該也有三十多歲了，這麼老的人還能如此明目張膽地撩妹，也是沒誰了。

「妳跟誰在一起啊？」沒想到對方的反偵察能力還挺強。

「我老公！」舒月幾乎是不耐煩地吼出來。

「我是她侄女！」我大聲在麥克風旁邊說道。

舒月狠狠地踹了我一腳。

「能不能視訊？」對方說，頓了頓又怕舒月不同意，補了一句。「必須要看到妳我才說。」

沒等舒月拒絕，我就一把搶過滑鼠點開視頻按鍵。

畫面裡是一個看起來很年輕的叔叔。他戴著一副金絲眼鏡，耳朵裡塞著帶麥克風的藍牙耳機，看起來文質彬彬的，長得竟然有點像吳彥祖。

我一直是外貌協會的忠實會員，頓時覺得被這麼帥的人撩還是可以接受的。可還沒等我開口說叔叔好，他就不冷不熱地來了一句：「這是妳侄女呀？沒妳長得漂亮。」

好吧，其實他也沒這麼帥，我立刻閃到一邊去了。

「說吧。」

「I just wanna tell you I miss you.」帥哥說這句話的時候，眼睛一閃一閃的，特別真誠，我隔著電腦螢幕都快被打動了。

「把這些話留給你的小師妹和女學生吧。」舒月似乎毫不領情。

「好了，說回正題，這段錄音妳是從哪裡得到的？」

「能不能不要老是問東問西？你知道什麼就直接說！」舒月皺了皺眉頭。

「不知道出處我就不能百分百肯定，畢竟錄音十分模糊——」帥大叔推了推眼鏡。「這是一種古代語言，但應該是阿拉伯語系，因為每句話的後面都有一個顫舌音，這是中文和英文中沒有的。我推測是古希伯來語。但和中文一樣，希伯來語已經經過數千年的演變，每個時期的發音都大相徑庭，就好像秦朝的秦腔和宋代的官話直到民國的白話文，雖然漢字相似，但發音早就差了十萬八千里——

「希伯來語以前是以色列的官方語言，但猶太人流散後，希伯來語就不再作為口語，而僅作為宗教儀式的書面語言使用了，現在的希伯來語，和古代的希伯來語也並不一樣。」

舒月歎了口氣：「那就是沒希望了。」

「也不一定，雖然無法明白，但我剛才拆分了這段錄音的每一個發音，再在用現代希伯來語中的字母一一對應，我發現從語法上，這是一首詩。」

「一首詩？」

「對，因為只有詩詞的頭尾才會出現對稱性，尤其是古代希伯來語，重要的字眼會在一首詩裡反復出現。因此我用現代希伯來語去對應這首詩裡面的每個字，發現出現的最多的一個字，是『Sodom』。」

「索多瑪城！」舒月驚叫了一聲。

「嗯，有可能跟《舊約聖經》有關。」帥哥說道。

我和舒月互相看了一眼。

我在「門」裡看到的，難道是罪惡之城索多瑪？可索多瑪不是一個神話傳說裡的城市嗎？

小學的時候舒月曾經給我買過一套插圖版《聖經故事》，在《創世記》裡面就提到過這個城市。據說由於索多瑪城裡面充斥著罪人，他們選擇了上帝不喜歡的生活方式，老是做一些羞羞的事情，所以上帝很生氣，後果很嚴重——總之就是把這個城給團滅了。

「駱川，你對索多瑪的瞭解多嗎？」舒月問道。

原來這個叔叔叫駱川。

「當然了，雖然我不是希伯來語的專家，但好歹西方語系橫豎都和《聖經》分不開。」駱川顯然很樂意舒月向他請教，眼睛賊溜溜地轉了一圈。「那妳要怎麼感謝我？」

「不說就算了，跪安吧。」舒月拿起滑鼠就要去關掉視頻對話視窗。

「哎哎哎，別啊，我又沒說不告訴妳——」駱川有點急。「妳就不能讓我用知識把妳推倒一次嗎？」

「我怕折了腰。」舒月沒好氣地回了一句。

「典故妳也知道，上帝他老人家看見索多瑪城的人過得太逍遙——哦，不，太淫亂了，所以決定一鍋端了他們，亞伯拉罕就勸他，讓他至少給索多瑪一次改過自新的機會——哪怕從城裡面找出二十個好人就行了。

「於是上帝派了兩個天使去索多瑪，結果他們找了一圈，發現所有人都汙到沒救了，每天只知道嘿嘿。只有一個老實人彼得邀請了兩個天使到他家做客。沒想到這時候索多瑪的類似於情報組織的群眾衝了進來，讓彼得把天使交出來。

「彼得說過門都是客，可是那些群眾不答應。天使怒了就把這些群眾的眼睛都弄瞎了。最後天使跟彼得說——你是被神選中的人，這個城市裡只有你能得到救贖，連你老婆都要死，因為她已經偷偷跟隔壁老王好了——彼得第二天登上了船，但他把兩個女兒偷偷藏在船艙裡，臨走還想帶上老婆。

「但是上帝他老人家不同意，怒炸索多瑪城，把彼得老婆和其他群眾變成了鹽柱。彼得在海上待了幾個月才回到陸地。至於後來發生的事，說法就有分歧了，有的人說他跟他的女兒們繼續繁衍，有的學者堅持他們無法近親結婚，所以彼得找到了在世界其他地方，跟他一樣被神選中存活下來的人繁衍後代，並規定他的後代永遠不能和自己女兒們的後代通婚。」

我想起我的夢裡，那兩個從船艙裡鑽出來的女孩和她們懷孕生下的怪胎。

「叔叔，那你覺得哪種推論更加可靠？」我忍不住問。

「當然是第二種啦，如果彼得是神選中的人，他當然要去找其他也被神選中的人通婚，他的女兒只是普通人——而且上帝毀滅索多瑪城的同時，還毀滅了另一個罪惡之城蛾摩拉，只是蛾摩拉的名氣沒有索多瑪的大，沒什麼人知道而已——蛾摩拉也有被神選中的人，而且《聖經》記載她還是個女人，叫亞米拉。」

我突然隱隱約約覺得，爸爸家族和舒月家族的長期通婚，會不會從遙遠的古文明時期就存在了？

當彼得發現他和女兒生育出來的是怪物後，會不會就離開了山洞，去尋找同為被神選中的亞米拉呢？

如果我看到的，真的是我們祖先的歷史，會不會我們兩家就是彼得和亞米拉的後人呢？

可如果真如舒月所說，我看到的大爆炸是核爆，那麼隱藏在雲層之中的「上帝」又是誰呢？

「如果彼得去找了亞米拉，那他剩下的兩個女兒又如何繁衍呢？」舒月若有所思。

「誰知道呢，也許是猴子吧，哈哈哈哈……」駱川打趣說。

多年之後我回想起來，他的一句玩笑話竟然一語中的。

「叔叔，《聖經》裡索多瑪城在歷史上真的存在嗎？」

「小朋友，妳太高估古代群眾的想像力了。古代人白天勞動，天一黑就睡覺，不像現在的人這麼多娛樂，資訊也不發達。他們腦洞再開二十倍都編不出沒見過的東西——他們會把所見所聞進行誇張和渲染，但很難憑空捏造。」駱川說。

「叔叔，那你說……古代人有沒有可能……沒有肚臍眼？」我支支吾吾地問道。

「哦？小朋友竟然問這種問題啊——妳讓妳舒月阿姨給我看一下她的肚臍眼我就告訴妳——」

「滾。」舒月抄起滑鼠就要關對話方塊。

「等一下！等！一！下！」駱川急了在那頭大喊起來，頓時他身後的老外全都瞪大了眼睛看過來。

這時候我才留意到，駱川背後是個類似會議室的地方，後面竟然坐著許多外國人，他們都瞪大了眼睛看著他。

「你在芝加哥？麥克阿瑟基金會研討？」舒月又有點吃驚。隨即，我看到了一個藍綠字母的標誌掛在遠處的牆上，坐在駱川後面的老外都穿著正裝。

「……哦，嗯。」駱川滿不在乎地應了一聲。

去了美國之後，我才知道麥克阿瑟獎在美國對青年學者來說有什麼樣的意義。麥克阿瑟獎，是號稱「天才補助金」的世界級獎項，拿了它意味著拿到了普利策和諾貝爾的門票。拿到這個獎項的中國人寥寥無幾。

能夠在走上人生巔峰舞臺的前幾分鐘還惦記著撩妹——可見這個妹真的很重要。不知道為啥我腦袋裡浮現出我爸的方臉和粗脖子。

這個世界上，還真有喜歡吃臭豆腐勝過米其林餐廳的人。

「你有病啊！這麼重要的頒獎好好參加，晚點回我也行啊！」舒月明顯有點生氣。

「Just can't wait to see you，妳知道妳有多久沒找我了嗎？」駱川扁著嘴像個委屈的小孩。

「不聊了，你別淨做些沒譜的事——」舒月歎了口氣。

「妳什麼時候來美國？能不能見一面？？」駱川有點焦急地說。「答應我，我就掛了，不答應我，這個獎我不要了。」

「……下個月，亞特蘭大……給你帶幾瓶『老乾媽』。」舒月說完就把視頻關了。

我睜大眼睛把頭湊到舒月臉前頭看了好一陣。

「妳幹麼妳？」

「沒幹麼，我就是看看妳是不是眼瞎。」

然後我就被一巴掌拍到了地上。

# 第二十三章　離開學校的那一天

我到教室的時候，第一節課已經開始十五分鐘了，數學老師正在暴跳如雷地敲著黑板：

「第一題，送分題啊同學們！竟然有一半都錯了，你們告訴我，為什麼會選B……」

所有同學都不吭聲，低著頭猛做筆記，似乎沒人發現我。

數學老師看到我的表情倒是有點吃驚，也許是從班主任那裡聽說我爸出事了，已經做好我十天半個月不回來的準備。

平常的他是個脾氣火暴得不得了的人，今天竟然把要罵我的話生生咽了回去。

我沒說什麼，領了卷子往座位上走。

陸陸續續，有同學轉過頭看了看我。那種眼神不是關心，而是一種「她怎麼又回來了」的危機感。

我們班算是年級裡十二個班成績排名靠後的，初二時學校按照期末考試成績重新分班，我們班剛好就是七班。初中升高中七成的升學率對我們來說，就是危險邊緣，只要是誰一不小心就會和高中 Say byebye。

重點學校是一種很殘酷的存在，競爭意識會在中考的時候達到頂峰。

我的桌上堆滿了前後左右同學的課本，他們有點不情願地拿開給我騰出位子。

「這一次汪旺旺考得不錯啊，一百一十分，遠高於年級平均分，這意味著什麼？這意味著她開竅了！連……」數學老師磕絆了一下，把我家的事咽了回去。「……總之，能夠放下一切回來上課，可見她已經意識到，考不上高中，就考不上大學；考不上大學——一輩子就沒有出息……」

數學老師開始喋喋不休地講一些關於前途和未來的廢話，有些同學放下筆，朝我這兒看過來。

又多了一個競爭對手。這是我從他們的眼神裡讀到的資訊。

從書包裡掏筆記本時，才想起前天跟 Polo 衫叔叔在車上搏鬥的時候，筆盒已經和呼叫器一起光榮犧牲了。

「能不能借我一支筆？」我小聲問同桌。

實際上我們並沒有同桌多久，學校實行的是每個月按成績重新排位的制度，我是上禮拜剛調上來的。

「……我只有一支。」她小聲說了一句，握緊了自己的筆，同時用手肘護了護筆記本。

隱約看見她的分數，九十一分。

我又低聲向周圍的同學借筆，可要麼假裝沒聽到，要麼說沒有。後座的男生，從地上滾了一支鉛筆給我。

初中從入學開始就被教育這個社會的殘酷，分班，按成績排座，都是為了讓我們明白成績決定一切。一個人的身分、地位受到的重視，都來自你是哪個班，你坐在哪。

似乎這個世界只有黑和白，好好讀書考高中大學才是成為人上人的唯一正途，否則就會過著低人一等的生活。

「你們以後到社會上就明白了！」每次講到這兒，老師都會語重心長地說。

可我只是一個初中生，坐在我身邊的同學對我避之不及，這讓我難受極了，也許我們根本算不上朋友或同學，只是競爭對手而已。

下課了，我呆呆地坐在座位上。周圍的同學有的在整理筆記，有的在做類比試卷，我想找個人說說話，但似乎大家都在忙。我才兩天沒來上學，就突然變成了這個班的陌生人。

是不是兩天前的我，也和他們一樣呢?我心裡默默地想。

下課忙著整理筆記，放學往輔導班跑，我也從來沒在乎過身邊的人有什麼變化，他們的開心和憂愁，在我看來都是別人的事。

反正也要退學了，下節課我索性也沒上，上課鈴響之前就收拾書包離開了課室，想趁著最後的時間在校園裡轉轉。

下雨了。

包裡沒傘，我把剛才的模擬試卷掏出來蓋在頭上。然而沒多少用，不一會兒卷子上的鋼筆字跡被雨水一沾，就化成了一朵朵藍色的小花。

「喂……」

有人在後面輕輕拍了拍我的肩膀。

我轉過頭，看見一個高高的男孩子，理了一個板寸，有點兒瘦弱，套著一件寬大的校服外套，腳上一雙新的回力鞋。

「同學有事嗎？」我問。

「妳還記得我嗎？」他有點靦腆，說這句話的時候臉微微發紅。

我歪著腦袋看了看他，是有點面熟，似乎以前見過的，但我喊不出名字。

「我是張朋呀，咱們分班之前是同班。妳坐六排四行，我是七排八行。」他擔心我想不起來，又說。「岩明均的漫畫，記得了嗎？」

他這麼一說我就有印象了。

他是分班之前的同學，一個也喜歡看漫畫的男孩子。

我在初三之前的人生，概括起來就是吃飯睡覺拉屎看漫畫。無論上什麼課，對我來說無非就是漫畫上蓋一本不同的書罷了。學校外面大大小小的漫畫店老闆都是我的老相識，從熱血到少女到少男到恐怖，只要能說得出名字、市面上有的漫畫我都看過。

但我和張朋從來沒說過話，印象中那時候他就很高了，老師為了不讓他擋住其他人，就把他調到後面坐。

高個兒星人和矮子星人的生活是註定生活在兩顆星球的。尤其是我的名字註定了我四肢著地，怎麼都比別人矮一頭。

偶爾我會在漫畫店碰到張朋，也就是點頭之交而已。但那時候的小孩，哪個不喜歡看漫畫，點頭之交太多了，我也就沒怎麼注意。

初二最喜歡的漫畫家是岩明均，就差沒去賣血攢錢買他的《寄生獸》了。《寄生獸》講了一個高中生被天外孢子寄生在手臂上的故事，我當時沉浸在這個故事中無法自拔，每天的日常就是去問書店老闆上新沒。

我的思緒飄回一年前，和高個兒星人最近的一次交集，就是在上回刮八號颱風的那天。

明知道跑到公車站不可能了，我拚盡全力在傾盆大雨落下的前一秒衝進漫畫店，嘿嘿，這次還不能免費看嗎？反正我沒傘走不了。

漫畫店老闆一百萬分無奈地看了我一眼，念在我是多年老主顧的面子上沒好意思趕我走，我衝到書架前就拿起了《寄生獸》最新一期。

幾乎和我同時伸向書架的，還有另一隻手。

哎呀，這又不是愛情小說，看看你們以為猜透一切的小眼神兒。

那隻手來自於一個高年級的女生，比我高一個頭，長得一臉凶相，非要說是她先到先得。

但她忘記了我也是女的，我搶不過她，但我可以撕X呀。

就在我和她大戰三百回合的時候，我發現張朋正蹲在角落裡看書。他拿著的是《寄生獸》的第一冊。

我忘了當時是怎麼撕的了，但中學生嘛，都是互相吹牛自己在學校外面有「人」，然後搶老闆的電話打給傳說中的「大佬」，讓「大佬」來胖揍對方之類的。求老闆的心理陰影面積。

暴雨下了三個小時，就在我和高年級女生撕X的期間，張朋默默地把《寄生獸》看完了。當時能記住他，是覺得這男的太慫了，明知道我是他同學，還選擇性無視我。

「好……好久不見……」我露出一個比哭都難看的笑容。

「嗯，妳還好嗎？」他露出了一個溫暖的笑容。

不知道為什麼，我突然有點小感動，回學校到現在，從來沒有人問過我，妳還好嗎？

一瞬間，這幾天發生的事情從心底湧了上來，不知不覺眼睛就澀了起來。

「我退學了，今天是最後一天來學校。過幾天去美國了。」我就沉默了一會兒，搖了搖頭說道。「上課鈴響了，你快回去吧。」

「走了？去美國？」張朋有點吃驚。「為什麼？妳和妳爸媽一起去嗎？」

我爸去世了，我特別想這麼說。可是說了又能怎麼樣呢，大家都只顧自己，這終究是我自己的事。

「我……模擬考沒考好……」不知道為啥，我編出了這麼一個爛理由。

「啊……因為這就轉學啦？」張朋還竟然淡定地信了。「妳哪裡不懂，我教妳啊，不要這麼輕易放棄。」

說著他就掀起我頭上的試卷，認真地看了起來。

「妳看這個，f(x)=x+1/x:1 的左邊……這個是公式的變形……」張朋講了半天。

「妳有沒有明白點兒？」

「張朋，我只想問你，你是幾班的？」

「啊？」張朋一下沒反應過來，想了一會兒才說。「我一班的啊！」

原來是終極真學霸。

怪不得一年完全沒見過，我們兩個班連樓層都不同。

張朋剛才看似隨意解的那道題，是試卷後三題，通常這三題都是留給牛人挑戰的，普通如我，一般唯一能完成的步驟，是寫上「解：」。

張朋用口算就算出來了。

我突然體會到舒月說的那句話：人和人的差別，為什麼比人和豬的差別都要大。

怪不得人家不著急去上課了，這種學霸即使不聽課，十年之後天下還是他的。

沉默了很久，張朋問我：「妳現在要去哪兒？」

「不知道，想走之前再在附近逛逛。」

「……想不想去看漫畫？」張朋問我。

我發誓這是我第一次翻學校的牆。

張朋從牆角把我頂上去，再兩三下輕鬆地跨到另一邊，把我接下來。

唉，這個世界的所有設計，都對矮個兒星人充滿著濃濃的惡意。

我的學校在鬧市裡，周圍全是小商店，往遠了走還有步行街。一高一矮倆人，就沿著步行街一路溜達。

「不是說去看漫畫嗎？」我問。

「嗯，但妳不是說想逛逛嗎？」張朋兩隻手插在口袋裡，懶懶地說。

好像也是，我竟然無言以對。

「汪旺旺，我一直都覺得妳的名字太特別了，妳爸媽取名字的時候是不是沒走心？」張朋問我。

一說到我爸媽，我就想起爸爸冰冷的屍體和媽媽有可能再也不會醒來的事實。我硬是忍住沒哭，但一句話也說不出來。

「妳怎麼了？是不是不高興？感覺妳今天一直都不對勁兒。」張朋問我。

「我要是告訴你，我爸給我起這個名字是為了保護我你信嗎？」我說。「其實我真名叫徒傲晴。」

「徒傲晴？」張朋想了想說。「傲雪淩峰太瘦生，苦雨終風也解晴。傲對風霜雨雪，終會迎來晴天。妳爸希望妳成為一個堅強的人呀！」

的？」

「真的？」我從來都沒聽過這兩句詩，原來這個名字，賦予的是爸爸對我的期盼。「謝謝你告訴我，我一直都不知道還有這麼個意思……你是怎麼知道這首詩的？」

「《黃岡中考作文必備萬能素材》。」

好吧，呵呵。

我們倆在街邊買了一大碗紅豆沙坐下來。

「多吃點，以後去美國就沒得吃了。」張朋沒動勺子，而是把他那一碗也推給了我。

「張朋，我覺得你變了。」我吸吸溜溜地把自己那一碗吃得見了底，又接過他那一碗。「我說了你別不高興，在我印象中，你一直是一個挺膽小自私的人……」

「妳說的是那次八號颱風，我無視妳和學姊吵架那次嗎？」張朋笑了。「我看見是妳先拿的書。」

「你看見了怎麼不幫我？要不是我把她唬住了，打起架來我可贏不了她，你就能看著同班同學被欺負？」我其實想起來還是有點氣。

「對不起，我當時特想上去幫妳來著，但……」張朋突然眼睛一低。「其實吧……那會兒我剛好胃病發作，胃疼得厲害……」

「疼了三小時？什麼爛理由啊！」我一口紅豆沙差點沒吐出來。「你逗我吧，要是胃疼那麼久早就該上醫院了，你還這麼淡定。」

「我其實一直忍著呢！」張朋笑了一下。「無論妳信不信，反正沒幫妳是我不對，我道歉。請妳原諒我。」

說完他真的煞有介事地站起來，向我鞠了一躬。

「喂，我隨口說說的，得了，我沒怪你呀，你不說我都忘了。」我嚇了一跳，也趕緊站起來，不知道的人還以為我倆在幹麼呢。

「那妳不生氣了？」

「不生氣了。」我把兩碗紅豆沙都吃完，咂巴咂巴嘴。「因為我覺得你現在和以前不同了，你變了好多，不但開朗了，也願意幫助人——你不是還教我做數學題嗎？」

「那我倆能做好朋友嗎？」張朋突然很正經地問我。

啊？啥意思啊？

什麼朋友？有多好？男朋友？女朋友？難道我要談戀愛了？難道他以為一碗紅豆沙就能把我收買了？明知道我要出國了還想跟我談戀愛？難道是知道我有綠卡？那異地戀分手怎麼辦？書上不都說異地戀死得快嗎？我倆的小孩肯定長得更普通，難道我就這麼輕易退出外貌協會了？雖然現在年輕人都談戀愛讀者也想我們組CP，但是這就答應實在太沒原則了……

大概用了一秒，我腦洞全開，把我和張朋的悲慘未來想了一遍。

「我……呃……祖國還沒統一，邊疆還未安定，我無心戀愛。」

說完我也是被自己的智商折服了。

「……妳想太多了，我說的就是好朋友。」張朋一下就笑了。

「世上學霸如此多，交友何必找學渣？」我百思不得其解。

「其實我沒什麼朋友，我以前太膽小了，總覺得自己就是個普通人，什麼也做不了，我改變不了這個世界，所以只能去適應它。」張朋似乎很感慨地說。「但後來發生了一些事，讓我覺得無論多卑微多渺小的人，只要相信自己，就能去改變這個世界，妳覺得我說得對嗎？」

「嗯。」想到這段時間發生的事，我若有所思地點了點頭。

「所以我首先從改變自己的性格和心態開始，原來我也能做到，不但去幫助別人，還能讓這個世界變得更好。」張朋有些激動地看著我。「汪旺旺，其實我們是一類人，所以我很想成為妳的朋友。」

看著張朋的笑容，我點了點頭。

張朋說，我們是一類人。我只是單純地理解為我們都是夢想改變世界的漫畫少年而已。

這句話的真正意思，我在很久之後才明白。

和張朋吃完紅豆沙，又在漫畫店逛到午休結束，才依依不捨地往回走。

「汪旺旺，這個給妳。」走到教學樓下的時候，張朋從校服口袋裡掏出一樣東西。

那是一本嶄新的《寄生獸》，上面印著「終章」。

大！結！局！

「我X！你從哪裡搞來的？我怎麼沒看到！」我幾乎是叫出來的。

這本漫畫按道理已經出了大結局了，可偏偏盜版漫畫這半年打壓得厲害，好多老闆都不敢再進書了，我盼了這本書不知道有多久。

「是在動漫城買的，我已經看過了，送給妳。」張朋有點不好意思地撓撓頭。「飛機上無聊了也能看。哦，對了——」張朋從口袋裡掏出筆，在書背面寫了一串數字。「這是我QQ帳號，妳去了美國記得加我一下。」張朋笑呵呵地說。「搞不好以後我還能去美國找妳呢！」

「好！你這種學霸，來美國還不是輕而易舉的事！一定要來找我啊！」我由衷地說。

「嗯。」他點了點頭。

正好這時上課鈴響了，我往教室跑了幾步，聽到張朋在後面叫我：「喂，汪旺！」

我轉過頭，張朋站在操場邊上的榕樹下，他在風裡燦爛的笑容映成了一幅好看的畫：「謝謝妳願意成為我的朋友。」

我朝他揮揮手。

當時我怎麼都想不到，和他再見之日，才是真正的分別之時。

嘈雜的出境大廳。

「下一個。」海關人員打開舒月的護照，仔細看了看照片，又對比了一下舒月，最後不可置信地說。「妳有三十七歲？」

舒月調皮地笑了一下。

「下一個。」海關人員打開我的護照，看了看照片又站起來彎下腰看了看我。「妳有十五歲？」

我感覺我和我的身高受到了一萬點傷害。

坐在候機大廳裡，我手裡攥著張朋送我的漫畫和機票，機票上的目的地是美國東部的一座小城。

再次翻開漫畫，還是有點失落，沒想到追了幾年的故事，結局是這樣的。

「在看什麼？」舒月很難得問了我一句。

我翻到《寄生獸》的封面給她看了一眼：「同學送的，講一種外星孢子從宇宙飄落到地球，本來孢子的目的是成為人的腦袋，變成寄生獸取代宿主。但其中一顆陰差陽錯寄生在了某個高中生的手臂上，後來他們變成了朋友，合力去剿殺其他大腦變異的人。」

「好無聊的劇情。」舒月伸了個懶腰。「那後來這個高中生死了沒？」

「當然沒有死啊，主角光環怎麼會死？」我歎了口氣。「但我也萬萬沒想到，結局竟然是世界滅亡了。」

「前往亞特蘭大的乘客請注意，您乘坐的 A1173 次航班現在開始登機。請帶好您的隨身物品，出示登機牌……」

我坐在靠窗的位置，留戀地向外望去，也不知道什麼時候能再回到我的祖國。

在候機室玻璃窗後面似乎有一個身影，朝著我的方向微微招著手。我仰起頭來前看後看，似乎沒有其他乘客關注著窗外。

難道在和我揮手？

候機室的玻璃反光太大，我眯著眼睛很仔細地看著那人。那人穿著牛仔褲和一件普通襯衫，挺瘦的，頭上戴著一頂棒球帽，似乎……梳了一個馬尾？

原來是個姑娘。

她對著我笑了一下，我似乎看到她的眼角有一顆痣。好熟悉，好像在哪見過。

我想了幾秒，一道閃電從我大腦中間劈過去。

這個姑娘會不會是我房間裡照片上的女孩兒？

房間裡放著的，只有她小時候到小學期間的照片，所以我並不知道她長大了是什麼樣子。

唯一記得的，就是她眼角的那顆淚痣。

「舒月！」我失聲叫著。「妳看！」

舒月順著我指的方向看過去，候機室裡空無一人。

「妳找死啊？不要一驚一乍的。」舒月嗔怪了一聲。

「我剛剛好像看到，我房間照片裡的小女孩了——」我疑惑地說。「她眼角有一顆淚痣……」

「妳會不會看錯了？她怎麼會出現在這兒？」舒月也很疑惑。「這小姑娘是妳爸從涇川帶回來的，她在妳爸出事之前幾天就消失了。徒鑫磊和我說過，如果這孩子不見了，就只有一種可能……」

「什麼可能？」我問。

舒月沒說話。

「妳告訴我，什麼可能？」我突然想到了什麼，猛地晃了晃舒月。

沉默。

「……她替妳死了。」舒月別過臉沒看我。

果然和我想的一樣，我頹然地坐在椅子上。

一樣的米老鼠連衣裙，一樣的校服，書櫃上一樣的書。我媽說過，我爸帶回來的那個小姑娘，是我的替身。

她替我在爸媽身邊活著，每天扮演著他們的女兒。以至於壞人要對徒鑫磊的女兒下手，也會先拿她開刀。

我突然很恨自己。

這個世界上為什麼會有人為了我而死？難道每個人不都應該為了自己活著嗎？她從來沒見過我，沒跟我說過話，甚至連朋友都不是。可她卻在為我活著。

憑什麼？

她也一定很恨我吧。

飛機開始在跑道上加速滑翔，逐漸離地面越來越遠。

我和舒月很長時間都沒有說話，進入平流層後，機艙裡的壓力加大，坐了幾個小時腳就開始又酸又麻，我摸了摸腳踝，決定站起來活動一下。

當我貼著椅子準備穿過舒月的時候，她突然問我：「妳衣服口袋裡這是啥？」

「我口袋裡沒東西啊……」我下意識摸了摸外套口袋，卻發現有一個白色的小角露在外面，抽出來是一塊十分輕薄、細若無物的絲織物。大小就像一塊空姐圍在脖子上的桑蠶絲方巾一樣，我也不知道這東西是什麼時候出現在我口袋裡的。

絲織物上面印了一個很複雜的少數民族圖案，旋渦似的彩色圓圈，像樹木年輪一樣從外向內重疊，色彩鮮豔，花紋繁複。在絲織物的四個角還有用金絲繡的四尊千手金剛，每個金剛都手持不同法器。

絲織物上有一陣若有若無的香味，和舒月身上的香味好像。

舒月的臉霎時間變得慘白，在高空飛機艙內低於二十度的氣溫下，豆大的汗珠從她的額頭上冒出來。

「妳確定剛才看見的女孩……是妳在家看到的那個嗎？」舒月的聲音有些微發抖。

「……我……妳不是說她死了嗎？」

離得這麼遠，很難完全肯定啊。

「……時輪曼荼羅……怎麼可能……給了她？」舒月看到從我口袋裡掏出來的那

塊絲織品，驚訝地捂住了嘴。

「什麼是時輪曼荼羅啊？」我看著這絲織品上的花紋，覺得莫名其妙。

但舒月並沒回答我。

（未完待續）

逆思流

沒有名字的人：七路迷宮

作者／FOXFOXBEE
榮譽發行人／黃鎮隆
執行長／陳君平
協理／洪琇菁　國際版權／黃令歡、梁名儀
執行編輯／呂尚燁　美術編輯／方品舒
企劃宣傳／楊玉如、洪國瑋、施語宸
發行／英屬蓋曼群島商家庭傳媒股份有限公司城邦分公司　尖端出版
台北市中山區民生東路二段一四一號十樓
電話：（〇二）二五〇〇—七六〇〇（代表號）
傳真：（〇二）二五〇〇—一九七九
中彰投以北經銷（含宜花東）／楨彥有限公司
電話：（〇二）八九一九—三三六九
傳真：（〇二）八九一四—五五二四
雲嘉經銷／威信圖書有限公司　嘉義公司
電話：（〇五）二三三—三八五二
傳真：（〇五）二三三—三八六三
南部經銷／威信圖書有限公司　高雄公司
電話：（〇七）三七三—〇〇七九
傳真：（〇七）三七三—〇〇八七
香港總經銷／城邦（香港）出版集團有限公司
香港灣仔駱克道193號東超商業中心1樓
電話：（八五二）二五〇八—六二三一
傳真：（八五二）二五七八—九三三七
E-mail：hkcite@biznetvigator.com
馬新經銷／城邦（馬新）出版集團　Cite(M)Sdn.Bhd.
E-mail：Cite@cite.com.my
法律顧問／王子文律師　元禾法律事務所
台北市羅斯福路三段三十七號十五樓
二〇二一年四月一版一刷
二〇二二年四月一版二刷



**■中文版■**

**郵購注意事項：**
**1. 填妥劃撥單資料：帳號：50003021戶名：英屬蓋曼群島商家庭傳媒(股)公司城邦分公司。2. 通信欄內註明訂購書名與冊數。3. 劃撥金額低於500元，請加附掛號郵資50元。如劃撥日起 10～14日，仍未收到書時，請洽劃撥組。劃撥專線TEL：(03) 312-4212 ・ FAX：(03) 322-4621。E-mail：marketing@spp.com.tw**

**國家圖書館出版品預行編目資料**

沒有名字的人 ： 七路迷宮 ； FOXFOXBEE 著 .
--初版. --臺北市：尖端出版, 2021.04
面 ； 公分. --(逆思流)
譯自:
ISBN 978-957-10-8547-0(平裝)

857.7　　108004153